BURNED LOVE

LOREA READ

BURNED LOVE

BLACK'S SOLDIERS, TOME 3

ito

Prologue

> « On doit aussi se souvenir que Satan a ses miracles. »
>
> *John Calvin*

Il n'existe qu'un seul adjectif pouvant définir cet homme : dangereux. Il est violent, agressif et taciturne.

Peu de femmes dans ce monde peuvent se targuer d'avoir entendu le son de sa voix. Il est de ces hommes qui n'ont aucune confiance dans les représentantes du sexe opposé. Il les craint autant qu'il les respecte. Cet homme aimerait être différent, mais sa peur aveugle son jugement. Cette peur viscérale fait partie de lui comme l'eau fait partie du corps humain. Elle est sa constance depuis aussi longtemps qu'il s'en souvient, il ne sait pas vivre différemment qu'en étant méfiant envers celles qui portent le monde.

Sa vision est obscurcie par ce qu'il a vécu étant enfant. Par celle qui aurait dû toujours le protéger, rendre sa vie agréable et son enfance innocente. Il a tout perdu le jour où elle s'en est prise à lui. Où elle a fait de lui cet homme reconnaissable entre mille, un homme brisé, un visage marqué à jamais par la trahison d'une mère envers son enfant.

Depuis il ne se considère plus comme un homme à part entière, il n'a pas le sentiment d'appartenir réellement au monde des vivants. Il n'est pas tout à fait mort ni tout à fait en vie. Souvent, il se demande s'il a réellement le droit d'arpenter la terre comme un simple mortel. Il n'est pas satisfait de ce qu'il ressent, il voudrait que sa vie soit plus simple. Qu'elle ressemble plus à celle d'un homme comme les autres. D'un homme qui ne craint pas de perdre son âme en se perdant dans le regard d'une femme. Il oscille entre la part de lui qui survit grâce aux ténèbres et celle qui souhaite s'épanouir dans la lumière.

Discrètement, elle apparaît comme un rayon de soleil après la pluie, comme une jeune pousse après un incendie. Cette femme est une fleur délicate qui vit dans un monde qu'elle s'est fabriqué, avec les amitiés qu'elle y a forgées. Un monde où la noirceur n'a pas sa place. Il a peur que son univers n'entache sa beauté, salisse son âme et brûle son cœur.

Aujourd'hui, il est à la croisée des chemins : s'enfoncer un peu plus dans l'obscurité qui envahit son cœur ou laisser la clarté l'éblouir de son éclatante beauté !

Elle est la lumière dans ses ténèbres, l'ange de ses cauchemars.

Chapitre 1

> « J'aime mon équilibre instable, entre sagesse et folie, parce que ça me rend sacrément vraie »
>
> *Anne Magnani*

Charlie

Les cheveux hirsutes. L'haleine d'un poney. La trace de l'oreiller qui strie ma joue. Les yeux qui collent à cause du maquillage de la veille qui a coulé. Un tee-shirt avec l'inscription « sauvons les cochonnes » sur le devant complété par « parce que j'en suis une » dans mon dos. Le tout mettant en scène un cochon aux courbes féminines faisant de la *pôle dance*. Cadeau de très mauvais goût de ma meilleure amie. Un gilet difforme aux mailles décousues, un bas de pyjama rose à carreaux rentré dans une paire de chaussettes de Noël épaisse en fourrure.

Voici mon accoutrement quand je tambourine comme une dératée à la porte de mon cher voisin. Sa musique assourdissante me tient en éveil depuis plus de deux heures. J'ai tenté d'être conciliante, de me dire qu'il allait bientôt cesser ce raffut, mais il est trois heures du matin et j'ai besoin de dormir.

Mon voisin ouvre la porte, un sourire *Ultra Brite* aux lèvres. Je suis de nature plutôt gentille. Depuis quelques années, j'ai appris à me canaliser, mais j'ai bien envie de lui faire ravaler son sourire à coup de pelle dans la tronche. Il me scrute de la tête aux pieds avant d'éclater de rire devant mon tee-shirt. Ou alors c'est l'intégralité de ma tenue qui provoque son hilarité, ce qui alimente ma colère.

— Veux-tu bien cesser cette musique de merde, s'il te plaît ?

J'emploie un ton mielleux qui ressemble au sifflement du serpent. Il devrait être content, j'ai ajouté une formule de politesse qui ne reflète en rien mon humeur actuelle.

— Suffit de le demander, rétorque-t-il.

Sur ce, il rentre en claquant la porte derrière lui. La musique s'éteint et le silence m'enveloppe. C'est donc aussi simple ? Lorsque mon cher voisin dépassait les limites du bon voisinage, j'ai utilisé différentes techniques plus ou moins efficaces pour lui faire cesser son insupportable bruit. La technique du balai avec lequel on martèle le plafond a été aussi ridicule qu'inutile. Mettre de la musique plus forte que la sienne s'est révélé contre-productif. Les petits mots glissés sous sa porte n'ont reçu aucune réponse de sa part. Bref, il suffisait que je monte lui dire. Depuis que j'ai emménagé ici, mes interactions avec Jordan se limitent à des politesses de convenance et des piques en tout genre. Nos confrontations sont uniquement des échanges sonores et des coups portés contre les cloisons. Bref, il est un voisin sympa quand il n'essaye pas de devenir DJ en plein milieu de la nuit. Je pense que nous aimons cette tendre compétition entre nous et je crois que je peux dire qu'en fait on s'entend plutôt bien.

Heureuse du silence retrouvé, je me glisse dans mon lit, sous ma couette, avec l'intention de dormir pendant au moins trois jours. À peine ai-je la tête posée sur l'oreiller que mon voisin fait hurler sa sono comme s'il avait ouvert une boîte de nuit. Je hurle à travers la cloison sans succès, puis j'écrase ma tête sous une importante couche de coussins afin d'essayer de créer vainement un nouveau système d'isolation phonique.

Le matin arrive bien assez vite et avec lui son lot de mauvaises nouvelles. Déjà, c'est Noël et je déteste les fêtes de fin d'année. Ce débordement de joie de vivre totalement surjoué, cette hypocrisie ambiante et ses décorations offensantes pour les rétines me font haïr cette période qui est malheureusement pour moi la préférée de Hayley, ma meilleure amie. Sa maison remporte chaque année le concours des plus belles décorations et elle ne manque pas d'imagination pour me trouver des cadeaux d'un goût douteux qui me gâchent la vie. Pour preuve ce tee-shirt immonde qui a bien fait marrer mon voisin.

Je prends un café revigorant et une part de cake à l'orange, le tout saupoudré d'une musique bien assourdissante pour réveiller Jordan qui a fait taire ses enceintes aux alentours de cinq heures du matin. C'est donc deux heures plus tard que je monte le son à fond pour cracher *The Final Countdown*, du groupe Europe. J'esquisse deux pas de danse en jubilant lorsque j'entends Jordan ronchonner à travers la cloison.

Cette petite victoire me met d'excellente humeur et c'est avec le sourire aux lèvres que je me dirige vers mon café pour l'ouvrir. Le Sunny Coffee est un café/salon de thé dont j'ai pris la gérance il y a trois ans.

À mon arrivée dans cette ville, j'ai travaillé dans ce café sous la direction de Camille, la tante de Hayley. Et quand elle a pris sa retraite, j'en ai repris la gérance.

Camille reste propriétaire, mais elle m'autorise toutes les folies sur le plan des créations culinaires ou de décoration. Camille passe régulièrement me voir et me prodiguer ses précieux conseils. Je n'aurais jamais pensé que gérer un café où l'on ne sert ni alcool ni chips et cacahuètes dans un bol m'aurait autant plu. Et pourtant j'adore, c'est à mille lieues de ce que j'ai connu. Mais c'est l'endroit de ma renaissance.

Je descends les escaliers intérieurs menant au salon de thé. Tout est situé dans le même bâtiment. L'immeuble est composé de deux appartements et du café, appartenant tous à Camille. Quand j'arrive en bas des marches et que je pose un pied à l'intérieur de mon commerce, je sens que le sol est mouillé. J'appuie sur l'interrupteur et la lumière a à peine jailli qu'elle s'éteint aussitôt dans un arc électrique. Surprise, je pousse un cri qui ressemble à celui d'une chouette apeurée. Dans mon dos, j'entends des pas précipités qui s'arrêtent à ma hauteur.

— Ça va ?

La voix caverneuse de mon voisin me sort de ma torpeur.

— Oui, merci, mais je crois que le café est inondé.

Jordan passe devant moi en me poussant délicatement sur le côté et avance prudemment. Pieds nus, il marche dans l'eau qui recouvre le sol. Les grandes fenêtres permettent de voir l'intérieur du café. Je m'active à sa suite et, pendant qu'il se dirige vers le disjoncteur, je cherche l'origine de la fuite. Arrivée dans la cuisine, je râle à haute voix.

— Eh merde !

La cuisine est inutilisable, le plafond s'est effondré sur l'îlot central, écrasant au passage mon matériel de pâtisserie. Pendant que je constate les dégâts, j'appelle Camille pour qu'elle prenne contact avec l'assurance du bâtiment.

— Tu ne vas pas pouvoir utiliser ta cuisine pendant un moment, dit Jordan, qui m'a rejointe.

Il siffle en voyant les dégâts.

— Et le reste du café est aussi inutilisable.

— Moi qui voulais prendre des vacances, dis-je en soufflant.

— Tu le prends vachement bien.

L'étonnement s'entend dans sa voix. J'ai appris à relativiser tous ces événements que la vie met sur mon chemin. Alors non, je n'avais pas prévu de prendre des vacances maintenant, mais finalement je vais pouvoir fuir les festivités de Noël et aller me terrer dans ma cabane au fond des bois. Seule et isolée du monde. À cette pensée, je souris et commence mentalement à organiser ma retraite en forêt.

— Pas le choix, qu'est-ce que tu veux, je…

— Charlie… hurle la voix de Camille à travers la salle de service.

— Dans la cuisine, Camille.

Nous voyons débarquer une Camille apprêtée et propre sur elle accompagnée d'Hayley en pyjama sous un manteau d'hiver.

— Chacha, tu vas bien ? questionne ma meilleure amie.

— Oui et toi ? Parce que tu n'es jamais debout aussi tôt un dimanche matin.

— Quand Camille m'a appelée, j'étais en pleine partie de beach-volley avec Orlando Bloom et Shemar Moore sur une plage des Bahamas. Donc rien que je n'ai déjà fait, rigole-t-elle.

Elle se retourne vers Jordan et le toise d'un air peu amène.

— Je suis sûre que c'est ta faute.

Attaque gratuite et totalement inutile, car il est évident qu'il n'est pas responsable de l'effondrement de mon plafond. Jordan et Hayley se chamaillent depuis le lycée, ils se connaissent et s'envoient des piques dès qu'ils se croisent. Mon amie a beau me dire qu'il ne s'est rien passé entre eux, je reste persuadée qu'elle ne me dit pas tout. Je laisse donc à Jordan le soin de la gérer.

— Bien sûr, Hayley jolie, si tu penses que je suis capable de faire autant de dégâts, c'est que tu as une haute opinion de mes capacités.

— Hayley, regarde autour de toi, dis-je pour soutenir mon voisin.

Ses yeux parcourent la pièce, elle constate d'elle-même que l'effondrement d'une partie de mon plafond ne peut pas être de son fait.

— Bon, OK, tu n'es pas responsable cette fois.

Pendant que Hayley se dispute avec Jordan, Camille, de son côté, organise déjà les travaux et moi je rassemble les affaires qui peuvent être sauvées. Chacun à sa tâche, la matinée passe au rythme des clients qui se bousculent devant la porte et se désolent de cet incident. En dehors d'être un voisin agaçant, mais super sympa et être l'ennemi numéro un de Hayley, Jordan est aussi un architecte de génie qui a déjà l'œil sur les travaux à réaliser.

— Je dirais qu'une fois l'accord des assurances donné, il faudra entre quinze jours et trois semaines de travaux, déclare-t-il.

— Le café devra rester fermé durant cette période ? je questionne.

— Oui, tu pourras partir en vacances sereinement, s'amuse-t-il. Comme ça, tu seras un peu tranquille. Hayley, qui n'accepte toujours pas l'idée que je puisse partir, n'apprécie pas que Jordan le lui rappelle. Elle lui lance un regard courroucé qui le fait marrer et je me joins à lui. Mais, quand elle pointe ses yeux électriques sur moi, je sais que je vais passer un mauvais quart d'heure. Elle me connaît assez pour savoir que je profite de cette période de chômage forcé pour me retirer loin de l'agitation que génèrent les fêtes de fin d'année.

Trois semaines de repos, isolée et seule au monde. J'en rêve.

Chapitre 2

« You just better start sniffin'your
Own rank subjugation Jack' cause it's
Just you against your tattered libido
The bank and the mortician, forever man
And it's wouldn't be luck if you could
Get out of life alive.[1] »

Gun n'Roses,
Knockin'on heaven's door

Jack

— Beau boulot, Pyro, déclare le chef des Fallen's Angels.

Sa main claque dans mon dos et je réponds d'un signe de tête en dégageant ses doigts de mon épaule. Ce type est un connard de la pire espèce, mais il paye bien. Il a ce regard vicieux que seuls les psychopathes peuvent avoir. Je le sais, j'ai le même. Mon besoin de vengeance, je l'assouvis dans les exécutions que je commets. C'est le seul exutoire que je connais.

---

1. « Tu ferais mieux de commencer à flairer ta
Propre répugnante subjugation, Jack, parce que c'est
Juste toi contre ta libido en loques
Le virage et le croque-mort, pour toujours
Et ce ne serait pas de la chance si tu pouvais
Sortir de la vie en vie »

Je suis l'exécuteur des Black's Soldiers, plus précisément celui du chapitre de l'Ohio. Ryder, mon Préz, sélectionne les contrats et moi je fais le nécessaire. Je mets à disposition contre rémunération mes talents de nettoyeur pour pouvoir canaliser mon besoin maladif de violence. Ancré depuis longtemps à Fremont, j'ai ressenti le besoin d'aller voir ailleurs, de continuer à faire ce que je sais faire de mieux : tuer. Car, même si j'apprécie mes frères et aime mon club, j'ai besoin de ce shoot d'adrénaline. D'occuper mes mains par la violence pour détourner mon esprit des cauchemars qui m'envahissent dès que je leur laisse la place.

— Merci, Samaël, réponds-je devant l'insistance de mon hôte à entendre le son de ma voix.

— Tu restes faire la fête avec nous ?

Je déteste palabrer, je grogne plus que je parle. Je suis un loup solitaire, je n'aime pas la compagnie des gens et ils me le rendent bien. Généralement, ma gueule suffit à les faire fuir. Mes brûlures couvrent une grande partie du côté gauche de mon visage. Ça, c'est pour la partie visible de l'iceberg, mes cicatrices ne s'arrêtent pas à l'encolure de mon tee-shirt, elles me mangent une bonne partie du torse et descendent jusqu'à l'aine. J'ai appris à vivre avec ces ignominies disgracieuses, elles font partie de moi et ont construit l'homme que je suis. Mais je n'ai toujours pas appris à vivre avec le regard des autres, et surtout des femmes.

À cela s'ajoutent mes yeux : la génétique avait déjà décidé de me mettre des bâtons dans les roues dès ma naissance, car je souffre d'hétérochromie. Cette singularité donne à mon regard une teinte si particulière qu'elle fait flipper la plupart des gens. On peut dire que les fées ne se sont pas penchées sur mon berceau.

Depuis mon enfance, je suis condamné à être un marginal. Pourtant j'ai essayé de me fondre dans la masse, malgré mon handicap visible, j'ai essayé. J'ai fait mes classes, j'ai intégré l'armée avant d'en être remercié, car pas assez compatible avec la franche camaraderie qui y régnait. La compagnie des hommes ne me dérange pas, mais j'ai besoin de m'isoler. Souvent. Ce qui est impossible dans un camp militaire perdu au fin fond du désert irakien. À mon retour en Amérique, j'ai zoné, erré dans les différents états avant de rencontrer par hasard les Black's Soldiers. Depuis j'ai trouvé un semblant de place, je n'ai plus eu besoin de fuir, car chacun de mes frères respecte mon besoin d'espace. Et c'est à Fremont que j'ai posé mes valises.

— Non.

Pas besoin de faire de long discours, le ton de ma voix dissuade Samaël de rétorquer.

— Très bien, j'ai un autre contrat pour toi alors.

Je viens à peine de finir la précédente mission. J'ai traqué pendant des semaines un type qui avait mis en enceinte une des filles de leur clan sous la menace d'une arme. Aujourd'hui, il ne reste plus qu'un amas de cendre de cet homme au milieu d'une décharge. Après cette mission, je comptais rentrer à Fremont. Retrouver mes frères et passer du temps en famille avec eux. Ça va faire plusieurs mois que je n'ai pas foutu les pieds là-bas. Mon garage me manque, mes amis me manquent, j'ai eu ma dose d'adrénaline pour un temps et j'ai besoin de me poser. Mais, comme les Fallen's Angels sont l'un de mes plus gros clients, j'écoute sa proposition.

— Je t'écoute.

Installé autour de la table en fer qui trône au milieu de leur centre d'opérations, j'attends que leur chef se décide à me dire ce qu'il espère de moi. En attendant, j'observe un à un ses lieutenants. Les Fallen's Angels sont un gang. Ils ne sont pas hiérarchisés comme les motards. Leur chef n'est pas élu. À la manière d'une meute de loups, Samaël a tué le précédent président pour lui succéder. Le chef doit défendre sa place dès qu'un petit jeune le défie. Jusqu'à présent, Samaël n'a jamais perdu, mais on dit surtout qu'il éradique la concurrence avant qu'elle n'ait le temps de loucher sur son trône.

Il est leur chef depuis presque dix ans et a donc hérité du nom de Samaël. Chez eux, le nom fait la fonction, donc tous les présidents portent le nom de cet archange. Ses lieutenants doivent également avoir un nom en rapport avec la culture religieuse ou ésotérique comme Azazel ou encore Marbas. Ils font une libre interprétation des croyances et des mythologies pour choisir le nom de code.

Le Samaël actuel est un homme froid et au regard glacial. Il est devenu chef assez jeune, à vingt-trois ans, il a décapité son prédécesseur. Ce combat a été un véritable bain de sang et se raconte encore au cours de leurs soirées comme une légende.

Samaël me glisse un dossier que je feuillette sans intérêt. À l'intérieur se trouvent des clichés assez anciens, des notes, tout ce qu'ils ont pu rassembler sur cette personne. Je referme le dossier sans être arrivé au bout et sans avoir fait attention aux photos, car je sais d'avance que je refuse ce contrat.

Le regard sombre de Samaël me sonde alors qu'il me détaille la mission. Plus je l'écoute, plus je frémis. Il me demande juste de retrouver cette personne et de la leur amener. Jusque-là rien de bien sorcier, mais, quand il me décrit avec une précision qui frise l'indécence l'étendue des tortures qu'il compte lui faire subir, je sens mon sang battre sous mes tempes. Je ne suis pas un tendre, je torture sans états d'âme et j'y prends même du plaisir, mais là… C'est du sadisme pur. Si je comprends bien, il n'attend rien de cette personne, il veut juste se venger. Il reste évasif sur les raisons de sa haine à l'encontre de cet individu. Mais ce qui est certain c'est que c'est personnel. Et je ne suis le bras vengeur de personne. Je n'accepte que les missions où les hommes ont commis un crime, mais là rien de ce que j'entends ne mérite mon intervention. Je suis un être vil et violent, mais j'ai un code moral qui me permet de ne pas perdre complètement la tête. Je ne tue jamais des innocents, toutes mes victimes avaient mérité leur sort.

Quand il a fini son monologue, nous nous livrons une bataille silencieuse. Samaël me fixe avec une intensité qui ferait trembler n'importe qui. Mais je ne suis pas n'importe qui. Je ne cille pas, ma respiration est calme et mon rythme cardiaque serein. Je n'ai pas peur de lui ni de personne. Silencieusement, je pose mes deux mains sur la table, m'appuie dessus pour me lever en poussant ma chaise avec mes jambes. Je plonge mon regard dans celui de mon hôte.

— Je ne suis pas intéressé.

Samaël est contrarié, son œil droit cligne plusieurs fois, ce tic nerveux est le signe qu'il n'accepte pas ma réponse.

— Puis-je savoir pourquoi ? siffle-t-il.

Sa voix met en alerte ses sbires autour de nous, ils se tendent. Ils sont certainement médusés de voir quelqu'un oser dire non à leur chef. Et pourtant ils n'ont encore rien vu. Je me redresse de toute ma hauteur pour lui montrer qu'il ne m'intimide pas.

— Parce que je ne suis pas intéressé.

Ses poings se resserrent, il contient difficilement sa colère. Ses yeux me lancent des éclairs ; s'il le pouvait, il me tuerait sur-le-champ. Mais il ne peut pas, il le sait et moi aussi. Je fais partie d'un club de motards qui existe à l'échelle nationale, son club à lui est isolé. Samaël est assez intelligent pour ne pas vouloir déclencher une guerre qu'il sait perdue d'avance. Je contourne la table et me dirige lentement vers la sortie.

— Pourquoi ? questionne-t-il alors que j'ai la main sur la poignée de la porte.

Je marque une pause, un silence que les personnes présentes respectent en retenant leur respiration. D'un mouvement de tête, je l'observe par-dessus mon épaule.

— Parce que je ne touche pas les femmes.

Chapitre 3

« La vie
Un rien l'amène
Un rien l'anime
Un rien la mine
Un rien l'emmène »

Raymond Queneau,
Zazie dans le métro

Charlie

— Tu m'abandonnes, pleure Hayley.

Elle se jette sur le capot de ma voiture dans un geste théâtral et excessif. Mon amie ne supporte pas que je puisse partir m'isoler dans ma cabane au cœur de la forêt. Elle aime la foule et le bruit, j'aime la solitude et le silence.

— Tu exagères.

— Non tu pars et tu me laisses ici toute seule.

— Hayley ! Tu as deux enfants, tu n'es jamais seule, rigolé-je.

Pendant qu'Hayley vide le coffre de ma voiture au même rythme que je le remplis de mes affaires, je fais mentalement la liste des choses à ne pas oublier. Je suis euphorique à l'idée de ces vacances forcées. J'ai hâte de retourner dans la cabane, de m'y ressourcer, de me couper du monde et des gens. J'aimerais être ailleurs, mais ce n'est pas possible, la cabane est l'endroit où je serais le mieux pour passer les fêtes de fin d'année. C'est la première fois que je vais y aller en hiver, ça doit être magnifique !

— Hayley, arrête d'essayer de m'empêcher de partir. Tu sais que j'ai besoin de m'isoler et tu sais aussi pourquoi je déteste Noël donc c'est le moment idéal.

— Je sais, concède-t-elle en râlant. Mais j'avais organisé un programme de folie pour nous deux. Les enfants seront chez leur père une semaine, je vais me retrouver toute seule, chouine-t-elle.

Avec une idée derrière la tête, je vais lui confier une mission.

— Est-ce que tu pourras surveiller l'avancée des travaux en mon absence ?

Mon amie se redresse, soudainement très intéressée par cette proposition. En effet, je lui donne l'occasion de passer du temps avec Jordan. Le rouge lui monte aux joues, perdue dans ses pensées certainement obscènes de ce qu'elle pourra faire avec mon voisin pendant mon absence. Finalement, mon départ n'est plus aussi important. Je ne sais pas ce qu'il y a entre eux, mais je connais assez mon amie pour savoir qu'il ne la laisse pas indifférente et réciproquement. Je les ai vus assez souvent ensemble pour reconnaître les signes d'un désir inavoué. Ils se querellent, se cherchent, mais en aucun cas ils n'arrivent à s'éviter.

— Il faut bien que quelqu'un le fasse puisque tu t'en vas.

— Comme si cela te dérangeait beaucoup…

Pour toute réponse, Hayley me tire la langue et se décide à remettre mes affaires dans le coffre avec une ardeur qui frise l'insolence. Elle les entasse avec la force d'un rouleau compresseur, maintenant elle en est presque à me foutre dehors.

Je retourne dans mon café, où Jordan s'agite. J'observe cet homme qui arrive à tenir tête à ma copine. Son ex-mari est sympa, mais il n'avait pas le caractère nécessaire pour faire face à la tornade qu'est Hayley. Ils sont restés amis et s'entendent à merveille pour leurs deux enfants. Une séparation dans les règles de l'art. Dos à moi, Jordan prend des notes et des mesures, il attend l'accord des assurances pour commencer les travaux. C'est un homme assez fin, son jean moule à la perfection, son petit cul rebondi. Sa chemise lui donne un air sérieux tout comme ses lunettes, qu'il remonte sur son nez du bout des doigts. Jordan est métis, de ses origines cubaines, il a gardé une peau couleur caramel et des yeux sombres.

— Quand tu auras fini de me mater, tu pourras venir voir ? questionne-t-il sans se retourner.

— J'avoue que ton cul n'est pas mal, dis-je en plaisantant.

— Y a pas que mon cul si tu veux tout savoir…

— Je t'interdis de draguer ma copine, s'énerve Hayley qui vient de nous rejoindre.

Je connais assez mon amie pour savoir que sa jalousie évidente n'est due qu'au fait que l'objet de ses fantasmes flirte avec une autre fille qu'elle. Jordan sourit à l'intervention de Hayley, peu enclin à se laisser déstabiliser par les remarques et critiques de la folle qui me sert d'amie.

Pendant que je ramasse les derniers cartons que je veux prendre, je les écoute se disputer comme des gosses. Mais qu'ils s'envoient en l'air une bonne fois pour toutes !

— Charlie, tu es sûre de vouloir partir maintenant ? Tu ne pourras pas profiter de ton cadeau de Noël tout de suite, questionne Hayley.

Mon cadeau de Noël, parlons-en…

— Tu as intérêt à avoir désactivé ce compte avant mon retour.

— Tu plaisantes, un abonnement premium, jamais de la vie.

— Hayley ! grondé-je.

Elle a eu la bonne idée de m'inscrire sur un site de rencontre, elle a mis le profil en ligne depuis quinze jours et a déjà commencé à faire une sélection de mes prétendants. Hayley a des critères très précis qui sont à l'opposé des miens. Elle aime les hommes gentils et doux, je les préfère plus sombres et taciturnes. C'est peut-être pour ça que je ne rencontre personne, les hommes qui m'attirent sont également ceux que je cherche à fuir.

— Et, tant qu'on y est, tu effaceras définitivement de ta réserve la photo que tu as utilisée comme photo de profil.

— Mais pourquoi ? Tu es magnifique dessus.

— Je peux voir ? demande Jordan, soudain très intéressé par notre conversation.

Hayley ne se fait pas prier et lui montre sur son téléphone la fiche qu'elle a créée à mon insu sur le site de rencontre.

— Ah ouais, quand même, siffle-t-il.

— Arrête, elle est superbe, s'énerve Hayley en lui donnant un coup sur le bras.

— Ce n'est pas ce que je voulais dire. Mais elle est quand même fortement dénudée sur cette photo.

— Quoi, elle est en maillot de bain ! Tu n'as jamais vu de femme nue, ça te choque ? s'amuse mon amie.

Il faut que je les arrête parce que sinon on va y passer la journée, ils auront tout le temps de mon absence pour se chamailler.

— Peu importe, tu effaces tout, déclaré-je fermement. Et, avant que tu commences, il n'y a pas de mais…

Hayley me fait sa bouille de petite fille triste, mais je ne cède pas. Elle souffle, mais prend son téléphone pour accéder à ma requête.

— C'est quand même dommage, Crushappolo est franchement pas mal et un certain Lamesa est carrément une bombe. T'es sûre que tu ne veux pas les voir avant de disparaître dans ta grotte ? propose-t-elle en tournant son téléphone vers moi.

— Non, dis-je sans accorder un regard à l'écran.

Sur cette affirmation qui ne laisse pas de place à l'hésitation, je prends un des cartons pour le charger dans ma voiture. Quand je suis dehors, mes pas crissent sur la couche épaisse de neige, je respire à pleins poumons, inhalant l'air frais avec enthousiasme. Le nez en l'air, je regarde la neige tomber en petits flocons légers.

Devant mon coffre ouvert, je ne peux que constater le bazar mis par Hayley. Les sacs sont empilés à la va-vite de sorte que je ne peux même pas le fermer. Je souffle et m'attelle à tout enlever pour ranger correctement. En premier, je mets les réserves d'essence pour le générateur, ensuite les cartons contenant la nourriture pour survivre plusieurs semaines, des denrées qui se conservent longtemps et de quoi créer de nouvelles recettes pour le café. Je vais profiter de cette période pour tester ma créativité pâtissière. Je glisse sur le siège arrière mes vêtements et quelques livres pour m'occuper. À la cabane, il n'y a ni réseau téléphonique ni télé : un véritable retour aux sources.

— Au moins, je suis sûre qu'on te repérera si tu tombes dans un fossé, rigole Hayley, venue me rejoindre.

— Je t'interdis de critiquer Pumpkin, dis-je en regardant affectueusement ma voiture.

Ma vieille coccinelle est d'un orange franc avec des chromes rutilants. Elle a un certain nombre de kilomètres au compteur, mais n'a pas pris une ride. Je l'adore et pour rien au monde je ne m'en séparerais. Toutes les deux, nous avons traversé bon nombre d'épreuves et avalé pas mal de kilomètres. Une fois la voiture chargée à ras bord, je me retourne vers Hayley pour lui dire au revoir.

— Bon, ma belle, on se revoit dans quinze jours.

Elle me prend dans ses bras puis redevient sérieuse.

— Tu seras prudente sur la route, la neige est épaisse et il est prévu qu'il en tombe encore plus dans les jours qui viennent.

— T'inquiète pas. Une fois à la cabane, je n'ai plus raison de prendre la voiture.

— D'accord, mais fait gaffe, si tu n'es pas là dans quinze jours, je viens te chercher par la peau du cul. C'est clair ?

— Je me doute que tu me retrouveras toujours. Et toi, surveille bien mes travaux, rétorqué-je avec un clin d'œil.

D'un signe de tête, je salue Jordan qui nous surveille depuis l'entrée du café et lui demande silencieusement de prendre soin de mon amie. Il acquiesce d'un hochement de tête. Hayley est un peu folle sur les bords, tendre et géniale, mais elle cache aussi de profondes fêlures. Ma copine me délaisse rapidement pour aller retrouver mon voisin.

Je prends la route et me dirige gaiement vers la sortie de la ville. Je vois le panneau désignant la sortie de Fremont et commence à chantonner en anticipant mon isolement. Une voiture de police me suit puis me demande de m'arrêter sur le bord de la route. J'obéis et attends que l'officier arrive à ma hauteur.

— Salut, Jerry, c'est Hayley qui t'envoie ? questionné-je.

Il se penche à ma fenêtre et acquiesce en rigolant.

— Tu sais que ta sœur est particulièrement envahissante ?

— Elle te surprotège, à mon avis, mais ceci dit elle a raison, tu pars t'isoler dans la forêt sans possibilités de joindre personne. Tu es sûre de toi ?

— Oui, et puis j'ai ma bombe lacrymo, dis-je en la sortant de mon sac et en le menaçant avec.

— OK, rigole-t-il en levant les mains en signe de reddition. Mais sache que tu seras certainement coincée là-bas un moment. La météo a annoncé d'importantes chutes de neige qui devraient paralyser la circulation. Les routes que tu vas prendre ne sont pas les premières à être déneigées donc…

— Merci pour le renseignement, mais j'ai de quoi tenir un siège avec ce que j'ai pris. Tu diras à Hayley que je ne serais pas imprudente et que je ferai très attention à moi.

Jerry me laisse partir et je reprends la route. Au fil des kilomètres, je constate qu'effectivement la neige est plus épaisse ici et que l'adhérence de ma voiture est mise à rude épreuve. Je roule doucement et mets près de cinq heures pour arriver à destination.

Les derniers kilomètres ont été une épreuve et ont mis mes nerfs en pelote. Je ne suis pas un as du pilotage et encore moins sur la neige. Quand j'arrive devant la cabane, je souffle, heureuse d'être arrivée entière malgré quelques dérapages incontrôlés. La neige tombe de plus en plus fort.

Je gare ma voiture à proximité de l'entrée, la nuit commence à m'envelopper et, sans réverbère ou autre technologique moderne donnant accès à l'électricité, il fait vraiment sombre. J'avais oublié à quel point cette cabane est isolée. Ici, je suis vraiment coupée du monde, j'adore. J'ouvre la portière de ma voiture, mais la referme aussi vite. Putain il fait froid ! Je me tortille dans l'habitacle pour m'emmitoufler dans mon manteau, je passe mon écharpe autour de mon cou et j'enfonce un bonnet sur ma tête. J'attrape mon sac à l'arrière et je sors enfin de ma voiture.

D'un pas rapide, je me dirige vers l'entrée. Le porche n'est pas éclairé et dans l'obscurité je ne vois pas l'obstacle qui se trouve sur ma route, je me prends les pieds dedans et tombe par terre.

— Merde.

La masse sombre que je n'ai pas pu éviter se met à bouger et émet un grognement plaintif.

C'est un homme.

Chapitre 4

« Quand il s'agit d'offenser un homme, il faut le faire de telle manière qu'on ne puisse redouter sa vengeance. »

Nicolas Machiavel

Jack

Samaël n'a pas d'autre choix que de me laisser partir, non sans me défier du regard.

— Il ne perd rien pour attendre.

Sa voix s'adresse à ses sbires dans un murmure, je n'étais pas censé l'entendre et pourtant cette menace m'est clairement destinée. Mon sang ne fait qu'un tour, je ne suis pas connu pour laisser passer ce genre d'affront. Mes muscles se bandent par anticipation et mon cœur pulse plus fort pour les alimenter en oxygène.

Un sourire sadique aux lèvres, j'ouvre d'un violent coup d'épaule la porte que je venais juste de refermer. Je ne vais pas les attaquer maintenant, ils sont trop nombreux et je ne suis pas suicidaire, mais personne ne me menace sans en subir les conséquences. Question de principe.

— Samaël, sifflé-je.

Je rentre dans la pièce et me positionne face à leur chef. Ils ont tous sorti leurs armes, certains me menacent avec, mais cela me laisse de marbre. Je n'ai pas peur, je sens l'adrénaline couler dans mes veines.

— Dis à tes hommes de baisser leurs flingues.

Ma voix est trop calme pour ne pas être menaçante. Devant mon regard mauvais, Samaël fait signe à ses hommes d'obéir. Je m'approche de lui, assez près pour qu'il puisse sentir mon souffle lui caresser la peau.

— Tu viens de faire de moi ton ennemi.

Il déglutit, mais son regard reste déterminé. Parfait, je le suis aussi.

— Nous ne travaillerons plus ensemble et je vais même te dire mieux : je serai là pour te pourrir la vie.

Pas la peine de déclencher une guerre entre nos clubs, mais je vais être pire qu'un caillou dans sa chaussure. Je pense notamment à son contrat, je ferai tout ce qui est en mon pouvoir pour l'empêcher de réussir à s'en prendre à cette femme. J'ignore qui elle est. Merde, si j'avais su, j'aurais prêté attention au dossier. Pas grave, je la retrouverai quand même. S'il était si malin, il n'aurait pas besoin de moi pour mener à bien cette recherche.

— Pyro, je te respecte, mais toi non plus tu ne devrais pas me menacer, ose-t-il me répondre.

Il a des couilles et je respecte ça. Mais s'il croit pouvoir m'atteindre, il rêve.

— Je ne te menace pas. Je te préviens.

Pas besoin d'en dire plus. Il n'est pas toujours nécessaire d'être violent pour se faire comprendre. Samaël ne bronche pas, mais son langage corporel parle pour lui. Il se tend, ses muscles se crispent et sa mâchoire se serre. Sans crainte, je lui tourne le dos, il peut admirer le blason de mon club sur mon cuir. Je le porte fièrement, il représente l'appartenance à ma famille, à mon clan. Sûr de moi, je ne crains pas qu'ils m'attaquent.

Je passe la porte d'un pas conquérant et, comme je peux être con par moment, je m'arrête au bar pour boire un coup avant de partir. Je leur montre ma supériorité par ce seul geste, je sais qu'ils ne me tueront pas. En tout cas pas ici, pas chez eux, mais je sens leur rage, elle rayonne autour de nous. J'aime ce sentiment de crainte que j'inspire par ma seule présence. Accoudé au bar, j'observe la pièce avec attention et note mentalement tout ce qui pourrait m'être nécessaire pour ma prochaine descente ici. Car, même si je préfère l'éviter, à cause de l'affrontement qui vient d'avoir lieu avec Samaël, je sais que je vais sûrement devoir venir leur rendre une visite de courtoisie à un moment ou un autre.

Dos au comptoir, je détaille la salle. Petite avec une entrée et deux portes à l'intérieur, l'une menant au bureau de Samaël et l'autre au reste du bâtiment. Les Fallen's Angels ne vivent pas en communauté comme nous. Ici, c'est juste leur QG : un bar miteux où les membres se retrouvent. Et, autour de Samaël avachi dans un vieux canapé, ses lieutenants. Tout ce beau monde me surveille.

Leur club se fonde sur l'ésotérisme, la culture chrétienne, mais s'inspire aussi de la mafia russe et de l'armée. Un beau bordel sans queue ni tête, si l'on me demande mon avis. Leur grade est marqué à même la peau sous forme d'étoile dans le cou. Samaël en a quatre pour le grade le plus élevé, son second est le seul à en avoir trois. Comme des trophées, ils se font également des tatouages pour chaque mort causée. Je n'ai jamais compris l'intérêt de ce genre de marques. Mes tatouages sont plus symboliques, plus personnels, et leur signification n'appartient qu'à moi. Et certains ne sont que des tatouages.

Les filles me fixent de loin, me regardent comme une bête curieuse. Je déclenche chez toutes les représentantes du sexe opposé un sentiment d'aversion qui se lit aussi bien sur leur visage que dans leur gestuelle. Elles me dévisagent avec du dégoût dans les yeux et leur langage corporel traduit leur écœurement à mon égard. Ce rappel de la monstruosité que représentent mes cicatrices est le plus douloureux. Leur regard est un avertissement constant de ce que je ne vois plus. La plupart du temps, je les oublie, elles font partie de moi, mais la répulsion dans le regard des femmes me blesse autant qu'elle me met en colère. Je n'ai pas demandé à naître avec ces iris particuliers et à recevoir ses cicatrices. Les hommes n'ont pas ce genre de regard, mes cicatrices leur inspirent le respect. Seuls mes frères en connaissent l'origine, pour le reste du monde, elles sont la preuve que je suis un véritable dur.

Agacé d'être à la fois maté par les femmes et surveillé comme le lait sur le feu par les hommes, je décide de prendre la route. Je vais rentrer chez moi, revoir mes frères et ceux que je considère comme ma famille. Avec un dernier regard supérieur à l'attention de Samael, je retrouve ma Harley dehors.

Ma Fat Boy de 1984 est un petit bijou entièrement restauré par mes soins. Comme à mon habitude, j'en fais le tour en la caressant du bout des doigts. J'admire sa peinture mate noire, de la ligne d'échappement au garde-boue en passant par les jantes des roues. J'ai dopé son moteur pour qu'elle soit encore plus puissante. J'ai bossé des heures et des heures dessus pour arriver à un résultat que je qualifierais de perfection. Je ferme mon cuir et resserre une écharpe autour de mon cou, j'enfile mes gants, prêt à affronter le froid glacial de ce mois de décembre. Chaque fois que je l'enfourche, je tombe un peu plus amoureux de ma bécane. J'apprécie le vrombissement du moteur entre mes cuisses. Cet engin me donne un sentiment de puissance.

Dans le bruit assourdissant de ma mécanique, j'avale les kilomètres avec plaisir. Plus je roule et plus je me rapproche de ma destination. À deux cents bornes de Fremont, je remarque des 4 x 4 qui me suivent depuis trente bonnes minutes. Ils sont noirs, aux vitres teintées et sans signe distinctif apparent. Ils restaient à une distance raisonnable, mais depuis quelques kilomètres ils se rapprochent. L'adrénaline pulse dans mes veines. Habitué aux situations stressantes, je ne ressens pas la peur et m'oblige à réfléchir. D'ailleurs, je suis meilleur sous pression. Mes doigts serrent un peu plus fort la poignée d'accélération afin de vérifier ma théorie comme quoi ces voitures me suivent. Alors que je frôle les deux cents kilomètres à l'heure, je les vois se rapprocher dans le rétro. Théorie confirmée, ils sont à ma poursuite.

À chaque virage un peu serré, je manque de bouffer le bitume à cause de la couche de neige.

Putain ! Jamais personne ne déneige les routes dans ce coin.

Avec leurs quatre roues motrices, mes poursuivants s'en sortent bien mieux que moi. Je suis obligé de ralentir l'allure. Je reconnais quand un combat est perdu d'avance, je ne peux pas les semer. J'essaye d'appeler mes frères, mais sans succès, le bip significatif de l'absence de réseau se fait entendre.

Fais chier !

Mon intuition me dit que dans ces 4 x 4 se trouvent très certainement Samaël et ses hommes, mais je dois en avoir confirmation. Avant d'agir, je prends le temps de calmer ma respiration, mes doigts passent sous mon cuir pour récupérer mon arme. D'un coup de guidon un peu brusque, je fais demi-tour, et me retrouve face à mes poursuivants. Sur la route déserte, ils se placent sur les deux voies de circulation.

Je souris face à la montée d'adrénaline que je ressens. Elle est mon carburant ; mon sang chauffe dans mes veines et j'adore ça. Je ne sens plus le froid extérieur mordre ma peau, je n'écoute que les battements de mon cœur qui me donnent le rythme de ma progression vers les véhicules. Je ne ralentis pas. Les vitres des voitures se baissent, des bras armés en sortent. L'affrontement approche et je me sens euphorique, j'aime cet état, ce sentiment de plénitude qui m'envahit et me donne l'impression de voler.

Je ne suis pas imprudent et prends rapidement la décision qui s'impose. Je vais devoir sacrifier ma moto et ça me met en colère, mais je n'ai pas le choix. Arrivé à une distance raisonnable, je tire sur le conducteur du 4 x 4 de gauche. Un tir d'une précision chirurgicale. Après une embardée, il part s'encastrer dans un arbre. À peine hors circuit, il est remplacé par un autre. Je roule à une vitesse constante pour pouvoir atteindre mon objectif : connaître l'identité de mes poursuivants pour régler mes comptes par la suite. Je m'approche assez pour pouvoir apercevoir le bras du passager du 4 x 4 de droite. Ma vision se focalise en premier lieu sur l'arme, puis mes yeux remontent le long du canon pour s'ancrer sur les doigts qui serrent la détente. Merde, ils portent des gants, et, quand je lève les yeux vers leurs visages, je grimace en constatant qu'ils sont cagoulés. Je suis sûr que c'est Samaël et son clan, mais je n'ai pas de preuve, du moins pour l'instant. L'important maintenant, c'est de sauver ma vie.

Frénétiquement, je leur tire dessus, de façons aléatoires et décousues, mais cela est nécessaire pour faire diversion. Je suis bientôt à la distance nécessaire pour mettre mon plan à exécution. Encore quelques secondes… Maintenant. Mais, au moment où je braque à gauche, je sens les impacts de balles sur mon torse. Ma respiration se coupe, je serre les dents et poursuis, car je sais que ce sera ma seule chance. Je couche ma moto sur la route. Entendre le frottement de la carrosserie sur le goudron me fait presque verser une larme. C'est encore plus douloureux que ma jambe qui se retrouve coincée entre le poids de ma Harley et l'asphalte.

J'envoie ma bécane dans la voiture de droite, qui se la prend en plein dans la calandre avant. Le conducteur en perd le contrôle et le véhicule file sur le bas-côté direct dans un arbre.

Mon corps n'est que souffrance, mes brûlures sont ravivées par le frottement de ma peau sur la route. Mes côtes me font souffrir et ma respiration est laborieuse. Pourtant, dans un ultime effort, je me relève et pars en courant dans la forêt. Ma seule chance est la fuite. Je m'enfonce dans l'obscurité de cette immense étendue verdoyante. J'efface du mieux que je le peux les traces de mes pas dans la neige, mais le sang qui coule le long de ma jambe laisse une traînée digne du Petit Poucet. Pourtant, je crois entendre le dernier 4 x 4 s'éloigner. Mais ça doit être une illusion sonore, la réverbération du son dans une forêt enneigée rend difficile son interprétation.

Au bout d'un long moment d'errance, je me traîne plus que je ne marche. L'adrénaline a déserté mon corps, la pression retombe et la douleur se fait envahissante et lancinante. Ma tête me lance, ma jambe saigne, mes côtes m'empêchent de respirer normalement, touchées par les tirs que j'ai essuyés et qui sont venus se loger dans mon gilet par balle. Les hématomes doivent déjà commencer à se former. Maintenant, je subis le contrecoup de mon accident, je sens le froid engourdir mes membres.

J'ai de plus en plus de mal à avancer et je me dis que c'est quand même une mort à la con que de crever dans une forêt au milieu de nulle part. J'ai toujours cru que ma mort se ferait dans le sang et les larmes, qu'elle serait violente, pas seul et misérable.

Je tombe à genoux, mes pieds ne supportent plus mon poids. Je rampe dans la neige à la recherche d'un abri quelconque pour me protéger. Je ne sens plus mes membres et malgré l'effort je devine le rythme anormalement lent des battements de mon cœur. Dans la pénombre, je distingue une masse sombre, je m'approche de celle-ci : une cabane. Je suis sauvé.

Mes mains commencent à ne plus répondre à mes commandements. Mes doigts sont endoloris et, quand j'arrive à me hisser sur le porche, je m'effondre dans un râle de douleur. Tout mon corps me fait souffrir et pourtant je commence à ne plus rien sentir.

Le froid m'enveloppe, mes muscles s'engourdissent. J'ai la sensation de flotter sur un nuage cotonneux, la douleur n'existe plus, mes yeux se ferment d'eux-mêmes et mon esprit se relâche. Le temps n'a plus d'emprise sur moi, je lâche prise. Derrière mes paupières closes, le néant, l'obscurité.

Puis soudain, une chaleur irradie sur ma peau, une caresse aérienne qui me réchauffe les os et l'âme. Difficilement, j'ouvre une paupière. Ce que je vois me coupe le souffle. Dans un halo de lumière : un ange.

Chapitre 5

> « Quand les gens entrent dans ta vie, il y a toujours une raison, vois-tu. Ils ne la connaissent peut-être pas eux-mêmes. Tu ne la connais peut-être pas toi-même. N'empêche qu'il y a une raison. Forcément. »
>
> *Joyce Carol Dates, Un endroit où se cacher*

Charlie

Une fois mon rythme cardiaque redevenu normal après la frayeur que je viens d'avoir, je m'approche de cet homme couché devant ma porte. À sa respiration sifflante et à son pouls irrégulier, je sais qu'il est blessé et qu'il doit certainement souffrir le martyre.

D'un pas précipité, je retourne à ma voiture, ouvre ma boîte à gants et fouille frénétiquement pour mettre la main sur une lampe torche. En retournant vers mon inconnu, à la lumière de ma lampe, je ne peux que constater la traînée de sang qui conduit jusqu'à lui. Dans l'obscurité, je n'y avais pas prêté attention. Mais là, elle est visible comme un phare dans la nuit. Je m'approche de cet inconnu et vérifie comme je peux son état de santé. Depuis quand est-il là ? Je passe ma main sur sa joue et sa peau glacée me fait frissonner. Cet homme est gelé et s'il ne se réchauffe pas rapidement il va mourir. Il essaye d'ouvrir les yeux, mais il les referme aussitôt.

D'un bond je me lève, j'ouvre la porte et j'allume la lampe à pétrole qui trône sur la table afin d'éclairer la pièce. Sur le lit, je tire la couverture et le prépare pour recevoir mon invité. Je retourne vers l'homme pour essayer de le transporter à l'intérieur. Je m'accroupis dans son dos et tente de le soulever par les épaules, mais sa carrure de rugbyman et ses vêtements gelés ne me permettent pas de le porter.

— Monsieur, dis-je pour tenter de le réveiller.

Pas de réponse. De deux doigts sur son cou, je constate que son rythme cardiaque ralentit dangereusement. *Bon, Charlie, c'est pas le moment de faiblir.* Soit j'aide cet homme, soit je passe les quinze prochains jours en compagnie d'un cadavre. Je me saisis de ses bras et le traîne sur le sol jusqu'à l'intérieur de la cabane. Difficilement, j'arrive à l'approcher du lit et dans un effort surhumain je réussis à l'installer sur le matelas. Essoufflée comme si j'avais couru un marathon, je m'active autour de lui.

Étape suivante : le déshabiller. Je commence par le plus simple : chaussures et chaussettes. Ensuite son blouson et son pull. Quand je m'approche de son visage, je constate les cicatrices qui lui mangent la joue gauche. J'ai un mouvement de recul en essayant d'en imaginer l'origine, je compatis à la douleur qu'il a dû subir. Inconsciemment, je porte mes doigts à son cou et caresse ses boursouflures. Ce sont des brûlures, elles ont quelque chose de captivant. L'homme grogne par moments, mais heureusement pour moi il ne se débat pas. Pour essayer de le faire revenir parmi nous, je lui décris ce que je fais et lui parle d'une voix douce.

— Je vais vous retirer votre haut parce qu'il est glacé. Vous devez avoir froid, je vais vous réchauffer.

Le pull retiré, je découvre un gilet pare-balles. Face à cet objet de combat, je me questionne sur l'identité de cet inconnu. Je ne suis pas très rassurée, mais en tout cas l'homme allongé devant moi n'est pas armé et surtout pas en état d'être dangereux.

— Mais qui êtes-vous ? Ce gilet pare-balles doit vraiment vous comprimer la poitrine, il va falloir l'enlever.

Je détache les scratches et lui ôte. Sa respiration devient immédiatement plus ample. Le gilet va rejoindre son blouson sur le sol. Maintenant qu'il est nu du haut du corps, je bloque quelques instants devant ce torse sculptural. Des abdos dessinés au burin et des pectoraux à rendre jaloux n'importe quel homme malgré les premiers hématomes qui commencent à apparaître. Même les cicatrices qui continuent jusqu'à son aine n'arrivent pas à enlaidir le tableau qui se découvre devant moi. L'homme est pris de tremblements, ce qui me rend l'usage de mon cerveau. Il ne me reste plus qu'à lui ôter son jean. Quand j'approche mes mains de son entrejambe, je reprends mon monologue.

— Alors je vais me présenter. Je m'appelle Charlie, dis-je en détachant les premiers boutons. Je sais que nous ne nous connaissons pas, mais je suis obligée de vous déshabiller pour ne pas que vous mouriez de froid.

L'homme s'agite sous mes doigts et sa main vient fortement saisir mon poignet. Je relève la tête et me trouve face à un regard de loup. Subjuguée par la beauté de ses iris, je stoppe mes mouvements.

— Bonjour, vous, bégayé-je.

Mais il sombre de nouveau dans l'inconscience. Je finis par réussir à lui retirer son jean et jette sur lui la couverture, sans m'attarder sur le corps d'Apollon allongé sur mon lit.

Je m'active dans la cabane pour faire monter la température. J'allume rapidement un feu dans la cheminée, puis retourne à ma voiture pour la vider. Après trois allers-retours chargée comme un baudet, je ferme la porte du chalet et en pousse le verrou. Je m'appuie quelques secondes contre la porte et souffle pour remettre mes idées en place. J'ôte doudoune, bonnet, écharpe et chaussures pour me mettre à l'aise. J'ajoute du bois dans la cheminée, me réchauffe quelques instants devant l'âtre. Mes mains en avant, je laisse la chaleur m'envelopper et faire remonter ma température.

Mes vacances viennent de prendre un tournant beaucoup plus agité que prévu. Mon invité tremble et grogne par intermittence. D'une main sur son front, je constate qu'il a de la fièvre. Je soulève la couette et commence un inventaire de ses blessures. Donc il est écorché sur une bonne partie du corps, les hématomes sur son torse commencent à prendre une couleur jaune. La plaie la plus importante est à la jambe, il saigne encore beaucoup. Cette plaie est sale, des débris se trouvent à l'intérieur. Vu la couleur de ses lèvres, il est en hypothermie. Il faut qu'il se réchauffe !

Dans la salle de bains, je prends le kit de premiers secours, mets de l'eau à bouillir et récupère une serviette. Une fois mon butin en main, je m'approche de mon blessé. Je pose un gant froid sur son front, ce qui le fait réagir.

— Angel, marmonne-t-il.

— Oui ?

Il ne répond pas. Il oscille entre phases d'éveil et inconscience. Alors je continue mes soins en lui parlant.

— Je ne m'attendais pas à vous trouver sur le pas de ma porte, expliqué-je pendant que mes mains nettoient la plaie sur sa jambe. Vous n'avez pas intérêt à mourir parce que nous sommes bloqués ici ensemble pour un petit moment.

Pendant que je lui parle de l'endroit où nous nous trouvons, j'enlève les débris à la pince à épiler puis je désinfecte sa plaie avec de l'eau oxygénée, ce qui le fait réagir. Ensuite, je fais un bandage autour de sa jambe et m'attelle à nettoyer les autres blessures. Quand j'ai épuisé mon stock de banalités à dire, je me mets à chantonner.

Mes soins terminés, je le borde et vérifie sa respiration, qui est devenue plus régulière. Je me saisis de ses affaires pour les mettre à sécher. Quand je soulève son cuir, je remarque l'emblème dans le dos. C'est bien ma chance, l'homme étendu sur mon lit est un biker. Je serre les dents, peu heureuse de cette découverte, jusqu'à ce que je reconnaisse le blason : c'est celui des Black's Soldiers. À Fremont, ce club de bikers est très connu. Savoir cela me rassure sur mon visiteur nocturne. Les Black's Soldiers ne sont pas de mauvais gars, depuis que je vis à Fremont, je n'ai jamais eu affaire à eux. Il fallait que ma première rencontre avec l'un des membres se fasse ici, je suis une sacrée veinarde ! Sur l'avant du cuir, un patch avec un nom « Pyro » ; ça doit être son nom de route. Je jette un coup d'œil sur l'homme étendu dans le lit et souris devant le tableau qui se présente sous mes yeux. Il dégage une force et une fragilité qui m'impressionnent.

Une fois mon patient correctement installé, je m'agite dans la petite maison. Je vide les cartons dans la cuisine, range dans les placards les denrées et remets de l'eau à bouillir pour me faire un thé. Je m'assois sur une chaise et détaille la pièce dans laquelle je me trouve. La cabane n'est pas grande, une seule grande pièce qui me sert de cuisine, de chambre et de salon, seules la salle de bains et les toilettes sont séparées. Cet endroit est mon refuge depuis tellement d'années que je me sens apaisée de m'y retrouver, c'est un peu comme si je rentrais à la maison, même s'il me manque quelqu'un.

Mes doigts se resserrent autour de ma tasse, qui me réchauffe les mains, je souffle sur mon thé et en déguste une gorgée avant d'y ajouter une cuillère de miel. Quand la température est enfin agréable, je me rhabille pour affronter le froid. Avant de sortir, je remets du bois dans la cheminée et jette un dernier coup d'œil à Pyro, qui dort d'un sommeil agité.

Dehors, il fait nuit noire. Seules les étoiles et la lune éclairent ce ciel d'hiver, la neige tombe à gros flocons. Je suis arrivée au bon moment, car vu l'épaisseur de neige que je sens sous mes bottines je n'aurais jamais pu conduire jusqu'ici sans risquer ma vie. J'attrape les jerricans d'essence dans ma voiture et allume le générateur. Ce dernier est un vieux modèle qui fait le bruit d'une tondeuse à gazon, mais il me permet d'avoir de l'eau chaude.

La température extérieure est négative, la neige ne cesse de tomber en gros flocons qui tourbillonnent autour de moi. Demain, je vais devoir couper du bois pour ne pas en manquer. Une fois que je suis certaine que le générateur fonctionne correctement, j'attrape du bois déjà coupé et retourne à l'intérieur.

Le confort dans cette cabane est rustique. Pas d'électricité, la lumière est fournie par de vieilles lampes à pétrole, des bougies et la cheminée qui a une place centrale dans la pièce. L'eau vient d'un puits et l'équipement de la cuisine est quasi inexistant : une cuisinière qui fonctionne au feu de bois, un évier en pierre et c'est tout. Mais j'aime cet isolement et cette rusticité me rend mélancolique. Ce chalet est à mille lieues des endroits que j'ai connus et dans lesquels j'ai grandi, mais il a aussi été le refuge que j'ai partagé avec mon père quand j'étais plus jeune. Personne de mon ancienne vie ne connaît l'existence de cette cabane et c'est pour ça qu'elle a toujours été mon havre de paix.

J'ai tellement peur qu'il meure sans que je ne puisse rien faire que je retourne au chevet de mon malade.

— Alors j'ai découvert que tu t'appelles Pyro et que tu es membre des Black's Soldiers. Moi aussi je viens de Fremont, mais je ne t'ai jamais vu en ville.

Tout en lui parlant, je vérifie une fois de plus l'état de mon patient avant d'aller prendre une douche. Une fois propre et emmitouflée dans un pyjama en pilou bien épais avec des chaussettes en laine, je me dirige vers le fauteuil qui se trouve devant la cheminée. Je le retourne pour qu'il soit face au lit et que je puisse surveiller mon blessé.

Après cette journée chargée émotionnellement, je m'écroule dans un sommeil profond en espérant que demain mon visiteur sera conscient.

Chapitre 6

« On essaye toujours de comprendre pourquoi les choses basculent. Mais quand on le découvre, on est déjà de l'autre côté. »

Grégoire Delacourt,
Danser au bord de l'abîme

Jack

J'ai chaud puis froid, ma peau frissonne, ma jambe me fait souffrir. Je veux savoir ce qui m'arrive, mais mes yeux restent irrémédiablement clos. Je n'arrive pas à les ouvrir, je n'ai pas la force nécessaire pour le faire, il y a bien longtemps que je ne m'étais pas senti aussi faible. J'ai la sensation de dériver comme un bateau qui a perdu ses amarres. Les voiles dans le vent, je me laisse porter vers l'abîme. Mon corps est lourd, mais mon esprit flotte, attiré par un son mélodieux, un chant de sirène : une voix qui me raconte une histoire. Je ne la connais pas. Pourtant elle me parle directement, touchant une partie de moi dont j'ignorais l'existence, un point de mon âme qui m'apaise comme un baiser délicat. J'ai la délicieuse impression que cette voix panse mes plaies, même les plus profondes. Elle me maintient dans un état de semi-conscience. Mon corps a envie de sombrer, mais mon esprit se bat comme un diable pour continuer à écouter cette voix qui m'oblige à me plonger dans des souvenirs que je préférerais oublier.

— « Parfois, le destin ressemble à une tempête de sable qui se déplace sans cesse. Tu modifies ton allure pour lui échapper. Mais la tempête modifie la sienne. Tu changes à nouveau le rythme de ta marche et la tempête change son rythme elle aussi. C'est sans fin, cela se répète un nombre incalculable de fois, comme une danse macabre avec le dieu de la Mort, juste avant l'aube. Pourquoi ? Parce que cette tempête n'est pas un phénomène venu d'ailleurs, sans aucun lien avec toi. Elle est toi-même et rien d'autre. Elle vient de l'intérieur de toi.[1] »

La tempête de sable me fouette le visage. Le désert irakien est chaud, aride et peu accueillant. Avec ma section, nous avançons à couvert pour trouver le meilleur endroit où déposer ma charge explosive. C'est ma deuxième mission et la première en Irak. Les hommes autour de moi sont tous des hommes courageux, ils assurent mes arrières et pourtant je me sens oppressé. Ils sont mes frères d'armes, mais je n'arrive pas à avoir totalement confiance en eux, ils symbolisent un idéal que je ne connaîtrai certainement jamais. Je les entends chuchoter quand j'ai le dos tourné. Ces hommes représentent l'image du parfait soldat qui fait la parfaite guerre. Moi je suis celui qui fait le sale boulot, celui qu'on ne mettra jamais sur des affiches pour des campagnes de recrutement, celui qui ne plaira jamais aux filles. Je suis celui qu'on envoie en première ligne parce que j'éprouve le besoin viscéral de tuer, de détruire ce qui m'entoure, n'ayant pas le courage de me tuer moi-même.

1. Tous les extraits sont issus de *Kafka sur le rivage*, de Haruki Murakami.

— « Naturellement, dans ma classe, je n'étais guère apprécié. J'ai construit autour de moi un mur que je n'autorise personne à franchir. Moi-même, je ne m'aventure guère en dehors de ces limites. Qui pourrait être ami avec quelqu'un comme moi ? »

Cette question m'a hanté pendant des années. Qui pourrait être ami avec un type comme moi ? Le balafré qui tue pour gagner de l'argent, le type à la gueule cassée qui aime faire souffrir les autres, l'asocial qui a peur des femmes. J'ai eu beau avoir risqué ma vie pour sauver le peuple américain, afin de lui permettre de vivre sa petite vie parfaite où un homme aussi imparfait que moi n'a pas sa place. J'ai eu beau parader dans un uniforme avec une collection de médailles toutes plus inutiles les unes des autres, les gens ne voient que mes cicatrices, elles sont aussi visibles qu'une enseigne au néon en pleine nuit. Le regard des autres et surtout celui des femmes m'a rendu amer et aigri. La guerre avait réussi à m'apprendre à me battre, à manier les armes et les explosifs. Elle a aussi fait de moi une véritable arme chargée de colère et de rage.

Un jour, essayant vainement de faire taire les souffrances qui font de moi un être humain en jouant avec un Glock, j'ai provoqué un accident de la route. Ryder, le Préz des Black's Soldiers, a pris la balle dans le pneu avant qui a éclaté et fait lourdement chuter le conducteur de la Harley. D'un mouvement vif, Ryder s'est jeté sur moi, il n'a à aucun moment regardé mes blessures. Stupéfait devant tant d'ignorance, je l'ai laissé me tabasser. Puis je lui ai proposé de réparer sa bécane. C'est comme ça que j'ai trouvé des gens qui m'acceptent comme je suis. Les Black's Soldiers sont devenus ma famille, personne au sein du club n'a porté un jugement sur mon visage. Ils ont accepté mes cicatrices, mon côté bourru et, surtout, ils ne laissent pas les femmes m'approcher. Mais même au milieu de cette foule, je me sens terriblement seul.

— « Je pense que ça veut dire que les rencontres de hasard sont importantes pour le bien-être des gens. »

Je sens que la voix qui me parle m'emporte dans un monde nébuleux entre obscurité et lumière, entre bien-être et souffrance. Pourtant elle s'accompagne d'une caresse qui me fait un bien fou. Le contact est bref, mais suffisamment intense pour me déstabiliser. Malgré mon état, je peux sentir un intense frisson me traverser. Cette voix est-elle la rencontre de hasard qui m'apportera la paix ?

— « Ils finissent par se fermer et deviennent parfois totalement introvertis. Il faut beaucoup de temps et d'efforts pour parvenir à ouvrir un cœur ainsi verrouillé. Les cœurs d'enfants sont malléables, on peut les façonner à sa guise. Mais une fois déformés et endurcis, il est difficile de les ramener à leur état d'origine. »

Ma mère me regarde avec cet air de dégoût que je lui connais si bien. Elle ne m'a jamais vu autrement que comme le monstre qu'elle a créé. Comme à son habitude, elle crie après moi pour une raison obscure, elle n'a jamais fait autrement. Sa voix me vrille les tympans. L'ai-je déjà entendue me parler sans hurler ? Je ne crois pas. J'ai tout essayé, lui parler gentiment, utiliser les mêmes décibels qu'elle, rien n'y fait. Elle me déteste et pourtant elle refuse de me laisser partir. Elle a besoin de moi pour pouvoir me reprocher son existence pitoyable et misérable, je suis selon elle responsable de tous ses maux. Et quand c'est ce que vous entendez tous les jours de votre vie, ça ne peut être que la vérité. Alors un matin je suis parti et je ne suis plus jamais revenu. J'avais déjà fugué plusieurs fois à l'adolescence, mais je suis toujours revenu lâchement vers elle, j'espérais naïvement que mon absence lui aurait fait de la peine. Ça n'a jamais été le cas. Ma mère a façonné l'homme que je suis, elle est l'unique auteure de mes cicatrices visibles et invisibles.

— « Tel que tu me vois, j'ai été victime de discriminations diverses dans ma vie, poursuit-il. Seuls ceux qui ont subi eux-mêmes savent à quel point cela peut blesser. »

Je me souviens précisément du jour où j'ai pris réellement conscience de mes cicatrices, je devais avoir sept ou huit ans. C'était un matin de mars, je jouais dans la rue avec des voitures miniatures sur un carton trouvé près d'une poubelle sur lequel j'avais dessiné un circuit. Comme à mon habitude, je jouais seul. Je n'ai jamais eu d'amis même si à l'époque j'ignorais pourquoi. Ce jour-là, une petite fille à peine plus jeune que moi s'est approchée. Elle voulait certainement jouer avec moi et j'étais content. Pour la première fois, j'allais pouvoir interagir avec un autre enfant. La petite fille portait un jean rose pâle et un pull avec des licornes, elle s'est approchée, un sourire éblouissant aux lèvres malgré sa dent manquante, elle avait un regard vif et espiègle. Je l'ai admirée et détaillée, quand elle m'a parlé, sa voix était douce, j'ai été subjugué par autant de sympathie. J'ai été étonné de ne pas l'entendre me crier dessus. Elle s'est accroupie et j'ai tendu la main vers elle pour m'assurer qu'elle était réelle. Puis les cris, la petite fille qui disparaît rapidement, emportée par les bras de sa mère, qui me décrit comme un monstre hideux. C'est à ce moment-là que j'ai compris que les adultes ne voyaient en moi que la bête de foire que ma mère a voulu que je devienne.

Quant à l'adolescence, j'ai voulu sortir avec des filles pour pouvoir vivre comme un ado normal. Être comme tous les autres, découvrir ce qui fait l'essence même de la vie : les relations humaines. Je n'ai jamais pu le faire. J'ai été rejeté par tous et surtout par toutes. Je n'ai jamais su ce que cela faisait d'être amoureux, je n'ai pas connu les émois des premiers sentiments, les premiers frissons d'une relation. Je n'ai connu que le rejet et le dégoût. J'entends encore le rire de la fille que j'ai invitée à sortir comme si ma proposition était ridicule. Je revois ses doigts désigner mes cicatrices en me disant que jamais aucune fille au monde ne se laisserait toucher par le monstre que j'étais. C'est son rire que j'entends encore dans ma tête. La douleur ressentie ce jour-là se répercute encore dans mon esprit, elle est insidieuse, sournoise et vicieuse. Elle se déclenche chaque fois qu'une femme me regarde, comme un réflexe, un cinglant rappel de ma monstruosité.

Cette introspection me fait m'agiter. Mes muscles se tendent à un point que ça en devient douloureux. Mon cœur m'oppresse, rendant chaque mouvement difficile. Je me débats comme un fou et pourtant mon corps reste immobile. La voix me chuchote tendrement de me calmer. Des mains se posent sur moi et m'enveloppent d'une chaleur bienfaitrice. Ma respiration s'apaise, mon corps se détend en réponse à cette voix angélique qui rassure l'enfant que j'étais et interroge l'homme que je suis. Je veux en connaître la propriétaire, je veux ouvrir les yeux pour découvrir l'identité de mon bourreau. Car c'est elle qui me force à me plonger dans des souvenirs douloureux et, en même temps, ce sont ses mains qui me ramènent vers un état de sérénité que je n'avais jamais connu. Paradoxalement, je ne me suis jamais senti aussi protégé et en sécurité qu'avec elle. Sous ses caresses, je me sens bien. J'aime la sensation de chaleur qui m'envahit, je découvre avec avidité ce sentiment de quiétude qui m'enveloppe, mes terminaisons nerveuses s'agitent sous la délicatesse de son toucher. Mes yeux refusant de coopérer, j'imagine alors la femme qui s'occupe de moi. Ses paroles continuent de me bercer et font écho à mes pensées.

— « Je suis sûr que cette fille est un fantôme. D'abord elle est trop belle. Non seulement elle a un visage sublime, mais tout en elle est trop parfait pour qu'elle soit réelle. On la croirait sortie d'un rêve. La pureté de sa beauté éveille en moi une émotion proche de la tristesse – un sentiment très naturel, mais que seul quelque chose d'extraordinaire peut susciter. »

La voix a raison, la femme que j'imagine est beaucoup trop belle pour s'occuper d'un type comme moi. Sa beauté rivalise avec ma laideur. Dans mon esprit, elle est mon parfait opposé, une beauté lumineuse qui vient pour me faire souffrir. Elle est un rappel de ce que je n'aurais jamais. De la place de monstre que la vie m'octroie.

Cette constatation me fait hurler, mais je suis prisonnier de mon propre corps. Quelle drogue a-t-elle bien pu me faire prendre pour que je sois dans cet état de folie ? Mon esprit me joue des tours, je flotte entre deux eaux. Je veux me débattre, mais je m'enfonce un peu plus dans l'obscurité. Dans cette noirceur qui m'enveloppe, des yeux me fixent, sombres, violents, agressifs. Des rires éclatent, moqueurs, railleurs et féminins. J'essaye de les faire partir, mais je n'y arrive pas, je suis incapable de bouger, mes muscles ne répondent pas à mes commandements. Je veux pouvoir me boucher les oreilles pour ne plus les entendre. Je commence à paniquer, ma respiration se fait hachée, je crie à m'en faire péter les cordes vocales, je me débats face à ses démons invisibles. Un poids m'oppresse la poitrine, j'ai besoin que les yeux s'en aillent, que les rires cessent.

Alors que je me sens partir, que je sens la vie quitter mon corps, je l'aperçois. L'ange qui m'est déjà apparu plus tôt. Elle m'appelle, m'attire vers elle, me ramène dans le monde des vivants. Je réponds à son appel, j'ai envie d'aller vers elle, de la retrouver, de la rencontrer.

Elle est ma lumière dans l'obscurité.

Chapitre 7

> « En chaque femme, il y a toutes les femmes : la princesse, la jeune fille, l'aventurière, la compagne, la mère, celles que nous avons été ou que nous aurions pu être, celles que nous pensons pouvoir devenir un jour, celles que nous ne serons jamais. »
>
> *Thierry Cohen*

Charlie

Le cou endolori par la position inconfortable dans laquelle je me suis endormie, je détends mes muscles en m'étirant. Mon corps est parcouru de frissons et constate d'un coup d'œil vers la cheminée que le feu est en train de s'éteindre.

Je rajoute du bois dans le foyer. Les flammes dansent sous mes yeux dans un ballet envoûtant. J'ouvre les rideaux pour laisser entrer la lumière blafarde du matin. Dehors, la neige est encore plus présente. À l'épaisseur de la couche de poudreuse sur ma voiture, je peux affirmer qu'il a neigé sans discontinuer toute la nuit.

Pyro est toujours étendu sur le lit, dans son sommeil il a fait bouger les couvertures et son corps s'étale à ma vue. Ses hématomes sont encore plus visibles et masquent en partie les tatouages qu'il a sur sa poitrine. Ce sont de très beaux tatouages, bien exécutés et d'une précision incroyable. Je les découvre du bout des doigts en passant de la crème sur ses blessures. En posant une main sur son front, je constate qu'il a toujours de la fièvre.

Je m'active autour de lui pour le soigner, je nettoie à nouveau sa plaie à la jambe qui ne présente pas de signes d'infection. Pyro s'agite et marmonne. Ses propos sont inintelligibles et il sombre rapidement dans les songes.

Pendant les deux jours suivants, son état de santé ne s'améliore pas. Il oscille entre conscience et somnolence. Alors pour passer le temps je lui fais la lecture, ainsi je reste à ses côtés et veille sur lui. Son état m'inquiète, son repos est agité et il est pris par moments de violentes convulsions. Je le veille comme un enfant, soucieuse de le voir sombrer de plus en plus. Je souffre avec lui, car il est clair que sa bataille n'est pas seulement physique. Dans ses méandres, il se bat contre quelque chose de plus douloureux et certainement de plus personnel qu'une simple fièvre.

C'est au cours de mes lectures qu'il s'est montré le plus agité. Sous ses paupières closes, je pouvais voir ses yeux rouler dans tous les sens, ses muscles se contracter sous l'effort. Il essayait de se débattre contre quelque chose de bien plus fort que lui.

Difficilement, j'arrive à lui faire avaler de la soupe, je l'hydrate au maximum. Je l'aide comme je peux dans sa guérison, je lui parle, le soigne, le console quand il s'agite.

L'homme étendu devant moi est épuisé, ses traits sont tirés et il passe son temps à dormir comme s'il rattrapait des années d'absences de sommeil. Dans ses phases d'éveil, il n'est toujours pas cohérent. Nous n'avons pas pu avoir une conversation, je ne suis même pas certaine qu'il ait réellement conscience de ma présence.

Mon quotidien depuis que je suis arrivée est toujours le même, je m'occupe de lui puis vaque à mes occupations. Aujourd'hui, ne déroge pas à la règle.

Après avoir soigné Pyro, je m'attaque à la maison. Je m'habille rapidement et prépare le repas, il faut que j'arrive à lui faire manger quelque chose de solide sinon je ne donne pas cher de l'évolution de son état. Je m'attelle à tester une nouvelle recette de gâteau à base de noix. Alors que je mélange la pâte au fouet, Pyro se met à hurler, ce qui me fait sursauter et renverser la moitié de la préparation sur la table.

— Zut…

Je me précipite sur vers le lit et saisis par les épaules Pyro, qui s'agite avec force.

— Pyro, calme-toi, ordonné-je. C'est moi, Charlie, tu te souviens ?

J'utilise toutes mes forces pour le maintenir allongé. Il se débat, comme possédé.

— Non, arrête ! hurle-t-il.

— Pyro, je suis là.

Dans cette lutte, j'essaye d'éviter d'appuyer sur ses blessures et je finis à califourchon sur lui, maintenant une pression sur ses épaules. Il se saisit de mes poignets et les serre durement. Je ne retiens pas le gémissement de douleur qui franchit mes lèvres. En m'entendant, il ouvre grand les yeux et son regard s'ancre au mien. Je lui parle d'une voix douce.

— Pyro, je ne te ferai pas de mal. Calme-toi, s'il te plaît.

Malgré son état délirant, l'intensité de son regard me perturbe. Il a un de ces regards qui vous hantent le reste de votre vie. Des iris de couleurs différentes qui brillent d'une flamme ardente. Sous mon poids, Pyro se détend et relâche instantanément sa prise autour de mes poignets.

— Je suis désolé, murmure-t-il avant de s'effondrer à nouveau.

Au bout du troisième jour, sa fièvre finit par tomber. Soulagée, je peux enfin m'autoriser à respirer à nouveau. Maintenant, il se repose de la lutte qu'a menée son corps pour combattre la fièvre. Je me sens tellement impuissante devant sa souffrance. J'aimerais pouvoir l'aider plus, mais tout ce que je peux faire, c'est de continuer à prendre soin de lui. Pour cela, je dois maintenir une température suffisante dans la cabane en m'assurant que la cheminée, seule source de chaleur, reste constamment allumée.

Emmitouflée dans ma doudoune boutonnée jusqu'en haut, je sors couper du bois. Dans l'atelier attenant à la maison, je me saisis de la hache et m'attelle à la tâche. Au bout d'un moment, j'ai chaud à force de jouer au bûcheron. Je range mon butin sous l'auvent et remplis le panier de bois pour le rentrer.

La neige tombe encore, en petits flocons qui volent autour de moi, me ramenant instantanément en enfance. Sous mes pieds, la couche de neige est épaisse, molle et collante. Je comprends pourquoi les routes ont été coupées, je serais bien incapable de conduire dessus, je doute même que ma voiture puisse bouger d'un centimètre.

Malgré les températures glaciales, je respire à plein poumon, le froid vivifie et colore ma peau d'une teinte rouge. Je passe ma langue sur mes lèvres gercées tout en faisant le tour de la cabane et découvre des empreintes, des traces d'animaux sauvages. Avec une curiosité infantile, j'essaye de deviner quelles espèces sont passées par là.

Pour me maintenir en forme, je fais également une petite marche dans la forêt tout en restant à proximité. Mon esprit a besoin de s'éloigner de cette cabane et de l'homme qui l'occupe. Je ne sais pas comment le dire, mais chaque fois qu'il s'agite, je prends en pleine figure sa souffrance. Je la ressens, la partage… C'est comme si ses blessures répondaient aux miennes, comme si nous partagions une connexion invisible que seules deux âmes meurtries peuvent avoir. Mon passé ne me hante pas, mais il fait partie intégrante de moi et de mon avenir, alors que Pyro se débat encore contre le sien. Je n'ai pas besoin qu'il me parle pour le comprendre.

Quand je rentre, les bras chargés de bois, je me retrouve face au regard de loup de Pyro. Il est bien éveillé et me fixe étrangement.

— Salut, dis-je, un sourire aux lèvres.

Chapitre 8

« Regarde-toi dans mes yeux, tu vas te trouver sublime. »

Bertrand Blier, Tenue de soirée

Jack

Quelles sont les dernières choses que je me rappelle ? Mes souvenirs sont flous : des voitures sombres qui me poursuivent, ma moto que je sacrifie, la forêt qui m'oppresse, la neige tachée de mon sang, le froid qui engourdit mon corps, puis la sensation de partir, de ne plus pouvoir maîtriser mes mouvements, de plonger vers le néant.

J'ouvre les yeux pour découvrir l'endroit où je suis détenu. Je dois être enfermé dans un coin sombre, une geôle sans possibilité de fuite. Pourtant devant moi je distingue une pièce agréable, bien que sommairement meublée. Je suis confortablement installé dans un lit, mes poignets ne sont pas attachés et je suis libre de mes mouvements. Rien ne m'entrave, ce qui m'intrigue. Qui peut bien me retenir prisonnier dans ces conditions ? La cheminée diffuse une chaleur douce, je soulève la couverture qui m'enveloppe et me découvre en calbut, avec un pansement à la jambe et mes blessures soignées. De plus en plus décontenancé par ma situation, je fouille dans mes souvenirs.

Une image ne quitte pas mon esprit : un halo de lumière encadre une silhouette angélique. Quand je l'ai vue, je me suis senti apaisé, comme si elle était venue me chercher dans l'obscurité dans laquelle je m'enfonçais. Donc soit je délire, soit quelqu'un est vraiment venu m'aider. J'essaye de sortir du lit, mais quand je balance mes jambes dans le vide, je me sens faiblir et m'effondre sur le matelas.

Je reste allongé en essayant de garder l'esprit en alerte. J'entends des bruits extérieurs : un chuintement, comme un sifflement, que je n'arrive pas à définir, des pas dans la neige. C'est donc la personne qui s'occupe de moi qui est dehors. Je me redresse contre la tête de lit pour essayer de voir par la fenêtre, sans succès. De toute façon, c'est inutile puisque la porte s'ouvre et que je découvre que mon geôlier est en fait une geôlière.

Face à moi, l'ange de mes rêves. Merde, c'est vraiment une femme.

— Salut, dit-elle.

Son sourire est radieux et sa voix mélodieuse, mais ça ne résout pas mon problème : c'est une nana. Inconsciemment, mon corps se tend et mes muscles se bandent par anticipation de la douleur insidieuse que peut procurer une femme.

Depuis aussi longtemps que je m'en souvienne, les femmes m'inspirent la méfiance. Ce sont des êtres vils capables des pires tourments. Physiquement, je n'ai pas peur, mais je me crispe car je sais qu'elles sont à l'origine de toutes mes craintes et mes angoisses les plus profondes.

Et celle-ci ne fera pas exception.

L'ange devant moi me fixe avec un air interrogatif. Je n'ai toujours pas répondu et je ne suis pas sûr de vouloir le faire.

— Tu reprends connaissance, j'en suis heureuse, dit-elle en allant se débarrasser du bois qu'elle porte dans les bras.

Elle le dépose devant la cheminée et en ajoute dans le foyer. Les muscles tendus à l'extrême, je ne la quitte pas du regard. Devant la réaction de mon corps, elle garde ses distances en m'observant. Elle ne semble pas inquiète et s'affaire dans la cuisine.

— Tu as faim ? J'ai fait un gâteau, tu en veux une part ?

Elle se saisit d'un couteau et je commence à m'agiter. Je pense pouvoir la maîtriser si jamais elle tente quelque chose, mais, avant que j'échafaude un plan pour la désarmer, elle repose son arme après avoir coupé deux parts de gâteau. Elle les dépose sur un plateau, ajoute deux verres d'eau et s'approche de moi. Voyant que je me braque en l'observant venir dans ma direction, elle s'adresse à moi avec tendresse.

— T'inquiète pas, je vais juste poser le plateau sur la table de nuit.

Elle le fait et s'éloigne en prenant son assiette. Elle part s'installer dans le fauteuil qui me fait face. Mon ventre crie famine et émet un gargouillis sourd, je louche devant le gâteau, mais je n'y touche pas. Elle l'a peut-être empoisonné. L'ange blond devant moi ne s'offusque pas de mon absence de réaction, elle porte à la bouche un bout du gâteau et le mange consciencieusement en me fixant.

— Tu n'as rien à craindre, tu peux manger.

Trop affamé pour me contenter de la regarder manger, je me jette sur le gâteau et l'engloutis à la vitesse de la lumière. Putain, c'est délicieux. Elle sourit en me voyant faire.

— Tu en veux encore ?

Je veux lui répondre, mais ma gorge refuse de laisser sortir un son alors je hoche la tête. Elle rigole doucement en se levant.

— Tu n'es pas très bavard, mais c'est pas grave, moi je parle pour deux, plaisante-t-elle.

Elle est radieuse, quelque chose dans son regard me perturbe et je n'arrive pas à savoir quoi. Puis, en la voyant approcher en souriant, je sais ce qui m'intrigue à ce point : il n'y a aucune trace d'aversion dans son regard couleur grisaille. Elle ne bloque pas sur mes cicatrices, elle me regarde franchement dans les yeux et n'a aucun mouvement de recul quand elle me fixe. C'est déroutant.

— Je refais les présentations, je m'appelle Charlie, et toi ?

Elle retourne s'asseoir, me laissant la distance nécessaire à mon bien-être, comme si elle pouvait anticiper mes besoins. Elle patiente tranquillement en attendant une réponse de ma part. Cette femme m'a soigné, elle s'est occupée de moi. Si elle avait voulu me tuer, elle aurait pu le faire depuis longtemps. Je peux essayer de ne pas être malpoli, je peux faire l'effort, ça ne doit pas être si difficile. J'y arrive bien avec certaines régulières de mes frères, mais elles n'attendent rien de moi alors que cette femme doit bien vouloir quelque chose. Personne n'est aussi gentil par pure compassion. Charlie se prête à mon regard sans sourciller, je la détaille : blonde avec des yeux d'un gris étonnement clair presque translucide qui pétillent d'une lumière joyeuse. Les traits de son visage sont fins et s'harmonisent parfaitement avec la légèreté de sa silhouette.

La silhouette de l'ange que je vois quand je ferme les yeux.

Elle s'installe confortablement en glissant ses pieds sous ses fesses en se couvrant d'un plaid. Charlie n'insiste pas, mais je l'entends quand même souffler de déception devant mon mutisme. Ce petit son me touche plus que de raison. Merde, je suis l'exécuteur des Black's Soldiers, je devrais être capable de parler à une femme inconnue. Alors, dans un murmure presque inaudible, je réponds :

— Jack.

Chapitre 9

« Le silence semble parfois le profond dialogue de ceux qui se comprennent. »

Philippe Claudel,
L'Arbre du pays Toraja

Charlie

Donc il s'appelle Jack. J'aime. Ce nom transpire la masculinité et le type devant moi déborde de testostérone. Mais son comportement m'intrigue, il pourrait me tuer à mains nues et pourtant il a l'air effrayé par moi. Comment un homme bâti dans le marbre avec des bras aussi gros que mes cuisses et des mains assez larges pour faire le tour de mon cou avec une seule peut-il avoir peur de moi ?

En tout cas, je ne dois pas le brusquer, je dois le laisser venir à moi. Je ne le connais pas, je ne sais pas comment il peut réagir donc autant ne pas le provoquer. Pourtant, je n'ai pas peur. Il a beau être physiquement impressionnant, il se dégage de lui une fragilité presque infantile. On peut voir qu'il ne fait pas facilement confiance et tout dans son attitude me dit qu'il est sur la défensive, prêt à me sauter à la gorge si nécessaire.

Son regard me subjugue, il est captivant. Le centre de son iris droit est de couleur or et entouré d'un bleu très clair. Ce même bleu transparent qui illumine son œil gauche. Cette particularité donne à son regard un côté énigmatique. On pourrait croire que le soleil a élu domicile dans son œil, son iris brille d'une intensité incandescente. C'est magnifique. J'ai l'impression de me faire sonder par un loup.

— Tu te sens mieux ? questionné-je.

Il maintient un silence avant de hocher la tête. OK, il n'est pas bavard, mais comme nous allons être bloqués ensemble un moment il va falloir qu'il se détende un peu.

— Je ne sais pas ce que tu as entendu pendant que tu étais inconscient donc je vais reprendre si ça te va ?

Je n'entends toujours pas le son de sa voix, mais il me donne son aval d'un mouvement de tête.

— Très bien. Quand je suis arrivée ici il y a trois jours, tu étais allongé devant ma porte. J'ignore depuis combien de temps tu étais là et comment tu es arrivé jusqu'ici, parce que le coin est plutôt paumé. Bref. Tu n'étais pas conscient et j'ai dû te traîner pour te mettre sur ce lit, expliqué-je en le désignant. Je t'ai soigné comme j'ai pu, j'avoue avoir eu peur de te perdre à cause de ton hypothermie. J'ai dû te déshabiller, car tes fringues étaient trempées. Tu avais de la fièvre et tu tremblais tellement que j'ai cru que tu allais y rester. Mais je constate avec plaisir que tu t'en es sorti.

Voyant qu'il détaille ses blessures, je lui explique.

— Je t'ai soigné avec un cataplasme de consoude. C'est une plante aux vertus astringentes et cicatrisantes. Je t'accorde que l'odeur n'est pas terrible, mais elle est rudement efficace pour soigner les plaies et les contusions, et l'on peut dire que tu ne manques ni des unes ni des autres. En plus, ici, je n'ai pas grand-chose, alors j'ai fait avec les moyens du bord.

Assise à une distance raisonnable, je l'observe. Il me regarde également sans réellement me voir. C'est assez déroutant. Il évite tout contact visuel, ses yeux ne se posent pas sur moi, mais je sais qu'il est à l'affût du moindre de mes mouvements. J'ai pu le constater quand j'ai saisi le couteau dans la cuisine, il s'est tendu instantanément, prêt à me bondir dessus comme un lion sur une antilope. Je n'aime pas ce silence. Si je suis venue le chercher en m'isolant dans cette cabane, en présence de quelqu'un il m'angoisse. Alors je comble le vide en parlant.

— Tu es resté inconscient au moins trois jours. Peut-être plus, mais ça je ne sais pas. Tu as eu beaucoup de chance, car d'habitude je ne viens jamais à cette période. C'est sûrement le destin qui a voulu que je vienne et que je te trouve.

Effectivement, peut-être que nos chemins étaient amenés à se rencontrer. Je ne crois pas aux coïncidences, les choses arrivent pour de bonnes raisons. Et ma rencontre avec Jack devait avoir lieu. Peut-être que je devais être là pour lui sauver la vie ? Peut-être qu'il a quelque chose d'important à faire ? Peut-être qu'il est là pour moi ? À cette pensée, je frémis légèrement puis me ravise. Cet homme était mourant quand je l'ai trouvé, il ne peut pas avoir simulé son état juste pour m'atteindre. Ça fait dix ans. Tout le monde a oublié mon existence. Jack ignore tout de moi. Nos routes se sont croisées parce que c'est ce qui devait arriver. Il n'est pas le bourreau envoyé pour me ramener vers un passé que j'ai fui. Non, il est juste un homme perdu dans la forêt.

Je me lève pour débarrasser les assiettes et les mets dans l'évier pour les laver. En faisant la vaisselle, je me dis que Jack doit également avoir besoin de se décrasser. Je m'adresse à lui sans me retourner, il épie tous mes faits et gestes donc je sais que ses yeux sont braqués sur moi. Ce type ne doit jamais baisser la garde, il est toujours à l'affût et, même quand il était inconscient, je pouvais voir ses muscles se tendre, prêt au combat.

— Si tu veux prendre une douche, c'est la porte face à toi.

Il grogne. Si je ne l'avais pas entendu prononcer son nom, je pourrais le croire muet. Ce son guttural doit être sa façon de s'adresser aux étrangers. Du moins, je l'espère.

Du coin de l'œil, je le regarde se lever et je ne peux qu'admirer la perfection de son corps. En position verticale, ses muscles sont encore plus saillants et je ne parle pas de ses cuisses fermes qui dansent à chacun de ses pas. Sa démarche est hésitante. Il est resté allongé très longtemps et ses muscles ont besoin de temps pour se rappeler ce qu'il faut faire. Il avance trop rapidement pour que son corps supporte un tel effort. En marchant, il prend appui sur sa jambe blessée et fait pression dessus. Je me précipite à sa hauteur quand je le vois chanceler.

— Holà ! Je vais t'aider, dis-je.

Ses muscles se transforment en pierre au contact de mes mains. Sa respiration se fait hacher et sa mâchoire se contracte. Il stoppe net sa progression et fixe d'un air indéfinissable ma main posée sur sa poitrine. Si la sensation est agréable pour moi, il n'en est pas de même pour Jack. Il a l'air de souffrir en sentant ma peau contre la sienne, il se crispe et j'ignore quoi faire. Si je le lâche, il tombe, mais mon contact semble douloureux pour lui et je ne veux pas le mettre mal à l'aise. De ma voix la plus douce, je m'adresse à lui comme à un animal blessé.

— Je t'accompagne jusqu'à la porte, si ça te va ?

Il souffle de plus en plus fort, sa respiration bruyante fait voler des mèches de mes cheveux. Je peux sentir son souffle chaud dans mon cou où des frissons trahissent mon émoi. Jack n'en a pas conscience, son regard toujours bloqué sur ma main qui lui brûle la peau comme on marque un taureau au fer rouge. Tétanisé par ce simple contact humain, il ne réagit même pas quand je lui parle. Il semble perdu dans un monde de souffrance, son sang afflue dans ses muscles qui se bandent. Tout dans son langage corporel exprime son malaise et son tourment. Je l'oblige à lever les yeux en relevant sa tête du bout des doigts.

— Jack, regarde-moi.

Ma voix est chaude, presque inaudible, mais je sais qu'il m'entend. Difficilement, il détourne son regard de ma main pour ancrer ses yeux aux miens. J'aime la singularité de ses iris. Elle rend cet homme unique, tout comme ses cicatrices. Quand je sais que j'ai capté son attention, je reprends.

— Je ne te ferai pas de mal. Je t'aide à aller jusqu'à la salle de bains et après tu te débrouilles. D'accord ?

Après un long moment, son regard s'adoucit. D'une main hésitante, il vient caresser ma joue, glissant une mèche de cheveux derrière mon oreille. Je retiens mon souffle devant cette attention d'une tendresse infinie. Surpris lui-même par le geste qu'il vient de faire, il se tend à nouveau et retire précipitamment sa main de mon visage comme s'il s'était brûlé. Bon, c'est pas gagné !

Nous arrivons tant bien que mal jusqu'à la salle de bains. Même s'il se retient de trop s'appuyer sur moi, Jack pèse son poids et je peux garantir qu'il n'y a pas une once de graisse dans ce corps.

— Tu trouveras tout ce dont tu as besoin. Je t'ai laissé des vêtements propres. Si tu as besoin de quelque chose, je suis à côté.

Je ne lui propose pas de m'appeler, car je sais que je ne suis pas près d'entendre à nouveau le son de sa voix. Une fois en sécurité dans la salle de bain, je laisse mon invité et retourne à mes occupations.

Chapitre 10

« You've got a face not spoiled by beauty
I have some scars from where I've been
You've got eyes that can see right through me
You're not afraid of anything they've seen[1] »

U2, Song for Someone

Jack

La porte de la salle de bains se referme doucement et je me retrouve enfin seul. Je peux à nouveau respirer normalement. La pièce est petite et à l'image du reste de cette habitation. Rien d'extravagant, un meuble sur lequel est posé une vasque en pierre, un miroir et une douche. Si je tends les bras, je dois pouvoir toucher les murs de chaque côté de la pièce. Je remarque une serviette posée sur le dossier d'une chaise sur laquelle se trouve mon jean et une chemise qui ne m'appartient pas. Chaise que je saisis pour bloquer l'entrée de la salle de bains. Une fois mon inspection terminée et la porte verrouillée, je prends alors le temps d'observer l'étendue des dégâts sur

1. « Tu as un visage pas gâté par la beauté
J'ai des cicatrices de là où je viens
Tu as des yeux qui peuvent voir à travers moi
Tu n'as pas peur quoique tu aies pu voir. »

mon corps. Je pense que je m'en sors pas trop mal : des égratignures, des hématomes, quelques plaies, mais rien de comparable à ce que j'ai déjà vécu et à ce que je vais encore subir.

J'ai la sensation étrange, mais pas si désagréable que ça, de sentir encore la main de Charlie sur ma poitrine. Aucune femme ne m'avait touché comme elle l'a fait. Son geste n'est pas extraordinaire, elle m'a juste soutenu, sa main s'est juste posée sur ma peau. C'est banal, c'est anodin, simple. Il n'avait rien d'ambigu dans son geste. Mais pour moi cette sensation est inconnue, je ne savais pas quoi faire et je ne sais toujours pas. Sous ses doigts, mes cicatrices, mais elle n'a pas bougé, pas tressailli, pas reculé. Non, elle m'a regardé dans les yeux avec une douceur presque maternelle. Cette fille est une énigme.

Devant la glace, je passe ma main dans les poils de ma barbe. Le duvet sur ma joue droite contraste avec l'absence de poils sur ma joue gauche. Mes brûlures empêchent toute pilosité et je me rase quotidiennement, mais ces derniers jours ne m'ont pas permis de le faire. L'image que je renvoie est ridicule, la partie gauche de mon visage est exempte de toute pilosité alors que sur ma joue droite commence à pousser une barbe épaisse et sombre. L'étrange créature qui se trouve dans la pièce d'à côté n'a pas pu ne pas les voir. Mes cicatrices sont mises en évidence par la barbe naissante, on ne voit qu'elles et pourtant elle ne les a même pas regardées, pas une seule fois je n'ai vu ses yeux se perdre sur ces marques disgracieuses.

Cette fille est trop bizarre pour que je ne m'en méfie pas !

J'arrache le pansement que Charlie m'a fait à la jambe. La plaie est propre et cicatrise correctement. Elle s'est peut-être occupée de moi, mais je n'ai pas confiance. Son regard franc cache quelque chose, j'en suis sûr.

J'ôte mon caleçon et me glisse sous la douche, l'eau froide me surprend et me fait frémir. Puis la chaleur grimpe doucement, atteignant une température agréable. Mon corps se détend et j'apprécie la sensation de l'eau coulant sur ma peau. Je détends mes dorsaux en m'étirant, je fais craquer quelques articulations. Tout en me lavant, j'appuie sur mes blessures, j'aime sentir la douleur, elle est le signe que je suis toujours vivant.

Une fois propre, je sors de la douche et j'enroule une serviette autour de mes hanches. Cette toilette m'a fait du bien, j'ai les idées un peu plus claires. Je passe une main sur le miroir recouvert de buée et j'observe mon reflet. Je ne peux pas garder cette allure mi-loup, mi-brûlé. Je fouille les tiroirs à la recherche d'un rasoir. Même un de ces rasoirs roses de bonne femme me conviendrait. Alors que je perds espoir, je découvre devant moi, posé à côté de la vasque en évidence, un matériel de rasage que je n'avais pas vu. Il est absolument magnifique, tout y est : le blaireau, le bol, la mousse et le coupe-choux. Je me saisis délicatement du blaireau et constate qu'il est fait de bois précieux, en ébène, je crois. Le rasoir passe le même examen et le constat est le même. Je ne me suis jamais rasé avec un tel outil, mes doigts caressent délicatement la lame parfaitement aiguisée. Je sais manier les lames et je ne m'inquiète pas de devoir m'en servir.

Une fois mon rasage effectué avec une précision chirurgicale, mon visage retrouve son aspect habituel : brûlé et marqué. Je me saisis de mon jean et le passe à même la peau. Je baigne depuis trois jours dans mon caleçon et je n'ai aucune envie de le remettre. Je le jette dans le lavabo et le lave rapidement avant de le mettre à sécher. Du bout des doigts, j'attrape la chemise et la tiens à bout de bras pour l'observer. C'est une vieille chemise en flanelle, elle est propre, mais pas de première jeunesse. N'ayant rien d'autre à me mettre sur le dos et ne voulant pas parader à moitié nu devant Charlie, je la passe. L'homme à qui elle appartient a à peu près la même carrure que moi. Je m'interroge sur l'identité de son propriétaire.

Propre et habillé, je dois sortir de cette pièce, mais l'idée de rester seul avec une femme me terrifie. Je n'ai pas peur d'elle. Physiquement elle ne fait pas le poids, mais j'appréhende le fait d'être enfermé avec elle. Nous sommes seuls dans une cabane perdue au fond des bois. Par réflexe, je me saisis du rasoir et le glisse dans la poche arrière de mon jean avant d'ôter la chaise et de sortir.

Charlie est dos à moi, elle s'active dans la cuisine, d'où s'échappe une délicieuse odeur. Certainement consciente de ma présence, elle se retourne pour me faire face. Je suis tétanisé, mon corps est immobile au milieu de la pièce.

— À ce que je vois, tu as trouvé le rasoir et les vêtements que je t'avais laissés, dit-elle d'une voix douce.

Sans attendre de réponse, elle retourne à sa tâche. Elle façonne une pâte du bout des doigts. Cette femme m'intrigue, elle ne cherche pas à me faire parler, elle fait preuve d'une étrange patience avec moi. Devant un tel comportement, je ne peux que rester sur mes gardes. Mes pas m'éloignent d'elle autant que cela est possible dans cette pièce exiguë. J'étouffe ! J'ai besoin de prendre l'air. Je me dirige vers la porte d'entrée, pose la main sur la poignée, mais la voix délicate de Charlie me stoppe.

— Tu devrais mettre un manteau. Ton cuir n'est pas assez chaud, tu n'as qu'à prendre cette veste, m'explique-t-elle en me tendant un gros manteau d'homme.

Prêt à sortir sans m'en saisir, j'ouvre la porte et le froid mordant me fait rebrousser chemin. J'attrape vivement la veste tendue par mon hôtesse et la passe à la hâte sous son sourire victorieux avant de sortir en claquant la porte.

— Tu pourras ramener du bois ? questionne Charlie à travers la porte.

Une fois dehors, je fais rapidement le tour de la cabane. Elle est aussi petite de l'extérieur qu'elle l'est à l'intérieur. Un atelier que je fouille consciencieusement sans rien trouver d'intéressant. L'isolement de cet endroit me fait me questionner sur la présence d'une fille seule perdue au milieu des bois. Qu'est-ce qu'elle cache ? Pourquoi une fille aussi jolie irait se perdre ici ? Pendant que je me pose mille questions sur Charlie, mes pas m'emmènent vers la forêt. Elle est épaisse et sombre, la neige ne la rend pas plus accueillante, bien au contraire. Plus je m'enfonce dans ses profondeurs, plus je me sens attiré vers la chaleur de la cabane et de la personne qui l'habite. Et quand je me décide à rebrousser chemin, je constate que je suis totalement perdu. Autour de moi des arbres en sommeil et une épaisse couche de neige qui m'arrive aux chevilles. Ma progression est difficile et je ne comprends pas comment j'ai fait pour ne pas m'en rendre compte avant.

J'ignore depuis combien de temps je suis parti, la neige se remet à tomber, la nuit commence à m'envelopper et je ne trouve plus mes traces pour revenir sur mes pas.

— Merde, dis-je à haute voix.

C'est quand même con, d'avoir été sorti d'une situation identique pour m'y retrouver à nouveau quelques jours plus tard. J'essaye de trouver un repère, un arbre un peu bizarre que j'aurais pu déjà croiser, quelque chose qui m'indique la direction à prendre. Pourtant, ma formation militaire m'a appris à toujours marquer mon chemin. C'est dingue comme on perd vite ses réflexes quand nos pensées dérivent vers des choses plus distrayantes. Est-ce que Charlie va s'inquiéter de ma disparition ? Je dirais que oui, elle n'est pas du genre à abandonner si facilement. Le froid commence à engourdir mes membres, je connais cette sensation et elle n'est pas franchement agréable. Je sautille sur place en remerciant Charlie de m'avoir donné ce manteau qui me tient assez chaud. Les mains dans les poches, j'erre, car si je m'arrête je sais que je suis mort.

Au bout d'un temps incertain, alors que la nuit est totale, je vois une lumière qui balaie la forêt de son faisceau lumineux. Je me dirige vers elle.

— Jack !

La voix inquiète de Charlie parvient jusqu'à moi. J'avance vite, pressé de la retrouver, mais aussi de la rassurer.

— Jack !

Charlie m'appelle, sa voix me guide vers elle encore plus sûrement que la lumière qu'elle tient à la main, comme le chant de la sirène appelle Ulysse. Et quand je sors de la forêt, elle pousse un soupir de soulagement qui m'atteint en plein cœur. Elle est heureuse de me voir.

— J'étais inquiète. Ça fait un moment que tu es parti. Tu vas bien ?

Son inquiétude est manifeste, ses yeux balaient mon corps à la recherche d'une blessure. Soulagée par ce qu'elle voit, Charlie poursuit la conversation toute seule, elle n'attend pas de réponse de ma part.

— Viens donc te réchauffer à l'intérieur. Tu dois être gelé. Ce n'est pas prudent de s'enfoncer aussi profondément dans cette forêt quand on ne la connaît pas, me réprimande-t-elle d'un ton de reproche teinté d'une angoisse fragile.

Elle se tient devant moi, dans la pénombre, je ne peux me fier qu'à l'intonation de sa voix. Ce son me caresse la peau et parle directement à mes terminaisons nerveuses qui frissonnent devant autant de sollicitude. Cette fille est vraiment un ange, il y a quelque chose de presque surnaturel chez elle qui la rend quasiment irréelle. Elle attend patiemment que j'arrive jusqu'à elle, elle ne me force pas à parler. Quand j'arrive à sa hauteur, son regard se fixe au mien. Elle ne fuit pas, elle s'ancre dans mon regard pourtant si particulier en me couvrant de douceur. Cette particularité fait fuir toute personne normalement constituée, mais pas elle. D'une phrase anodine, elle me le confirme.

— J'aime bien tes yeux.

Sa voix est douce et sincère. La créature qui me fait face est une véritable énigme pour moi. Pour la première fois de ma vie, je n'ai pas envie de fuir une femme. J'ai envie de la découvrir.

Chapitre 11

« Il y a des êtres qui nous touchent plus que d'autres, sans doute parce que, sans que nous le sachions nous-mêmes, ils portent en eux une partie de ce qui nous manque. »

Wajdi Mouawad, Amina

Charlie

Je ne sais pas pourquoi je lui ai dit ça, mais j'avais la sensation que c'est ce qu'il avait besoin d'entendre. Il me donne le sentiment de devoir être rassuré comme un enfant en manque d'affection. Jack me fixe comme une bête curieuse, mais je ne perçois pas son habituelle méfiance. Je souris, heureuse d'avoir obtenu une autre réponse que son inébranlable réticence. D'un pas sur le côté, j'ouvre la porte et me glisse à l'intérieur. Alors que je pense qu'il va me suivre, je le vois se diriger en boitant vers le côté est de la cabane.

— Je dois rentrer du bois, dit-il simplement.

Je suis étonnée d'entendre sa voix. Elle est suave, les mots semblent râper sur sa langue pour donner cette impression rauque qui lui correspond tellement.

— Pendant ton escapade, j'ai eu le temps de m'en charger, plaisanté-je.

Jack se retourne vers moi, lève un sourcil interrogateur puis se décide à rentrer. Nous ôtons nos manteaux et je retourne à la cuisine surveiller la cuisson de mes pâtes. Jack reste planté sur le pas de la porte, il observe l'intérieur de la cabane comme si c'était la première fois qu'il la voyait.

— Je sais que c'est petit, mais, pour une personne seule, c'est amplement suffisant, expliqué-je en égouttant les pâtes.

Il se dirige vers la cheminée pour ajouter du bois, il tend les mains devant l'âtre pour se réchauffer. Alors que je dispose les assiettes, mes yeux dérivent vers son dos. Il est large, si imposant que je ne vois presque plus le feu qui danse devant lui.

— À table.

Jack se retourne, il découvre la table dressée et le plat trônant au milieu. D'un pas assuré, il se dirige vers l'évier pour se laver les mains. Je lui jette un torchon, qu'il rattrape d'un geste vif. Nous nous asseyons et je lui sers une bonne portion. Vu le gabarit, il doit avoir bon appétit. Il regarde son assiette avec curiosité.

— Ce sont des pâtes à la sauce tomate agrémentées d'une poêlée de légumes. Bon appétit.

Du bout de sa fourchette, il triture sa nourriture. Son air sceptique me laisse perplexe, mais je décide de le laisser et j'attaque ma part. Ses couverts raclent l'assiette, il grommelle des paroles intelligibles. Il repousse certains aliments dans le coin de son assiette comme un enfant qui trie ce qu'il n'aime pas manger.

Agacée par son comportement de gamin, je lève le nez de mon assiette et le vois en train de détailler un morceau d'épinard qui pendouille des dents de sa fourchette. Il l'inspecte comme si ce minuscule bout vert allait l'empoisonner.

— Des épinards. C'est juste des épinards, raillé-je.

Son air dégoûté me fait rire. J'essaye d'être discrète, mais mon invité m'a entendue. J'ignore quelle peut être sa réaction. Je doute qu'il ait beaucoup d'humour. J'utilise alors le silence qu'il maintient pour éviter d'en rajouter et j'attends. Il met prudemment le bout d'épinard à la bouche et le mâchonne comme un vieux bout de chewing-gum avant de l'avaler.

— Tu vois, ça se laisse manger.

Il plisse doucement des yeux pour confirmer. Je m'habitue à son silence et finalement je le décrypte assez bien. Jack fait partie de cette catégorie de personnes chez qui toutes les émotions passent par le regard.

Il poursuit son repas sans jamais lever les yeux sur moi. J'ai l'impression de manger face à un automate, les gestes sont là, mais le son est absent. C'est un peu vexant, quand même. Perdue dans la contemplation de mon assiette, je suis surprise lorsqu'il amorce la conversation. Le son de sa voix est presque assourdissant après son silence.

— Tu vis ici ?

— Non, tout comme toi, je suis de Fremont. Je viens ici quand j'ai besoin de me retrouver seule, de me ressourcer et…

Le bruit de ses couverts retombant lourdement sur la table et le son de sa respiration qui devient plus vive me font taire instantanément.

— Comment sais-tu que je viens de Fremont ? demande-t-il agressivement.

C'est donc ça !

— Ton cuir, dis-je négligemment.

Il se détend un peu alors je poursuis.

— Je vis dans cette ville depuis assez longtemps pour connaître ton club. Les Black's Soldiers ne passent pas inaperçus à Fremont.

— C'est vrai, marmonne-t-il avant de se renfrogner de nouveau.

— D'ailleurs comment un Black's Soldiers peut-il venir se perdre ici ?

Je ne suis pas étonnée de son absence de réponse. Ce type est bizarre, il se mure dans le silence. Je n'en fais pas cas et débarrasse la table. Il a essayé de me parler et je prends ça comme une victoire. Je pouvais bien voir que cet échange était difficile pour lui. Son corps tendu semblait vouloir l'empêcher d'ouvrir la bouche alors que ses yeux trahissaient son envie profonde. Me poser une simple question a été un vrai combat donc je ne me formalise pas de son silence.

J'apporte une tarte aux pommes que je dispose entre nous. Alors que je m'apprête à la découper, il se saisit du couteau que je tiens entre les mains. Sa peau touche la mienne, il laisse traîner ses doigts sur les miens. Je suis estomaquée de son initiative.

— Je vais le faire, dit-il simplement.

— D'accord.

J'ai surtout l'impression qu'il a voulu me désarmer et ça me fait doucement sourire. Jack nous sert deux belles parts. Il mange la sienne avec envie et j'ai à peine commencé la mienne qu'il louche sur le restant de tarte.

— Ressers-toi.

— Tu cuisines très bien, murmure-t-il en gardant les yeux baissés.

C'est étrange, cet homme ne doit avoir peur de rien, mais il n'arrive pas à me regarder dans les yeux. Son regard est fuyant, pourtant je suis heureuse qu'il essaye de converser avec moi. Je vois bien que chaque mot qu'il s'oblige à dire est un effort pour lui et j'apprécie encore plus son initiative.

— Merci, mais je n'ai pas de mérite. Je tiens le Sunny Coffee dans notre ville et la pâtisserie est mon fonds de commerce.

— Je ne connais pas ton café.

— Je ne suis pas étonnée, rigolé-je. On est plus proches du salon de thé que du bar de bikers. Je n'ai pas de licence pour la vente d'alcool et je n'ai jamais vu aucun membre de ton club venir siroter un chocolat chaud dans mon établissement.

En m'entendant rire, Jack lève la tête et me scrute. Je peux voir une amorce de sourire se dessiner au coin de ses lèvres. Ce n'est pas la franche rigolade, mais c'est un début. Je chéris cet instant de grâce où je sens ses barrières se baisser. L'atmosphère se détend, l'ambiance est plus légère.

Il n'est pas bavard, ce qui rend ses paroles encore plus importantes. Ce ne sont que des banalités, mais il s'adresse à moi sans crainte. Je peux voir à ses traits tirés qu'il est fatigué. Son escapade en forêt a dû l'épuiser. Son corps n'était pas prêt à un tel effort, et ce malgré sa musculature de rêve.

— Je lave, tu essuies, ordonné-je en me levant.

Il grommelle quelque chose, mais se lève à ma suite, emportant son assiette. Côte à côte, nous faisons la vaisselle dans un silence apaisant. Il essuie les assiettes avec précaution. On dirait qu'il a peur de les casser. Bien qu'elle n'ait aucune valeur pécuniaire, j'apprécie de le voir faire attention. Une fois la vaisselle finie et la cuisine rangée, je lui propose un thé. Il grimace, mais accepte. Je sens que je bouscule ses habitudes.

— Je devrais refaire tes pansements, dis-je pendant que l'eau chauffe.

Il se tend imperceptiblement. Sa réaction est plus discrète que quand je l'ai touché, mais je la remarque. Raide face à moi, il semble peser le pour et le contre.

Le laissant réfléchir, je pars dans la salle de bains chercher ce qu'il faut pour soigner ses blessures. J'attrape la pâte de consoude et un autre baume que j'espère pouvoir lui proposer.

Quand je reviens vers lui les bras chargés, il n'a pas bougé. Il est toujours debout, droit comme un I, à fixer le néant. Mâchoire et poings serrés, Jack lutte contre son envie de fuir. Je pose tout sur la table de chevet et j'allume la lampe à pétrole qui s'y trouve.

— Allez, viens t'allonger, dis-je en tapotant le matelas. Je ne vais pas te manger.

À la vitesse d'un escargot sous tranquillisant, Jack arrive. Il regarde le lit comme s'il allait s'ouvrir en deux et qu'une créature venue tout droit des enfers allait se jeter sur lui. Si j'ai bien compris une chose depuis son réveil, c'est qu'il ne faut pas le brusquer, mais là il exagère.

— Ôte-moi ce jean que je te soigne, ordonné-je.

Mon ton est sans appel. Il lève vers moi un regard paniqué puis se dirige à grandes enjambées vers la salle de bains, dont il ferme la porte avec force.

Voilà autre chose maintenant, il part se cacher comme un gosse qui a peur de la piqûre chez le médecin.

Au bout de quelques minutes qui me sont nécessaires pour comprendre la situation, Jack ressort en caleçon et tee-shirt. J'ai le souffle coupé devant autant de singularité. Cet homme est beau, pas une beauté franche et lisse, non, quelque chose de plus animal, de plus authentique. Il éteint toutes les lumières, nous laissant éclairés simplement par la lampe que je viens d'allumer. Dans la quasi-pénombre, Jack se détend, son regard s'attache au mien et je lui souris pour lui faire comprendre qu'il n'a pas à se cacher de moi.

— Fais pas ta chochotte et viens me faire voir ton bobo, plaisanté-je.

Cette fois, j'ai le droit à un sourire un peu plus franc, un de ceux qu'on arrive à lire que dans le regard. Il s'allonge sur le lit et je m'attelle à le soigner. Une fois sa plaie nettoyée et sa jambe bandée, j'ai envie de lui faire découvrir quelque chose de différent. Avare de mots, il a pourtant un regard très expressif. Il se détend sous mes doigts et je lui propose d'enlever son tee-shirt.

— Pourquoi ? bégaie-t-il perplexe.

— Fais-moi confiance, s'il te plaît, le supplié-je en lui lançant un regard de cocker.

Il hésite et, une fois n'est pas coutume, je lui laisse le temps dont il a besoin. Puis, après avoir soufflé un bon coup, il retire son tee-shirt d'un geste ample. Je bave littéralement devant son corps et ses tatouages. J'admire l'irrégularité de sa peau brûlée qui contraste avec l'aspect lisse de ses muscles saillants.

— Tu m'autorises à toucher tes cicatrices ?

Jack se raidit, il porte vers moi un regard apeuré. Il me fixe avec gravité et semble chercher une raison de me refuser l'accès. Ma réponse silencieuse doit le rassurer puisqu'il acquiesce d'un mouvement de tête, mais je vais le bousculer un peu. Je me doute que cela doit être difficile pour lui d'autoriser quelqu'un à le toucher alors je veux qu'il me donne son accord à haute voix.

— J'ai besoin que tu le dises. Je ne veux pas le faire si cela te met mal à l'aise.

Jack n'hésite pas, il se saisit de ma main et la pose lui-même sur ces cicatrices. Je retiens mon souffle tout comme lui. Sous mes doigts, des vallons irréguliers, la peau est sèche par endroits et lisse ailleurs. L'instant est solennel, j'ai l'impression d'être la première personne autorisée à toucher cette partie de son corps. À voir sa réaction, je me demande comment il se comporte lorsqu'il couche avec une fille. Je chasse rapidement de ma tête cette idée qui en entraîne forcément d'autres, bien moins catholiques, et me concentre sur ce que je voulais faire. J'attrape sous son air interrogateur le pot de crème que j'ai amené.

— C'est une crème que je fais à base d'aloe vera. Ça ne soignera pas tes brûlures, mais ça apaisera ta peau qui doit démanger par endroits.

Je prends une dose généreuse de crème que je réchauffe entre mes paumes puis, délicatement, je commence à masser son torse brûlé. Jack a la mâchoire serrée, les muscles tendus et je me demande s'il apprécie ce moment autant que moi. Ses yeux ne lâchent pas ma main qui le caresse, il bloque sur le mouvement de mes doigts et frissonne dès que je découvre une nouvelle zone. La position qu'il adopte, en appui sur ses coudes pour suivre mes mains des yeux, fait ressortir ses abdos qui sont aussi saillants qu'une crête de montagne. Une délicate hirondelle habille son oblique droit et contraste avec la dureté évidente de ce muscle. À ce stade, je suis plus sur une découverte charnelle de cet homme qui m'attire que sur du soin.

Je poursuis mon massage, tellement concentrée et totalement subjuguée par le corps qui se dessine devant moi que j'en oublie de respirer. Jack finit par se détendre. D'une pression, je lui ordonne de se coucher. Il obtempère sans opposer la moindre résistance. Je prends une nouvelle dose de crème et j'avance mes mains de son visage. Il me regarde approcher, je lui laisse le temps de m'arrêter s'il veut, mais il ne le fait pas. Je me sens euphorique qu'il m'autorise cette proximité.

Délicatement, je pose ma main sur son cou, fais pénétrer la crème tout en sentant son pouls du bout des doigts. Le silence autour de nous n'est troublé que par nos respirations, la sienne est étonnamment calme alors que la mienne doit être erratique. Jack éveille mon désir alors qu'il n'a pas esquissé un geste signifiant que je pourrais lui plaire. Je suis même certaine que cela ne lui a jamais traversé l'esprit.

Quand ma main atteint son visage, il love sa joue à l'intérieur. Cette fois, c'est lui qui me fait lever le visage pour le regarder. Je fonds sous son regard de loup et me penche pour répondre au besoin viscéral que je ressens de l'embrasser. Son regard passe de ma bouche à mes yeux à une vitesse folle, sa respiration se fait plus laborieuse et la tension dans son corps est revenue. Jack a retiré sa main de mon visage, il n'a pas envie que je l'embrasse. Je suis déçue, mais pas surprise. Voulant quand même sentir sa peau sous mes lèvres, je dépose un chaste baiser sur sa joue puis m'éloigne de lui en soupirant de frustration.

Je sors de la douche froide que je viens de prendre, mes ardeurs sont calmées et j'ai eu le temps d'analyser la situation sans trouver de réelles réponses : Jack reste une énigme. Quand je retourne dans la pièce principale, je le retrouve plongé dans un sommeil profond et serein. Ma place dans le fauteuil m'attend. Je m'emmitoufle dans une couverture et rejoins moi aussi le pays des songes.

Chapitre 12

> « Il faut tout espérer, au risque d'être déçu. Il faut tout éprouver au risque d'être blessé, tout donner au risque d'être volé. Ce qui vaut la peine d'être vécu vous met forcément en danger. »
>
> *Gilles Legardinier, Demain j'arrête !*

Jack

Est-ce que c'est sa crème magique ? Est-ce que ce sont ses mains sur moi ? Ou est-ce l'effet combiné des deux ? En tout cas, je ne me suis jamais senti aussi bien. Mon esprit est apaisé, mon corps est détendu, mon cœur est serein. C'est dans cet état d'esprit que je m'endors sans m'en rendre compte. Je ne voulais pas sombrer aussi vite dans les bras de Morphée, mais il semblerait que le traitement appliqué par Charlie m'ait mis dans un état second proche d'un apaisement divin.

Quand j'émerge après une nuit d'un repos inégalé, mes yeux se posent immédiatement sur l'ange qui prend soin de moi. Elle est profondément endormie dans une position certainement inconfortable. Cette étrange créature est une source de questionnement perpétuel pour moi. Elle est d'une beauté renversante et encore plus quand elle est endormie. Dans son sommeil, elle m'apparaît moins dangereuse, mes craintes ne se manifestent pas quand ses magnifiques yeux gris restent clos. Quand elle me regarde, je sens que j'ai moins le contrôle sur mes angoisses. Je suis empoté, peu sûr de moi. Elle bouscule mon univers en étant simplement là.

Hier soir était un de ces moments hors du temps. Un de ceux que je ne pensais jamais vivre, un instant où je suis simplement devenu un homme. Je suis sûr qu'elle allait m'embrasser, mais ma peur a été plus forte que mon désir. Pourtant, quand ses lèvres ont touché ma joue, j'aurais donné ma vie pour que cet instant dure toujours. La douceur de sa bouche sur ma peau abîmée a été encore plus efficace que le baume qu'elle y a passé. Mais je ne sais pas faire, je ne suis pas de ceux qui draguent les filles et encore moins de ceux qui les intéressent. Charlie n'a jamais rien fait qui puisse me faire douter d'elle. Son naturel et sa simplicité dans sa façon de s'adresser à moi m'ont toujours agréablement surpris. Malgré cela, je reste méfiant devant sa gentillesse.

En silence, je me lève pour ne pas la réveiller. Je souris devant le tableau qui se dévoile devant moi. La tête en appui sur son bras, elle est recroquevillée dans un fauteuil devant la cheminée. Elle m'a laissé le lit pour se retrouver dans cette position, elle a fait passer mes besoins avant son confort. Doucement, je m'approche d'elle et repositionne la couverture sur son corps. Comme animés par une vie propre, mes doigts viennent caresser ses boucles blondes. Je me surprends à la détailler avec tendresse. Charlie fait des petits bruits de succion qui ont un impact direct sur mes sens. Mes lèvres esquissent un sourire, je sens mon sang chauffer, mes mains devenir moites et ma peau se couvrir d'étranges frissons : je suis excité comme un collégien devant un magazine de lingerie.

Je m'éloigne d'elle précipitamment, emportant avec moi le livre posé sur la table, qui tombe dans un bruit sourd. Le silence de la pièce est troublé par ma maladresse et Charlie se réveille par ma faute. Elle se frotte les yeux en se demandant ce qui se passe. Puis, quand elle me voit, elle me sourit tendrement.

— Bonjour, dit-elle d'une voix un peu rauque. Bien dormi ?

— Bonjour.

Je me dirige vers la salle de bains pour m'y enfermer. À l'abri de son regard, je me prends la tête entre les mains et grogne silencieusement ma frustration. Je suis ridicule, je ne suis pas capable de lui faire face. Bordel, mais qu'est-ce que je risque à parler avec elle ? J'y arrive bien avec certaines régulières au club. En quoi est-ce différent de parler à Charlie ? Cette fille s'occupe de moi, elle m'a soigné et certainement sauvé, et moi je marmonne des réponses du bout des lèvres comme si lui adresser la parole allait me faire rôtir en enfer. C'est pas comme si je n'y avais pas déjà ma place. Elle n'est pas une ennemie.

Après m'être fustigé pendant de longues minutes, je sors de la pièce mû par une assurance nouvelle. Charlie est dans la cuisine, une cuillère à la bouche, en train de verser de l'eau chaude dans des tasses. Elle ne s'est pas rendu compte de ma présence et, comme souvent quand elle ne me voit pas, je la trouve captivante. Après avoir glissé des sachets de thé dans les tasses, elle se tourne vers une poêle d'où s'échappe une délicieuse odeur. Dos à moi, je ne peux qu'admirer la cambrure de ses reins et inévitablement je scrute avec attention son magnifique cul. Elle a beau porter un pantalon de pyjama bien épais, je peux aisément deviner les formes appétissantes qui s'y cachent.

— Viens donc t'asseoir, le petit-déj est prêt.

En fait, elle m'a vu, mais n'a juste rien dit. D'habitude les filles essayent toujours de me faire parler. Les brebis du club espéraient obtenir de moi quelque chose et elles pensaient qu'en me forçant à parler elles y arriveraient. Enfin ça, c'était avant, maintenant pour elles aussi je suis un paria.

Charlie n'est pas de cette trempe-là. Elle n'engage pas la conversation, elle me laisse venir et attend que je prenne l'initiative. Ça fait plusieurs jours que nous sommes bloqués ensemble et elle ne me presse pas, elle me laisse aller à mon rythme et par moments ça fonctionne.

Mon esprit fait abstraction de tout ce qui se passe autour de moi. Enfermé dans ma bulle, je suis tellement perdu dans mes pensées, que je ne vois pas Charlie disposer le repas sur la table. Deux tasses de thé et, au centre, une montagne de pancakes. Elle s'installe sur une chaise et souffle délicatement sur sa tasse, d'où s'échappent des volutes de vapeur. Je me dirige vers la place face à elle et m'assois. Dans un silence religieux, je la regarde mettre une énorme dose de miel dans son thé avant de lécher la cuillère, puis elle se sert plusieurs pancakes et les arrose copieusement de sirop d'érable.

— Tu aimes bien le sucre ? dis-je en la regardant faire.

Sa mine boudeuse est mignonne. Elle suspend son geste pour me détailler, son regard d'un gris clair profond et envoûtant me sonde comme si je l'avais insultée. Qu'est-ce que j'ai dit de mal ? J'ai juste fait une constatation.

— Tu trouves que je mange trop de sucre ?

Son ton suspicieux me laisse penser qu'elle a mal pris ma réflexion. Est-ce qu'elle pense que je trouve qu'elle abuse du sucre ? Elle fait ce qu'elle veut, elle peut avaler le pot de miel si ça lui chante, en quoi ça serait gênant ? Putain, je fais un effort pour parler et je me retrouve face à une Charlie vexée. Mais pourquoi serait-elle vexée ? Je repense à mes frères avec leur régulière, il ne faut jamais parler du poids de sa femme, m'avaient-ils dit. C'est donc ça ? Elle pense que je la trouve grosse ? Elle est aussi folle que magnifique. C'est chiant, les filles, ça se vexe pour un rien. Comment on gère ce genre de situation ? Mal à l'aise, je me tortille sur ma chaise, cherchant un moyen de fuir plutôt que de me rattraper. Puis un rire cristallin me fait lever la tête.

— Je plaisante ! s'esclaffe-t-elle. J'adore le sucre, ce n'est pas pour rien que je suis pâtissière. En règle générale, je fais attention, mais jamais en vacances, et comme c'est mes vacances j'en profite.

Elle enfourne une bouchée de pancakes.

— Tu devrais essayer, dit-elle en poussant l'assiette vers moi.

Alors je fais comme elle, j'arrose de sirop d'érable mes pancakes sous son regard amusé. Dès la première bouchée, je me régale. J'ai toujours fait attention à ce que je mangeais et encore plus maintenant. J'ai trente-cinq ans et entretenir mon corps me demande encore plus d'efforts. Mais j'avoue que c'est délicieux et le regard appréciateur de Charlie sur moi est encore plus savoureux. Inconsciemment, Charlie me pousse à dépasser les limites que je me suis fixées et je me surprends à aimer ça.

— Comment tu occupes ton temps quand tu viens ici ?

Charlie reste stupéfaite en m'entendant prononcer une phrase complète. Sa fourchette est figée à mi-chemin entre sa bouche et son assiette. Elle me fixe, incrédule, et je me force à maintenir le contact visuel. La surprise passée, elle prend le temps d'avaler sa bouchée avant de me répondre.

— Ce cabanon appartenait à mon père, nous venions y passer toutes nos vacances ensemble et donc je continue à perpétuer la tradition. Pour répondre à ta question, eh bien… C'est la première fois que je viens en hiver donc je découvre. D'habitude, je teste de nouvelles recettes, je me balade dans la forêt, je fais du sport, je lis beaucoup et me repose énormément.

— Tu lis ? questionné-je en me souvenant de sa voix quand j'étais inconscient.

— Oui, tu sais, tu prends un ouvrage dans lequel des mots sont écrits, mis bout à bout ça fait des phrases et au fur et à mesure ces phrases racontent une histoire. Tu devrais essayer, c'est pas mal comme truc, plaisante-t-elle.

Elle se moque gentiment de moi et je trouve cela rafraîchissant. Personne n'essaye de plaisanter avec moi, en même temps je ne l'autorise pas, ils craignent trop ma réaction pour s'y essayer. Mais pas Charlie. Cette conversation, bien qu'anodine et courte, représente un grand pas en avant pour moi.

— Je te propose de te faire découvrir une de mes activités préférées si tu es d'accord.

Elle va me proposer un de ces trucs dont les filles raffolent : la couture ou la cuisine. Devant mon air sceptique, elle ajoute pour me convaincre :

— Je suis sûre que ça va te plaire.

— D'accord.

Nous déjeunons calmement, Charlie me parle de son café. Elle m'explique qu'il est fermé à cause d'un dégât des eaux et que c'est pour ça qu'elle est venue ici en plein hiver. Je ne parle quasiment pas, elle a raison, elle fait la conversation pour deux. Comme quoi le destin est farceur. Si le café de Charlie n'avait pas subi de dégradations, elle ne serait pas venue ici. Elle ne m'aurait pas trouvé devant sa porte. Et je serais certainement mort à l'heure qu'il est. Cet enchaînement d'événements me fait penser que notre rencontre était écrite. Charlie devait croiser ma route, j'ignore pourquoi, mais cette certitude la rend moins dangereuse pour moi, plus désirable aussi. Charlie est l'ange qui m'a sauvé.

Après un petit déjeuner copieux, Charlie part s'habiller. Elle ressort de la salle de bains dans un pull blanc trop grand qui lui arrive aux genoux, un pantalon de ski d'un rose vif et des chaussures en fourrure qui me font glousser discrètement. Une fois dehors, elle a ajouté un bonnet avec un gros pompon sur le dessus. La neige ne tombe plus depuis la veille, mais la couche au sol reste épaisse et le fond d'air est froid. Alors que nous sommes tous deux emmitouflés dans de chauds manteaux, Charlie m'attire vers l'arrière du cabanon, où sont rangés les outils de jardin. Elle entre et tourne une poignée qui actionne un double fond. Je suis étonné de ne pas l'avoir remarqué lors de ma fouille. Derrière se trouve un arc à poulie avec un sac contenant des flèches. Elle le saisit délicatement, le caresse du bout des doigts. Elle regarde cette arme avec nostalgie. À ses côtés, je suis aussi tendu que la corde de son arc, mais Charlie ne s'en rend même pas compte. Avec un sourire éclatant aux lèvres, elle se tourne vers moi.

— Mon père m'a appris à m'en servir dès l'âge de dix ans. J'ai toujours aimé le tir à l'arc, ça fait un moment que je n'ai pas pratiqué, mais je ne suis pas une mauvaise prof. Tu veux que je t'apprenne ? propose-t-elle.

Je suis abasourdi parce que je la trouve absolument magnifique. Elle ressemble à une guerrière, pourtant sa tenue colorée contraste avec l'arme qu'elle tient dans la main. Elle lui donne un côté enfantin alors que l'arc la rend sauvage. Pour la première fois, je ne frémis pas en la regardant et pourtant elle est armée. Cette vision d'elle, belle et indomptée, fait naître des frissons au creux de mon échine.

— Montre-moi.

Ravie de mon acceptation, elle dépose un baiser léger sur ma joue.

— Merci, souffle-t-elle contre ma peau.

Elle se précipite dehors, me laissant totalement interdit. J'aime la spontanéité avec laquelle elle s'adresse à moi. Je n'ai jamais lu la peur dans ses yeux, qui sont toujours d'une douceur déconcertante pour l'homme que je suis. Plus habitué au rejet qu'à l'adoration, j'apprécie de plus en plus quand son regard me couvre de tendresse.

Je la rejoins ; Charlie a déjà commencé à monter l'arc et je détaille tous ses gestes avec attention. C'est la première fois que j'admire une femme avec une arme dans les mains. Elle est habile, ses gestes sont précis et il y a quelque chose de presque sensuel dans la manière qu'elle a de tenir cette arme. Une fois son assemblage terminé, Charlie positionne la flèche dans le support puis elle bande l'arc d'un mouvement fluide. Sous mon regard captivé, elle retient sa respiration et positionne correctement son arme. Sa posture est d'une incroyable beauté, il y a quelque chose de racé, de félin dans son attitude. Le dos droit, le menton relevé et le regard vif, elle ressemble à une amazone. Le chuintement de la flèche qui se décoche brise le silence qui s'était installé entre nous. La flèche vient se planter dans le centre d'une cible dessinée sur un des murs du cabanon.

Les yeux de Charlie pétillent d'une satisfaction tout infantile. Elle se tourne vers moi et me tend l'arc.

— À ton tour.

Chapitre 13

> « Et surtout, surtout, gardez précieusement votre âme d'enfant, votre naïveté rafraîchissante, votre créativité jaillissante, votre sensibilité bouleversante, votre curiosité toujours en alerte, votre intelligence bouillonnante. Gardez tous ces trésors qui font de vous un adulte, résolument différent. Un adulte qui ne devient jamais une grande personne ! »
>
> *Jeanne Siaud-Facchin,*
> *Trop intelligent pour être heureux ?*

Charlie

Jack se saisit de l'arc du bout des doigts. Il n'en a jamais tenu un de sa vie, cela se voit à sa façon de l'agripper par la mauvaise poignée. Mon arc est en carbone léger, mais, à la différence d'un arc classique, l'arc à poulie se compose de beaucoup plus de pièces permettant une plus grande précision. Jack est quelqu'un de rationnel donc je lui explique les choses.

— C'est un arc de chasse, il se compose de plusieurs parties qui en font l'un des meilleurs de sa catégorie. Avant que tu ne demandes, non je ne chasse pas, mais mon père m'a initiée à cette arme comme à un sport. Après si pour survivre, je dois tuer…

Je ne finis pas ma phrase, consciente d'en avoir déjà trop dit. Pour détourner l'attention de Jack, je me positionne dans son dos et l'aide à prendre la bonne posture. Quand ma main se pose sur la sienne, nous frémissons de concert. Jack ne me lâche pas des yeux, son regard détaille tous mes gestes. Ce type est en hypervigilance tout le temps, ça fait partie de lui. Je vois bien que surveiller ce qui se passe autour de lui vient naturellement. Pourtant dans le tir à l'arc il faut savoir faire abstraction de ce qui nous entoure, apprendre à se concentrer sur les sensations.

— Mon père avait l'habitude de dire que la flèche est vivante, à la différence d'une balle. Une arme à feu, c'est froid et sans âme, mais l'arc est composé de différentes parties qui forment un ensemble harmonieux. Avant, les arcs étaient fabriqués avec des viscères d'animaux et les flèches avec des plumes. Mon père était persuadé que les arcs modernes restent connectés à leurs ancêtres, expliqué-je. Je pense qu'il voulait surtout dire que l'arc oblige à une réelle concentration, on peut prendre un flingue et tirer sans forcément savoir s'en servir, mais un arc nécessite un apprentissage.

Pendant que je lui parle, Jack m'observe lui tourner autour, et je repositionne ses mains correctement. D'un léger coup de pied dans les chevilles, je l'oblige à prendre la position adéquate. D'une pression de la main dans son dos je le fais se redresser. Du bout de doigt je lui lève la tête pour que son regard soit dans l'axe du viseur. Jack est docile, mais ses yeux ne me lâchent pas. Comme toujours, il ne parle pas, mais je sais qu'il me fait confiance, son corps n'est pas aussi raide que d'habitude, il laisse mes mains le toucher sans se crisper. Et j'adore ça !

Joueuse, je lui chuchote les instructions à l'oreille, mon souffle caressant sa peau. Jack garde la position que je lui ai fait prendre, mais ses yeux restent ancrés à chacun de mes gestes. Puis il se détourne pour fixer la cible. Il bande la flèche et cette position fait ressortir sa musculature. Malgré l'épaisseur de ses vêtements, je peux voir ses muscles tendre le tissu de son manteau. Je reste subjuguée par tant de parfaites imperfections. Étant admirative des hommes massifs, Jack est l'exemple parfait de ce qui me fait fantasmer.

— Quand tu es prêt, décoche. Je te laisse tranquille.

Je m'éloigne et le regarde faire. Ses premières tentatives sont un fiasco, il n'arrive pas à décocher la flèche correctement. Pourtant, à mon grand étonnement, il ne s'agace pas, il réessaye patiemment, il tente encore et encore. Sa persévérance et son abnégation forcent mon respect. Jack se concentre sur la cible, corrige de lui-même la position de ses mains et prend le temps de détailler l'arc pour en comprendre le fonctionnement. Silencieuse, je le laisse l'appréhender. J'avoue que je le trouve captivant. Puis il arrive à décocher, la flèche part et vole sur une distance raisonnable. Il n'a pas atteint la cible, mais Jack se retourne vers moi, un véritable sourire aux lèvres. Je suis abasourdie parce qu'il est absolument superbe quand il se laisse aller.

— C'est quand même compliqué, dit-il.

— Félicitations ! Tu as réussi à décocher. Maintenant il faut viser la cible, me moqué-je gentiment.

Jack se repositionne et essaye inlassablement. Dans son dos, je ramasse un peu de neige et forme une boule. Je ne résiste pas à l'envie de l'embêter un peu. Je lance la boule sur Jack, qui la prend dans la nuque. D'un mouvement vif, il se retourne pour me faire face, son regard est glacial alors je prends une mimique désolée, mais il reste de marbre. Jack est trop rigide pour apprécier la simplicité d'une bataille de boules de neige. Je suis déçue que mon idée pour l'aider à se détendre tombe à l'eau. Alors que je m'apprête à m'excuser, Jack se débarrasse de l'arc en le jetant au sol puis bondit sur moi.

— Tu as dit que tu me laissais tranquille. Tu n'aurais jamais dû faire ça, gronde-t-il.

— Il faut toujours surveiller ses arrières. On ne pense pas toujours ce que l'on dit.

Rapidement, je me retrouve dans la neige avec Jack au-dessus de moi, me menaçant d'une boule de neige qu'il fait tomber dans mon cou. Je ris et me tortille pour essayer de me débarrasser de lui. Mais je reconnais que je n'y mets pas beaucoup de volonté. Jack s'amuse comme un gamin et, quand j'arrive à me remettre sur mes jambes, nous débutons une véritable partie de cache-cache. Son rire caresse mes oreilles. Jack profite du moment présent et j'ai le sentiment que c'est bien la première fois.

— Je me rends, dis-je en sortant de ma cachette.

— Tu abandonnes très vite, je trouve.

— Non, mais j'ai froid et j'ai envie de me réchauffer.

Je m'approche de lui doucement, il a encore une boule de neige dans la main, mais je vois son hésitation à me la jeter dessus.

— Tu n'oserais pas t'en prendre à quelqu'un qui est désarmé ?

Je lui lance le regard d'apitoiement le plus convaincant que j'ai en stock.

— Non, concède-t-il en laissant tomber la neige de sa main.

C'est le moment ! Je me jette sur lui et, dans la surprise, nous tombons au sol. Moi sur lui, ses mains viennent se positionner sur mes hanches. Ses yeux se perdent dans les miens, ils brillent d'une intensité nouvelle, si j'osais je dirais qu'il s'agit de désir. Mais Jack étant ce qu'il est, je reste sur mes gardes.

— On peut dire que j'ai gagné, dis-je en essayant de me relever.

Ses mains resserrent leur prise sur mon corps et je me retrouve collée à lui. La lueur de désir se transforme en flamme et mon corps réagit de lui-même à cette invitation. Inconsciemment, je réduis la distance entre nos deux torses et mes seins viennent caresser ses pectoraux. Sa respiration se fait hacher et répond à la mienne. En sentant son érection presser contre ma jambe, je pousse un gémissement sourd. Jack passe une main derrière ma tête puis approche doucement ses lèvres des miennes. Mon corps est tétanisé devant sa prise d'initiative. Sa bouche me frôle dans un baiser aérien, mais d'une intensité qui me fait trembler de la tête aux pieds. La délicatesse dont il fait preuve m'émeut, Jack semble même hésitant et, quand j'essaye d'approfondir le baiser, il se tend et recule la tête jusqu'à la poser sur la neige. Quand je me relève, il ne m'en empêche pas. Le moment de grâce est passé.

— T'as gagné, déclare-t-il d'un ton las.

Pendant que je range l'arc, Jack rentre du bois pour la cheminée. L'après-midi est bien entamée et, quand je rentre dans la cabane, je m'attelle à faire le repas du soir. Nous n'avons pas mangé à midi, mais cela importe peu. Jack part s'enfermer dans la salle de bains pendant que je m'occupe des légumes. En colère contre lui et son mutisme, je massacre les carottes plus que je ne les épluche. Nous avons passé une après-midi géniale et, quand les choses deviennent sérieuses, il fuit.

Quand il sort de la salle de bains, Jack ne m'adresse même pas un regard. Pourtant c'est lui qui est à l'origine de notre rapprochement. C'est lui qui a posé ses lèvres sur les miennes. Plus il maintient le silence, plus des envies de meurtre m'envahissent. Au bout de deux heures oppressantes où seules nos respirations se font entendre, je craque.

— Tu comptes faire la gueule encore longtemps ?

Surpris par l'agressivité de ma voix, Jack ose un regard vers moi. Ce que je vois me bouleverse. Il a l'air de se battre avec un million d'émotions. À la fois perdu et envahi par l'intensité de ce qu'il ressent, Jack semble souffrir dans cette guerre qu'il se livre à lui-même. Je capitule, cet homme a souffert plus qu'il ne voudra jamais l'admettre et je n'ai pas la force de me battre contre lui et ses démons, j'ai les miens à gérer. Il amorce une phrase, mais je n'ai pas envie de l'écouter alors je lui coupe la parole.

— Je vais prendre une douche, tu peux manger pendant ce temps, je n'ai pas faim.

À mon tour, je m'enferme dans la salle de bains. L'eau chaude détend mes muscles et apaise mon esprit. Jack me plaît, il est de ces hommes capables de bouleverser mon univers avec un regard ou un silence. J'ai autant envie de me battre pour lui que de le laisser se débrouiller avec ses démons. Mes interrogations sont multiples : de l'origine de ses cicatrices à sa peur évidente des femmes. Elles sont anciennes, mais à quel point ? Les a-t-il eues chez les Black's Soldiers ? Sont-elles plus anciennes ? Pourquoi est-ce qu'il a peur de moi ? Qu'est-ce que je représente pour que ses craintes soient plus fortes que son désir ? Parce que je sais que tout à l'heure il m'a désirée. Même si c'était fugace, je sais qu'il avait envie de plus que ce bécotage d'adolescents, mais les barrières qu'il dresse autour de lui l'empêchent de vivre le moment présent.

Quand j'émerge de la douche, Jack reste toujours une énigme et j'ignore si j'ai envie d'avoir la solution. Une fois vêtue de mon pyjama, les dents lavées et les cheveux peignés, je reviens dans la pièce principale. La plupart des lumières sont éteintes et seule une lampe à pétrole sur la table de nuit diffuse une faible lumière. Jack est allongé sur le lit, un bras sous sa tête, à fixer le plafond. La lumière tamisée caresse son corps de granit et l'image qu'il renvoie est presque surnaturelle. Alors que je me dirige vers mon fauteuil pour me coucher, la voix rauque de Jack m'interpelle.

— Viens t'allonger près de moi.

Il n'a pas détourné le regard, il reste les yeux en l'air. Je souffle doucement face à ce manque de reconnaissance.

— Non merci, le fauteuil, c'est très bien.

Le ton de ma voix est sec, mais je suis fatiguée et je n'ai pas envie de faire d'efforts.

— S'il te plaît.

La supplique dans sa voix me fait frissonner. Jack me fixe avec une intensité nouvelle, je peux voir à quel point la douleur l'assaille. Il a autant envie que je vienne le rejoindre qu'il espère que je ne le fasse pas. Je garde le silence et, dans la pénombre, il ne peut pas me voir.

— J'insiste, implore-t-il en levant la couverture à ses côtés.

Mes pas décident d'eux-mêmes de franchir les quelques mètres entre le lit et moi. Je m'allonge en lui faisant face, gardant mes distances avec lui. Jack fixe toujours le plafond. Je détaille son profil brûlé en calant ma respiration sur la sienne. Je n'ose pas bouger de peur de le faire fuir, pourtant je sens une détermination nouvelle qui émane de lui. Je ne sais pas comment le décrire, mais je sais que cet instant va nous bouleverser tous les deux à jamais.

Chapitre 14

« Quand je la regarde, moi l'homme loup au cœur d'acier

Devant son corps de femme, je suis un géant de papier

Quand je la caresse et que j'ai peur de l'éveiller

De toute ma tendresse, je suis un géant de papier. »

Jean-Jacques Lafon, Le Géant de papier

Jack

Ma nuit m'a apporté un repos incroyable, elle a été encore meilleure que la précédente. Quand j'ouvre les yeux, je suis allongé sur le dos. Autour de moi tout est à sa place et pourtant tout est différent. Le souffle chaud de la respiration de Charlie sur ma poitrine me surprend puis me tranquillise, sa main est posée sur mon cœur et sa tête repose sur ma poitrine brûlée.

Hier soir, après m'être reproché mon comportement de demeuré avec elle, je lui ai demandé de venir s'allonger près de moi. Nous n'avons pas parlé, Charlie n'a pas cherché à en savoir plus. Instinctivement, je sais qu'elle me comprend mieux que personne. Je ne lui parle pas, je dresse des barrières entre nous dès qu'elle s'approche un peu trop près, malgré cela elle arrive à s'immiscer sous ma peau comme l'encre d'un tatouage.

Quand elle s'est endormie en maintenant une distance physique entre nous, j'ai pris le temps de la détailler. Ses cheveux blonds éparpillés sur l'oreiller encadrant son magnifique visage. Sur ses paupières closes, je pouvais distinguer de petites veines bleutées et l'oscillation de ses yeux. Quand elle dort, elle émet des petits bruits de souris qui me font sourire. Charlie est d'une beauté angélique, elle n'est pas seulement belle physiquement, mentalement elle est également d'un éclat proche de la perfection. Malgré mes silences, mon comportement bourru et mes rejets répétés, elle reste d'une patience exemplaire avec moi. Pourtant, hier, j'ai bien vu que mon comportement l'a blessée. Elle ne me l'avouera jamais, mais je sais que je l'ai fait souffrir.

Alors, quand je me suis assuré qu'elle dormait profondément, je l'ai fait glisser jusqu'à moi pour que son corps se blottisse contre le mien – ce qu'elle a fait. La chaleur qui a irradié de ce contact a été instantanée, une chaleur enveloppante et extraordinairement douce. Charlie a mis d'elle-même la tête sur mon torse et la main sur mon cœur. Pour la première fois de ma vie, je tenais une fille dans les bras, je sentais mes sens s'agiter et mon rythme cardiaque se manifester de façon anarchique. Et pour la première fois de ma vie, je n'ai pas eu envie de fuir, j'ai puisé dans sa chaleur une force insoupçonnée. Une force intérieure qui irradie et déclenche un feu en moi.

Mon esprit s'enveloppe d'un doux apaisement et je me perds dans la contemplation de l'ange étendu sur moi. Doucement, Charlie se frotte la joue contre ma peau, elle s'éveille lentement puis lève vers moi un regard endormi.

— Bonjour, dit-elle d'une voix ensommeillée.

— Bonjour, *Honey*.

— *Honey ?*

Par ce petit surnom, j'ai besoin de me prouver que je peux être normal, que je peux m'impliquer sans que cela génère de l'angoisse. Et je veux montrer à Charlie que je suis désolé pour hier.

— Oui, vu ta passion pour le sucre, je trouve ça de circonstance.

Elle sourit en se collant un peu plus contre moi. Délicatement, elle parcourt des doigts mes brûlures. Son contact est doux et apaisant, je ne frémis pas, je ne tremble pas, au contraire je me détends. Hésitant, je dépose ma main sur son dos et j'exerce des mouvements de haut en bas.

— Tu souffres ? demande-t-elle.

— Pas en ce moment.

Je la laisse comprendre ce qu'elle veut. Sur ma peau, son sourire se dessine. Je ne suis doué ni avec les mots ni avec les gestes, mais elle a la capacité de pénétrer mon âme rien que par sa présence. D'ordinaire j'ai horreur qu'on me touche, et encore plus mes cicatrices, mais pourtant, quand je perds le contact de ses doigts sur ma peau, je me sens comme abandonné. Charlie m'embrasse dans le cou et je frissonne de plaisir. Je me retourne pour lui faire face, ma main vient effleurer son visage, en dessinant tous les contours. Sa main imite la mienne, déclenchant des fourmillements très agréables. Je prends un incommensurable plaisir dans cet instant hors du temps. Nous ne nous quittons pas des yeux, et nos mains se découvrent silencieusement.

Toujours dans un geste aérien, la main de Charlie glisse vers mon ventre. Ma peau se couvre de chair de poule en réponse immédiate aux stimuli de ses doigts. Elle dessine du bout des doigts chacun de mes tatouages, son toucher délicat me transcende et son souffle sur ma peau m'excite. Son corps vient se lover un peu plus contre le mien et j'accentue ma prise dans son dos dans un mouvement incontrôlé. Ma respiration est saccadée, je ne contrôle plus mon corps qui se cambre pour ne pas perdre le contact avec ses doigts.

Charlie prend son temps, doucement elle me découvre et je me surprends à apprécier ça et à en vouloir plus. Ses caresses me font me sentir léger, elles apaisent mon esprit qui ne se concentre plus que sur elle et ce qu'elle me fait ressentir. Inévitablement, ma queue se dresse, elle quémande une attention qu'elle n'a jamais eue de la part d'aucune femme, mais qu'elle sait par avance délicieuse. J'ai presque honte de ne pas arriver à me contrôler, mon état d'excitation n'a jamais été aussi élevé.

Charlie lève vers moi un regard espiègle et en profite pour laisser traîner ses ongles sous la ceinture de mon caleçon. À ce moment précis, j'arrête de respirer. Mes yeux doivent trahir mon appréhension autant que ma surprise. Je sais ce qu'elle veut faire, j'ai beau n'avoir aucune expérience, ma vie au club m'a forgé une solide connaissance de l'acte sexuel. J'ai assez vu mes frères baiser des brebis pour savoir que Charlie m'allume comme une pro. *Honey* passe sa main par-dessus mon caleçon caressant ma queue qui se presse pour aller à sa rencontre. Je ne contrôle plus rien, ni ma respiration qui se hache, ni mon sexe qui se dresse, ni ma peau qui frissonne et encore moins mon esprit qui n'attend que de découvrir ce que cette sublime créature va pouvoir me faire. Charlie sent mon hésitation, elle pose sa main sur ma queue et la presse, ce qui me fait gémir.

— Tu as confiance en moi ?

Ses yeux plongés dans les miens, elle attend une réponse. Je sais que hocher simplement la tête ne lui suffira pas. Mais mon esprit est totalement déconnecté, tout mon sang a afflué plus bas pour répondre aux sollicitations langoureuses de la main de mon ange. Pour m'inciter à répondre, Charlie utilise sa langue, qu'elle fait glisser le long de mon cou pour titiller mes tétons, sa main poursuit son affolante torture et je pense que je vais mourir de plaisir dans les secondes à venir. Est-ce que j'ai confiance en elle ? Ne lui ai-je pas déjà autorisé bien plus qu'à aucune autre ? Est-ce que j'ai envie qu'elle continue ?

— Oui, grogné-je en réponse à ses caresses.

— Très bien, laisse-moi faire alors.

D'un mouvement expert, la main de Charlie passe sous le tissu de mon caleçon et entre en contact direct avec ma queue. Je gémis dans un râle.

— Charlie… je…

— Chut, répond-elle doucement en accentuant sa prise sur mon membre tendu à l'extrême.

Ses doigts fins viennent s'enrouler autour de mon manche. Du pouce, elle étale le liquide qui commence à sortir alors que sa langue vagabonde sur mon torse. Sa main commence une danse envoûtante à laquelle je ne résiste pas. Elle fait ça mille fois mieux que moi, le plaisir m'envahit et je ne réponds plus de rien. Moi l'adepte du contrôle, je ne maîtrise plus rien, je me laisse totalement dominer par ce sentiment de plaisir. Charlie me caresse avec délicatesse et je sens que je ne vais pas tarder à succomber. Dans un désir de possession, ma main saisit brusquement sa nuque et l'oblige à venir m'embrasser. J'éprouve le besoin vital d'être en connexion avec elle. Mes lèvres prennent d'assaut sa bouche avec brutalité et, quand nos langues se rencontrent, j'éjacule dans un râle guttural. Sous mes lèvres, je sens ma belle sourire.

— *Honey*… je…

Que dire après ça ? Charlie dépose un baiser délicat sur mes lèvres sans que je réagisse vraiment. Je flotte encore dans cet orgasme incroyable qu'elle vient de m'offrir que je ne la voie pas quitter les draps pour se diriger dans la salle de bains. Est-ce que je ne devrais pas lui rendre la pareille ? Elle répond à ma question silencieuse.

— C'était juste pour toi.

Ce plaisir était juste pour moi. Malgré ma piètre performance, je me sens comme le roi du monde. J'ai à peine tenu cinq minutes, mais j'ai l'impression que le mur de pierre qui entoure mon cœur commence à s'effriter au contact de cette étrange créature. Est-ce que j'ai envie de recommencer ? Bien sûr que oui. Est-ce que je veux plus que ça ? Assurément. Est-ce que j'ai besoin de la posséder intégralement ? Évidemment. Pourtant, je ne fais rien. Je reste là allongé, dans mon caleçon mouillé, comme un ado. J'ai vu mes frères baiser tant et plus, je devrais savoir quoi faire, mais il y a une différence entre voir et pratiquer. J'avais déjà vu des gens tirer à l'arc et la réalité m'a montré que voir n'est pas suffisant pour savoir faire. Et si je suis un mauvais coup ? Si je n'arrive pas à la satisfaire ? Ça la fout mal ! Pas après le plaisir qu'elle vient de me donner. Merde, maintenant je stresse à l'idée de coucher avec Charlie. Les voix dans ma tête apparaissent, plus fortes et plus violentes que jamais. Les rires se font railleurs, ils me narguent et je n'arrive pas à les faire taire. Ils m'oppressent la poitrine et je me sens sombrer dans mon enfer personnel.

Mon ange rentre dans la pièce et instantanément la lumière qu'elle dégage m'extirpe de ma noirceur. J'en ai le souffle court, elle est superbe. Je ne l'ai jamais vue sans ses fringues d'hiver épaisses et peu flatteuses et pourtant je suis sûr qu'elle a un corps magnifique, une peau de pêche que j'imagine sans défauts. Dans la cuisine, elle prépare le petit déjeuner alors que je reste comme un con dans le lit à la regarder. En appui sur mes coudes, je la regarde battre des œufs pour en faire une omelette. Depuis que je suis ici, Charlie s'occupe de tout et surtout de moi. Elle me soigne, me nourrit, me fait jouir, mais surtout elle me rend fébrile. Je voudrais lui demander de revenir se coucher, mais je n'ose pas. Charlie n'attend rien de moi, elle ne me demande rien, elle ne me presse pas à lui parler, elle espère patiemment que je veuille bien m'ouvrir à elle. Et j'avoue que j'ai de plus en plus envie de la laisser prendre une place que je n'accorde à personne. Elle regarde par la fenêtre puis s'adresse à moi.

— Je pense que demain, ou au plus tard après-demain, on pourra rentrer. La neige semble praticable.

Non ! Non ! Non !

Je ne veux pas partir d'ici.

Chapitre 15

« Pourquoi et comment les êtres se rencontrent et se ratent, se trouvent et se perdent, se désirent et se rejettent, s'aiment avant de se mépriser… Pourquoi ne parvenons-nous jamais à nous détacher entièrement de ce que nous avons vécu, et surtout de ce que nous nous sommes infligés à nous-mêmes ? »

Douglas Kennedy,
Murmurer à l'oreille des femmes

Charlie

Les températures ne sont pas plus clémentes, mais les chutes de neige ont cessé. Assez pour nous permettre de prendre la route rapidement.

Dans mon dos, je sens le poids du regard de Jack sur moi. Les frissons qui me parcourent sont dus au souvenir de Jack heureux et épanoui dans le plaisir. Mes mains ont agi de leur propre initiative, comme si je ne les contrôlais pas. Elles voulaient apporter à Jack l'assouvissement de l'orgasme. Je ne saurais dire pourquoi ni comment, mais je savais que c'est ce dont il avait besoin à ce moment-là. Il devait lâcher prise.

Jack se lève et je feins de l'ignorer, il n'est pas à l'aise avec son corps ni avec l'image qu'il renvoie, et pourtant il est d'une beauté brute et bestiale que je trouve extraordinaire. Il n'y a rien de faux chez lui, même ses cicatrices qu'il a du mal à assumer sont magnifiques. Elles sont à mes yeux les vestiges de la force de cet homme. Elles montrent le chemin ô combien douloureux par lequel il est passé et magnifie sa force intérieure. Jack n'a aucune idée de la beauté de son âme. Il semble brisé, mais ses fêlures le rendent encore plus humain que la plupart d'entre nous, moi y compris.

Quand il sort de la salle de bains, il est habillé. Il est certainement nu sous son jean et j'avoue que cette pensée m'émoustille. Nous déjeunons dans le silence. Ses yeux m'épient, mais dès que j'essaye de croiser son regard il m'évite. Je passe une main par-dessus la table et la pose sur la sienne. Dans un mouvement brusque, il la retire comme si je l'avais brûlé. Malgré toute ma bonne volonté, son comportement m'agace. Je fais face au retour de l'homme glacial qui ne sait pas ce qu'il veut. Il avance puis recule et, quand je tente de discuter avec lui, je me heurte à un mur.

Ma patience a atteint ses limites. Cet homme me rend complètement folle. J'ai autant envie de me jeter sur lui pour le rouer de coups que de l'embrasser, mais comme je n'aurais pas le dessus je capitule et bats en retraite. J'ai besoin de m'éloigner de lui et des sentiments antinomiques qu'il fait naître en moi. Ma chaise racle le sol quand je me lève précipitamment.

— Je vais faire un tour, dis-je. Ne m'attends pas.

J'attrape mes affaires pour partir en forêt. Quand je saisis la poignée de la porte, la voix de Jack m'arrive dans un murmure.

— *Honey*… je…

J'applique sa méthode : le silence.

Une fois dehors je respire à pleins poumons, cet éloignement est nécessaire pour ma santé mentale. Je n'arrive plus à me concentrer quand il est à mes côtés. Je m'enfonce dans les profondeurs de la forêt sans crainte. Je la connais par cœur, elle est mon refuge depuis toujours.

La neige qui m'entoure rend ma progression difficile, mais j'aime cet effort physique qui m'empêche de trop penser au type que j'ai laissé dans la cabane. Je ne compte pas revenir avant plusieurs heures, j'ai des vivres et je connais le terrain comme ma poche. La nature autour de moi est silencieuse, comme en hibernation, je la découvre en cette saison et c'est apaisant. En été, les oiseaux chantent, les animaux sont présents et les fleurs, odorantes. Alors qu'en hiver elle se met au repos, elle nous laisse à nous autres, pauvres êtres humains, le temps de méditer. Mes muscles me tirent, la neige oppose une résistance à chacun de mes pas, m'obligeant à fournir un effort supplémentaire pour avancer.

Mes pensées dérivent malgré moi vers Jack. Naïvement, je pensais que nous faisions des progrès. C'est lui qui m'a demandé de le rejoindre dans le lit. Il n'a pas refusé mes avances, il a lui-même initié notre baiser. Cet homme, c'est docteur Jekyll et Mister Hyde. Attentionné et presque humain dans l'obscurité, distant et glacial à la lumière du jour. Jack est une énigme dans un océan de complexité. Ses cicatrices racontent une histoire terrible, mais je n'y suis pour rien. Depuis que je l'ai rencontré, je lui ai laissé assez de temps et d'espace pour qu'il ne se sente pas agressé. Son comportement est incompréhensible, il est fort comme un roc et fragile comme un enfant. Je ne suis pas responsable de ce qui lui est arrivé et je refuse de devoir m'excuser d'être ce qu'il déteste.

Je marche pendant des heures avant de prendre la décision de rentrer. À la nuit tombée, mes pas effectuent le chemin en sens inverse. Mes mollets me tirent, signe que j'ai forcé plus que d'habitude. Quand la cabane apparaît dans mon champ de vision, mon plan d'action est simple. Demain matin nous prendrons la route pour Fremont et chacun de nous vivra sa vie loin de l'autre. En dix ans, je n'avais jamais croisé Jack, donc nous éviter devrait être enfantin.

*

Jack

Je suis un imbécile !

Charlie claque la porte en partant, me laissant seul dans sa cabane. Mon cœur me dit de lui courir après, mais mon cerveau refuse cette éventualité. Je reste donc planté au milieu de la pièce en fixant du regard la porte.

— Merde ! hurlé-je.

Figé dans un silence que je chéris d'habitude, je me sens comme abandonné. Ce n'est pas la première fois que ce sentiment m'envahit quand Charlie s'éloigne de moi. J'ai beau me répéter que cette fille est un ange. Qu'elle n'a rien avoir avec celles que j'ai connues. Qu'elle n'est pas ma mère ! Pourtant je la fais souffrir. Le besoin de me protéger est trop fort.

Elle m'a dit de ne pas l'attendre et pourtant c'est ce que je fais. Après avoir débarrassé la table, fait la vaisselle et m'être assuré qu'il y avait suffisamment de bois dans la cheminée, je m'installe dans son fauteuil. Celui-là même où elle a passé toutes ses nuits exceptée la dernière. Mon corps se rappelle encore du sentiment de plénitude de l'avoir dans mes bras.

Ma peau frissonne à l'évocation de ses doigts. Mon cœur s'emballe au souvenir de ses baisers ardents et de l'orgasme brûlant qu'elle m'a donnés. Encore une fois, elle a fait passer mes besoins avant les siens. Et moi, comme un con, je l'ai rejetée quand j'ai pris conscience de tout ce que cela représente.

Charlie ne comprend pas qu'elle est la seule femme à m'avoir touché, au sens propre comme au figuré. En même temps, comment peut-elle comprendre quelque chose qu'elle ignore ?

Assis dans le fauteuil, fixant les flammes qui dansent sous mes yeux, je maudis ma mère, qui a fait de moi cet homme ignoble qui ne fait confiance à personne. Je la déteste de m'avoir défiguré par pure méchanceté, je la hais d'avoir gâché ma vie et je me déteste encore plus de la laisser avoir encore une quelconque influence sur moi. Ma haine à son encontre est en train de gâcher la plus belle rencontre que je n'ai jamais faite.

Charlie déborde d'une luminosité qui frise l'arrogance, elle est pleine d'attention et de patience. Depuis que je la connais, elle ne m'a jamais posé de questions sur moi ou sur ma vie. Elle sait que je suis un Black's Soldiers, mais elle n'a pas cherché à en savoir plus. Elle a vu mes cicatrices, les a embrassées, caressées, soignées sans jamais vouloir en connaître l'origine. Charlie respecte ma pudeur, mon mutisme et, quand je la laisse m'approcher, là encore elle me fait passer avant elle.

Je me fustige de l'avoir fait fuir, parce que c'est ce qu'elle vient de faire. Elle ne supporte plus mes silences en guise de réponse, mes fuites au moindre contact physique, mon incapacité à m'adresser à elle comme à un être humain. Bref, elle ne supporte plus de cohabiter avec un connard. Et là encore, dans son besoin d'espace, Charlie me laisse la chaleur de la cabane et est partie s'isoler dans le froid de la forêt.

Mes réflexions m'obligent à prendre conscience d'une chose essentielle. Soit je fais un effort, soit je la perds. Et en l'état actuel des choses, je refuse cette possibilité. Charlie ne le voit pas, mais à son contact je commence à changer. C'est peut-être invisible pour elle, mais pour moi ce sont des pas de géants. Et malgré toutes les vieilles peurs que cela réveille en moi, je n'ai aucune envie d'arrêter. Mon corps a besoin de la découvrir et mon âme a besoin de la sienne. Charlie me fait avancer vers une normalité que je ne pensais jamais pouvoir atteindre.

À son retour, je ferai des efforts, je m'excuserai et je lui demanderai de me pardonner. Dans cet objectif, je décide d'essayer sans succès de préparer le repas et de ranger un peu le chalet. Quand je ramasse mon cuir, je me rends compte que je ne l'ai pas porté depuis plus d'une semaine. Depuis que je suis devenu membre des Black's Soldiers, je ne l'ai jamais quitté. En fixant l'écusson dans le dos, je me demande si mes frères s'inquiètent de mon absence. En intégrant le club, je pensais avoir trouvé ma place, tout comme je pensais l'avoir trouvée dans l'armée. Pourtant, j'ai quitté la seconde et me suis éloigné du premier. Il y a toujours quelque chose qui m'empêche de me sentir chez moi. Une sorte de manque. Seulement, je n'ai aucune envie de fuir cette cabane. Elle est un lieu magique coupé du monde où je ne suis ni un biker, ni un tueur, ni un écorché vif, je suis simplement Jack. Et je le dois à l'ange qui m'a sauvé la vie.

Au milieu de l'après-midi, je commence à m'inquiéter et, quand la nuit tombe, je suis proche de la panique. Où est-elle ? Et si elle s'était blessée ? Et, pire que tout, et si elle ne revenait pas ? J'irai bien la chercher, mais la dernière fois que je suis allé dans cette forêt j'ai failli crever. Alors je fais les cent pas en me tirant les cheveux, me fustigeant de mon comportement d'imbécile. Quand au bout d'un temps infini la porte s'ouvre, je sursaute puis me précipite vers Charlie, qui se trouve devant moi comme une apparition. Elle lève vers moi un regard déterminé et morne puis ôte son manteau.

— Je vais prendre une douche, déclare-t-elle sans que j'aie le temps de lui parler.

— D'accord.

Elle n'attend pas ma réponse, car elle a déjà refermé la porte. OK, elle a l'air en colère. Est-ce que j'ai mérité son ignorance ? Certainement. Est-ce que c'est plus facile à accepter ? Absolument pas.

Réchauffée par sa douche, Charlie me rejoint dans la cuisine et commence à mettre la table.

— J'ai fait réchauffer la soupe que tu as faite hier, expliqué-je.

— Merci.

Elle nous sert deux grands bols, qu'elle accompagne de tranches de pain grillé. Charlie mange silencieusement en fixant son assiette. Bon, d'accord, c'est à moi de parler. Mais par où commencer ? Comme elle évite mon regard, je peux la détailler à loisir. Elle est magnifique. Ses cheveux lâchés encadrent un visage fin qui n'a pas un seul défaut. Au coin de son œil droit, un petit grain de beauté vient habiller sa peau crémeuse. Je suis subjugué par tant de perfection. Je prends une grande inspiration, puis je me lance.

— Elle est délicieuse, cette soupe.

— Merci.

Mais quel abruti ! « Elle est délicieuse, cette soupe », je n'avais rien de plus nul à lui dire ? Pourquoi ne pas lui demander s'il neige dehors. Intérieurement, je me roue de coups devant autant de connerie. Allez, Jack porte un peu tes couilles.

— Charlie… il faut que je te dise pour ce matin… je…

— Il ne s'est rien passé d'important ce matin.

Charlie 1 – Jack 0.

Vexé, je la regarde se lever, faire la vaisselle puis se diriger vers la cheminée pour ajouter du bois. Toujours assis à ma place, je sens mon cœur s'ouvrir en deux devant la distance qu'elle instaure entre nous. Quand je la vois s'installer dans le fauteuil pour la nuit, je me mords la lèvre pour ne pas lui hurler que sa place est dans le lit avec moi.

— Tu devrais prendre le lit, tu seras mieux ? proposé-je.

— Merci, mais je suis bien là.

Charlie s'enroule dans la couverture et pose sa tête contre l'oreiller. Cette position lui donne un côté fragile qui m'émeut, et la savoir en colère contre moi me blesse plus que de raison.

— Charlie, tenté-je une dernière fois.

— Je suis fatiguée, Jack. Bonne nuit.

Au son de sa voix, je sais que j'ai atteint ses limites, je peux voir dans son regard qu'elle abandonne. Elle n'essayera plus de me sauver de moi-même, elle laisse tomber et je ne peux pas lui en vouloir.

Je suis un con !

Chapitre 16

> « Il arrive qu'un individu devienne le centre de votre vie, sans que vous soyez lié à lui ni par le sang ni parfois par l'amour, mais simplement parce qu'il vous tient la main, vous aide à marcher sur le fil de l'espoir, sur la ligne tremblante de l'existence. »
>
> *Fatou Diome, Le Ventre de l'Atlantique*

Charlie

Je me réveille allongée dans le lit. Je sais que j'y suis seule et quand j'ouvre les yeux, je peux voir Jack endormi dans le fauteuil. Il a dû me porter jusqu'au lit pour échanger nos places et j'étais tellement crevée hier après ma rando dans la forêt que je n'ai rien senti. Dommage ! Parce que m'imaginer dans ses bras me file des frissons.

Mon cœur fait des bonds dans ma poitrine devant cet homme si paisible dans son sommeil. Jack dort profondément et je prends quelques minutes pour l'observer. Il ne se rend pas compte que la singularité de ses cicatrices lui donne une telle beauté brute. Je n'ai jamais aimé les hommes lisses et fades. Les cicatrices de Jack racontent une histoire certainement terrible, obligatoirement douloureuse, mais elles font de lui un être unique qui a survécu. Dommage qu'il ne puisse se voir à travers mes yeux. Il n'y verrait que du désir et de l'admiration. Mais je ne peux rien faire de plus, j'ai essayé d'être patiente, j'ai attendu qu'il se décide, j'ai donné de ma personne pour qu'il se sente en confiance, mais cela n'a pas suffi. Ses blessures sont trop profondes pour être soignées par une seule personne. Tant que Jack n'acceptera pas que je ne voie pas le monstre en lui, il restera sur ses gardes.

Aujourd'hui, c'est le jour du départ, la neige est praticable et j'ai besoin de m'éloigner au plus vite de cet homme qui m'agace autant qu'il me plaît. Qui aurait cru que j'allais être pressée de rentrer pour retrouver l'agaçante ferveur de Noël. J'ai besoin de retrouver ma vie d'avant. Celle que j'avais avant qu'il ne débarque devant ma porte. Ici, avec lui, j'ai vécu intensément chaque moment qu'il a bien voulu m'accorder, mais Jack est trop abîmé pour que je le sauve et, si je le laisse faire, il va m'entraîner dans sa noirceur. Je suis sortie difficilement de la mienne, je ne peux y replonger, même pour des yeux de loup.

En silence, je me prépare et commence à ranger les affaires dans les cartons. Je mets de l'eau à bouillir pour me faire un thé afin de me réchauffer, je n'ajoute plus de bois dans la cheminée pour laisser le feu s'éteindre avant notre départ.

Une cuillère de miel dans la bouche, je me sens happée par le regard ténébreux de Jack. J'ignore depuis combien de temps il est réveillé, mais son regard brille d'une intensité nouvelle. Ma colère est redescendue depuis hier. Comme je sais que nos chemins vont bientôt se séparer définitivement, j'adoucis le ton de ma voix quand je m'adresse à lui.

— Bien dormi ?

— Oui et toi ?

— Très bien. Merci de m'avoir mise dans le lit, mais tu aurais dû y rester.

— Tu méritais une bonne nuit, dit-il en se levant.

D'une démarche arrogante, il s'approche. Devant moi se présente un nouveau Jack, il a l'air plus déterminé, moins fuyant. Je déglutis en reculant au fur à mesure qu'il avance. Mon corps se retrouve coincé entre l'évier et son torse massif. Je suis obligée de lever la tête pour pouvoir le regarder. Ce type fait bien deux têtes de plus que moi. De ses mains, il encadre mes hanches, me bloquant toute possibilité de fuite. Qu'est-ce qui s'est passé pour qu'il devienne aussi sûr de lui en aussi peu de temps ?

Jack penche la tête et ses lèvres viennent effleurer ma joue, son souffle chaud caresse ma peau et je suis au bord de l'apoplexie devant autant d'assurance. Jack dégage une telle masculinité que je sens mon cœur battre à une vitesse folle.

— Bonjour, souffle-t-il d'une voix rauque directement dans le creux de mon oreille.

C'est moi qui n'arrive plus à parler, je suis subjuguée par cette audace et cette confiance. Jack qui n'arrivait pas à me regarder dans les yeux est en train de m'allumer. Douche froide quand il s'éloigne de moi, il est encore plus sadique que je ne le pensais. Avant il m'évitait, maintenant il me chauffe pour me laisser en plan. Je le déteste.

Jack s'appuie sur la table derrière lui et me fixe avec détermination.

— *Honey*, hier j'ai été con et je n'aurais pas dû réagir comme je l'ai fait.

Bon, ce n'est pas vraiment des excuses, mais ça y ressemble beaucoup. Je m'en contenterai.

— OK. Nous partons en fin de matinée. Nous arriverons à Fremont avant la nuit.

Son visage se rembrunit comme s'il n'était pas content de ma réponse. Qu'est-ce qu'il attend de moi ? J'accepte ses pseudo-excuses, il devrait être heureux. Et doublement puisque je lui annonce que nous rentrons et qu'il va pouvoir retourner à son club, à sa vie loin de moi. Au bout d'un long moment où nous nous défions du regard, Jack capitule.

— D'accord.

Une fois revêtu de son cuir, Jack redevient devant moi un biker. Et j'avoue que ça change cet homme. Rien qu'avec ce cuir sur le dos, il dégage une aura de puissance et de virilité qui ne me laisse pas indifférente. Tout le temps où nous étions ici, j'ai volontairement occulté cet état de fait. Jack est un biker et je dois prendre mes distances, il en va de ma survie. Pendant que j'entasse les affaires devant la porte d'entrée, Jack sort préparer la voiture.

— Charlie, crie-t-il.

Je sors précipitamment, prête à m'entendre dire que notre départ est reporté suite à un problème technique. Si ça se trouve, ma voiture ne démarre pas.

— Oui, qu'est-ce qu'il y a ?

— Tu sais que la couleur de ta voiture devrait être interdite, plaisante-t-il.

Étonnée, parce qu'il ose me faire sortir dans le froid pour critiquer ma voiture, mais heureuse de le voir se détendre, je joue le jeu.

— Sache qu'il est interdit de critiquer *Pumpkin*. Faire des plaisanteries douteuses sur la couleur chatoyante de ma voiture se fait à tes risques et périls. Et, avant que tu te mettes à rigoler, rappelle-toi que je maîtrise le tir à l'arc…

— Et moi, les armes à feu, sourit-il sadiquement.

Je déglutis, car pour la première fois je peux voir le biker dangereux qu'il doit être en temps normal.

Je prends conscience que je n'avais jusqu'alors pas encore eu affaire à cette partie de sa personnalité. Mais je n'ai toujours pas peur de lui et je pense que ça ne sera jamais le cas. J'ai connu bien pire ! Jack me fixe, attentif à ma réaction.

— Très bien, homme, je m'incline ! Tu viens m'aider à charger la voiture ? questionné-je en prenant mon sourire d'allumeuse.

— J'arrive.

En deux enjambées, Jack se trouve à ma hauteur. Il est proche, trop proche.

— Ta jambe à l'air d'aller bien, remarqué-je.

— C'est grâce à ma super infirmière.

Ce ton espiègle me sidère. Jack a la capacité de passer de la séduction au rejet en deux secondes. Et le découvrir joueur est surprenant. La voiture est bien moins chargée qu'à l'aller et nous allons pouvoir partir. Un dernier tour de la cabane pour vérifier que la cheminée est bien éteinte, que les fenêtres sont bien fermées et que l'alimentation du générateur est bien coupée. Avec nostalgie, je regarde mon oasis avant de lui tourner le dos.

Quand j'arrive à hauteur de ma voiture, Jack est assis derrière le volant, le moteur tourne et le chauffage est allumé. Non, mais non ! Il ne peut pas conduire *Pumpkin*. Personne ne conduit ma voiture à part moi. Depuis que mon père me l'a offerte, personne d'autre que moi n'a posé son cul sur le siège conducteur. J'ouvre la portière avec force.

— Je vais conduire. C'est pas bon pour ta jambe.

— Non

— Comment ça, non ?

Retour du silence. Jack me défie du regard, il attend de voir si je réplique.

— C'est ma voiture et je ne laisse personne la conduire, asséné-je.

— Et je suis un Black's Soldiers et je ne laisse personne conduire à ma place quand je suis en mesure de le faire.

— Qu'est-ce que le fait d'être un Black's Soldiers vient faire dans cette histoire ?

Jack tente de refermer la portière, je m'y oppose sans grande réussite. Il est plus fort et il verrouille la porte dès qu'il arrive à la fermer. Comme un enfant content de sa bêtise, il me nargue à travers la vitre. Il se penche pour m'ouvrir la portière passager et m'ordonne de monter. Les traces de pas dans la neige démontrent mon mécontentement, je traîne les pieds.

— C'est pas du jeu, bougonné-je en arrivant de l'autre côté de ma voiture.

— Arrête de bouder et monte, m'intime-t-il.

Devant son air supérieur, je m'exécute. Mais, si je connais un truc sur les bikers, c'est leur instinct de propriété concernant leur moto. Donc…

— D'accord, mais pour que le deal soit honnête, tu me laisseras conduire ta moto.

Il s'étrangle, tousse et m'adresse un regard désespéré. Mon sourire le plus charmant aux lèvres, je poursuis :

— Quoi ? Je te laisse conduire ma voiture, tu me laisses conduire ta moto. C'est donnant-donnant.

Je tends la main vers lui afin de sceller notre accord. Jack regarde cette main tendue comme s'il s'apprêtait à signer un pacte avec le diable. Puis un sourire sardonique s'arrime à son visage, il se saisit de ma main et accepte avec une facilité qui me dit qu'il faut me méfier. Il cède beaucoup trop facilement. Puis il démarre brusquement.

— Fais gaffe, crié-je. La première accroche.

— Il faudra que tu l'amènes à mon garage pour que je te répare ça.

Persuadée qu'une fois revenus à nos vies respectives nous ne nous reverrons jamais, je suis surprise par sa proposition.

— Merci, ça ne sera pas nécessaire. Ça fait partie de son charme.

Nous roulons en silence. Je reconnais qu'il conduit bien, mieux que moi d'ailleurs. Et je me surprends à apprécier le voyage en tant que passagère de ma voiture. Mon regard s'égare sur l'extérieur, la neige alourdit les branches des arbres qui encadrent la route. Tous ces détails que je n'ai pas pris le temps d'apprécier quand je conduisais. Au bout de quelques kilomètres, Jack ouvre la bouche.

— C'est par ici que j'ai eu mon accident, dit-il d'un air déterminé.

Il n'a jamais répondu quand je lui ai demandé comment il avait atterri devant ma porte.

— Ton accident ?

— Oui et comme ma moto est morte tu ne pourras jamais la conduire, explique-t-il, un sourire victorieux aux lèvres.

C'est donc pour ça qu'il a accepté mon deal. Sa bécane n'a pas survécu à son accident. Le choc a dû être sacrément violent pour la détruire et il a eu beaucoup de chance. Est-ce qu'il était seul quand cela s'est produit ? Est-ce qu'un autre véhicule est impliqué ? Je cherche sur la route des vestiges de ce qu'il me dit, mais la neige les a effacés depuis longtemps.

— T'es qu'un salaud.

Pour marquer mon désaccord, je croise les bras sur ma poitrine et boude comme une enfant.

Chapitre 17

> « Tu apprendras à tes dépens que le long de ton chemin, tu rencontreras des millions de masques et très peu de visages. »
>
> *Luigi Pirandello*

Jack

Elle me fait rire. Sa mimique d'enfant gâtée me donne une furieuse envie de lui mordre la lèvre. Charlie a réellement cru que j'allais la laisser conduire ma bécane. Jamais de la vie. Je ne sais pas ce qui est pire : devoir la reconstruire entièrement ou donner le guidon à une femme. Un rire caverneux sort de ma gorge sans que je le contrôle. Je suis surpris moi-même par ce son étrange que je n'ai plus entendu depuis des années.

Charlie se tourne vers moi, déconcertée, elle aussi se rend bien compte que je ne dois pas rire souvent. Son air encore plus perplexe que le mien fait doubler mon hilarité.

— C'est le fait que je te traite de salaud qui te fait rire ? questionne-t-elle vexée.

— Non c'est ta mine boudeuse qui me donne envie de te mordre les lèvres, expliqué-je en faisant glisser mon pouce sur sa lèvre pour la déloger d'entre ses dents.

Elle me jette un regard perplexe. Sa respiration se modifie à mon contact et la mienne aussi. Charlie a la capacité étrange de faire sortir une part de moi que j'ignorais. Sentant la pression dans mon jean, je retire précipitamment ma main. Dans son regard cristallin, je vois que je l'ai encore blessée. Est-ce qu'un jour j'arriverai à me comporter comme un type normal avec elle ? Afin de mettre fin à ce malaise, je la questionne sur son retour à Fremont.

— Qu'est-ce que tu vas faire quand tu seras rentrée ?

Son soupir me fait culpabiliser, mais elle ne me laisse pas le temps de me rattraper. D'ailleurs, je ne pense pas en être capable. Je n'arrive pas encore à appréhender la personnalité qui ressort à ses côtés. C'est trop nouveau pour moi.

— Un bain chaud, déclare-t-elle.

Mon cerveau l'imagine nue dans une baignoire remplie de mousse et je sens ma queue se gorger de sang. Je remue sur mon siège en essayant de faire disparaître cette vision enchanteresse.

— Et après le bain ?

— Je m'épile. Tu n'imagines pas la longueur de mes poils, s'amuse-t-elle.

Même cette vision me rend fébrile et je m'agace, car je sais qu'elle se joue de moi.

— Et après le bain, l'épilation et tout ce que peut faire une fille dans une salle de bains, qu'est-ce que tu comptes faire ?

— T'es pas drôle, marmonne-t-elle. J'espère que les travaux de mon café sont terminés et que je pourrai reprendre mon travail.

— Ça fait longtemps que tu y bosses ?

— Presque huit ans. Avant j'étais simple serveuse, maintenant j'en ai la gérance. Camille, la propriétaire, est la tante de ma meilleure amie, Hayley.

— Tu as toujours voulu faire ça ?

Son regard se perd dans le décor. Elle réfléchit à sa réponse et j'ai assez mené d'interrogatoires pour savoir qu'elle cherche à édulcorer la vérité.

— J'ai toujours voulu faire quelque chose qui me plaît, donc on peut dire que j'ai réussi, se contente-t-elle de répondre.

Elle ne ment pas, mais elle n'est pas totalement honnête. Bizarrement cela me blesse, alors que moi-même je ne suis pas d'une franchise extrême avec elle.

— Et toi t'as toujours voulu être un Black's Soldiers ?

Pour répondre à cette question, je la paraphrase.

— J'ai toujours voulu trouver ma place, donc on peut dire que j'ai réussi.

Elle me fait un sourire tendre qui me touche en plein cœur. Un de ces sourires sincères qui caresse l'âme. Nous n'avons jamais eu une discussion aussi personnelle. Est-ce dû au fait que nous sommes coincés dans la voiture sans possibilité de fuite ? En tout cas, j'aime ce moment.

— Et toi, qu'est-ce que tu comptes faire à ton retour ?

Au départ, j'avais prévu de me poser un peu. De prendre du temps pour moi, de traîner avec mes amis, de m'occuper de mon garage. Bref, de reprendre une vie aussi normale que me l'autorise mon statut de biker. Mais mon accident a compromis mes plans, je vais devoir trouver qui sont les enfoirés qui ont tenté de me tuer et, une fois leur identité découverte, je vais régler mes comptes. La liste de mes ennemis est longue et je n'ai pas fini de passer du temps avec Weasel, notre petit génie malfaisant de l'informatique. Dans tous les cas, je ne vais pas laisser passer cet affront, personne ne s'en prend à moi sans en payer les conséquences. Et je peux garantir que la facture sera salée.

Inconsciemment, mes doigts serrent le volant à m'en faire pâlir les jointures, ma respiration se fait hachée, bruyante, et la fureur fait bander mes muscles. Je dois ressembler à un taureau prêt à charger, je fulmine tellement que j'entends mon sang battre sous mes tempes. Charlie remarque ma rage, elle pose sur ma cuisse une main douce qui me ramène instantanément à la réalité. Je sens la chaleur de sa peau passer au travers de mon jean, ce qui fait descendre la pression de mon corps.

— Tu n'es pas obligé de répondre, susurre-t-elle délicatement.

— Pardon, j'étais perdu dans mes pensées. Une fois rentré, je vais réparer ta voiture et découvrir ton café.

L'idée de ne plus jamais la revoir ne m'a jamais traversé l'esprit. Charlie m'a sauvé et ma vie est désormais liée à la sienne. Qu'elle le veuille ou non, je ne peux plus imaginer ma vie sans elle. Charlie me sourit.

— C'est vrai que depuis plusieurs jours tu n'as pas encore pu te faire une idée de ma cuisine et de ma capacité à faire infuser le thé correctement, plaisante-t-elle.

— J'ai envie de te voir dans ton environnement.

Si j'étais courageux, je lui dirais que j'ai envie de faire partie de cet environnement. Que je ne veux pas la voir disparaître ! Mais, si je suis un excellent mercenaire, je suis un très mauvais dragueur.

Une sirène brise le silence, dans mon champ de vision, apparaît une voiture de police. Je me tends, je déteste les flics. Je me gare sur le bas-côté, serrant les poings, prêt à éclater la tronche de ce petit flic de campagne qui vient troubler mon moment de grâce avec Charlie. L'homme sort de la voiture, je le reconnais aussitôt et je souris. Mon ange presse ma jambe de sa main.

— Sois gentil, je le connais.

Je hoche la tête, étonné qu'elle puisse être amie avec ce mec. J'ouvre la fenêtre et attends qu'il arrive à ma hauteur.

— Jerry, le menacé-je, un sourire sardonique aux lèvres. Comment tu vas depuis la dernière fois ?

Jerry est un flic minable. Notre dernière rencontre restera à jamais le pire souvenir de sa vie. Je l'ai menacé et maltraité pour avoir une info, il a fini par se pisser dessus. J'ai adoré, lui, sûrement moins. En me voyant, Jerry a, dans un premier temps, un mouvement de recul qui n'échappe à personne. Puis pris d'un courage aussi soudain qu'inutile, il porte la main à son holster, prêt à dégainer. L'adrénaline monte en flèche, j'aime ce sentiment de puissance qui s'accompagne de la tension de mes muscles. Cette ivresse, je la connais, la maîtrise. Elle est différente de celle que je ressens au contact de ma belle. Cette exaltation-là, je ne la comprends pas du tout. Sentant le changement d'atmosphère entre ce petit flic merdique et moi, Charlie se penche par-dessus mon corps et ses cheveux balaient mon torse, me laissant m'enivrer de son parfum.

— Salut, Jerry ! s'exclame-t-elle d'une voix joyeuse.

— Charlie… tu vas bien ? bégaie-t-il.

— Tout va très bien, merci.

Pour confirmer ses dires, Charlie pose sur moi un regard bienveillant qui me caresse la peau comme les premiers rayons du soleil un matin de printemps. Je dépose sur sa joue un baiser tendre, laissant mes lèvres courir sur sa pommette plus longtemps que nécessaire. Je plonge avec délice dans la douce grisaille des iris de Charlie quand elle me fixe, étonnée par mon geste. Elle apprécie cette initiative, j'oublie tout ce qui nous entoure. Il n'y a plus qu'elle et moi, nous sommes seuls au monde. C'est la voix nasillarde de Jerry qui brise cet échange silencieux.

— Tu as besoin que je t'escorte ? demande-t-il.

Je lui jette un regard mauvais. De quoi il se mêle, ce petit con ? Charlie m'apaise d'un clignement des yeux.

— Non, je pense qu'avec mon chauffeur je ne crains rien.

— Je n'en suis pas si sûr, ose-t-il répondre.

— Jerry, grogné-je agressivement.

— Je suis sûre du contraire, reprend Charlie. J'ai confiance.

Ma tête se détourne de Jerry dans un mouvement si brusque qu'on entend ma nuque craquer. Elle a confiance ! Je suis abasourdi et à la fois euphorique. Charlie, cette mystérieuse créature, me fait confiance. Je pourrais hurler comme un loup tellement je suis heureux. L'aval de Charlie me donne l'envie de faire déguerpir Jerry à une vitesse folle.

— Nous nous en sortons très bien sans toi. De toute façon, nous allons au club et tu n'es pas le bienvenu, asséné-je en mettant le contact, prêt à enclencher une vitesse.

— Jerry, ne t'en fais pas, je vais bien et je suis sûre que Hayley m'attendra chez moi.

Jerry fait un pas en arrière, me permettant de démarrer dans un crissement de pneus. Je lui aurais bien roulé dessus, mais je pense que mon ange ne serait pas d'accord.

— Merci de t'être contenu, se contente-t-elle de dire en mettant sa ceinture.

Le reste du chemin se fait dans le silence. Chaque kilomètre avalé brise le lien que j'ai tissé avec elle dans cette cabane coupée du monde. Je le sens : plus nous nous approchons de Fremont, plus nous nous éloignons l'un de l'autre. Plus on arrive à proximité du club et plus j'appréhende la réaction de mes frères. Ils sont ma famille, mais ils sont aussi de gros lourds, surtout avec les filles. Et le fait que j'en amène une va certainement faire jaser. Là-bas, je suis Pyro l'exécuteur, le tueur, l'homme qu'on appelle pour finir le boulot. Je n'ai jamais eu un regard pour les brebis du club, je les ai toujours fuies comme la peste, et là je vais amener une gonzesse directement dans l'antre de la débauche. Inconsciemment, je ralentis, mais bientôt nous allons arriver.

Charlie détaille le portail devant lequel j'ai stoppé la voiture. Sous ses yeux ébahis se dévoile l'emblème du club. Le squelette est menaçant et l'avertissement est clair « vous n'êtes pas les bienvenus ». Soudain, je prends conscience du véhicule dans lequel je me trouve. Cette vieille coccinelle est un modèle de collection qui est encore en bon état malgré son âge avancé. La mécanique est un peu capricieuse, mais fiable. Mais me voir arriver dans une voiture aussi criarde va certainement attiser les blagues douteuses de mes frères et interloquer le prospect de l'entrée. Mentalement, je fais la liste de ce que j'aimerais modifier sur ce véhicule pour le rendre impeccable.

Mon ange se crispe à mes côtés quand elle voit un homme sortir l'arme à la main. Je ne sais pas qui est ce prospect, je suis parti depuis si longtemps que je ne connais pas les nouveaux aspirants. Quand il arrive à la hauteur de ma fenêtre ouverte, je lis son nom sur son cuir sans manche définissant son statut de potentielle recrue. Musher, la vingtaine, taillé comme un bûcheron, le crâne rasé avec un tatouage apparent sur la main qui tient le flingue. Il se penche vers la voiture et le regard libidineux qu'il adresse à Charlie me fait sortir de mes gonds. Il n'a pas le temps de me voir venir que je le saisis par le col de son cuir et lui éclate le nez sur le toit de la voiture. Dans un gémissement, il s'écroule au sol. Charlie pousse un cri de stupeur qui me rappelle sa présence à mes côtés.

Là, je suis dans mon élément, dans l'univers que je connais, et je me sens comme j'ai toujours été : violent. L'adrénaline coule dans mes veines et je me retrouve, je redeviens un peu plus celui que j'ai toujours été. Mes lèvres s'étirent dans un sourire satisfait devant ce constat. Je sors de la voiture et surplombe le prospect de toute ma hauteur, je le toise avec hargne. L'exécuteur est là. Je me penche au-dessus de ce pauvre type, menaçant, pour lui faire passer l'envie de regarder Charlie. Le portail s'ouvre au même moment. Snake et Hurricane se précipitent vers nous alors que je me redresse pour leur faire face.

— Putain, Pyro, gronde mon VP.

— Toujours à frapper avant de parler, ricane Hurricane en saisissant le prospect qui tient son nez en sang.

Hurricane l'aide à se mettre debout et l'encourage à aller à l'infirmerie. Avant qu'il parte, je m'adresse à lui.

— Tu dois toujours être sur tes gardes, gamin.

Le jeune me dévisage avec haine, j'admire son courage.

— Elle est mignonne, la gonzesse, déclare Jazz en ouvrant la porte à Charlie.

Jazz est devenu membre l'année dernière. Le peu que je connais de lui en fait un type sympa et réglo, mais quand il tend la main pour aider Charlie à descendre de la voiture je vois rouge. Mon ange sort gracieusement du véhicule puis, sans que personne ne puisse le prévoir, elle donne un coup de genou dans les valseuses de Jazz, qui se plie en deux sous la douleur.

— La gonzesse t'emmerde, assène-t-elle.

Snake, Hurricane et moi restons estomaqués devant sa réaction. Pourtant, comme si de rien n'était, Charlie se tourne vers nous, souriante et belle comme un cœur.

— Bonjour, messieurs, déclare-t-elle. Je ne voudrais pas gâcher cette belle réunion de famille, mais je dois y aller.

Son ton est sarcastique, mais je suis si statufié par son impulsivité que je n'en fais pas cas. Elle fait le tour de la voiture, arrive à ma hauteur et pose sa main sur mon épaule devant le regard ahuri de mes frères.

— Jack, j'ai été ravie de te rencontrer. Bonne continuation.

Elle adopte un ton détaché qui ne reflète en rien son état d'esprit. Elle me regarde, attendant que je lui dise quelque chose pour la retenir, pourtant je garde le silence. Je l'ignore même, dégageant sa main d'un violent coup d'épaule qui la fait sursauter. Elle cherche à accrocher mon regard, mais je le lui refuse. Je persiste dans cette attitude en m'éloignant d'elle, marquant ainsi la distance entre elle et moi.

Mon jeu d'acteur est exceptionnel. Je mériterais une nomination aux Oscars dans la catégorie du plus bel enfoiré. Mon comportement me dégoûte, j'ai envie de me foutre des coups, mais deux minutes en présence de mes frères et j'ai déjà pété le nez d'un prospect. Si Charlie n'avait pas refait le service trois-pièces de Jazz, je m'en serais chargé. La colère est de nouveau ma meilleure amie.

— Mes frères, content d'être de retour. Ces dernières semaines ont été horribles, ajouté-je d'un ton froid.

Je prends un air supérieur pour enfoncer le clou dans le cercueil qui enferme l'estime que Charlie avait pour moi. Elle se fige quelques secondes en entendant la fin de ma phrase. Furtivement, je saisis son regard blessé qui me serre les tripes. Un de ces regards qui va me hanter pendant longtemps.

Mon ange monte dans sa voiture, enclenche la marche arrière et s'en va sans un regard. Je viens de briser l'once d'humanité qu'elle a fait naître en moi.

Comme depuis le premier jour quand Charlie s'éloigne de moi, je me sens abandonné et, comme toujours, je ne réagis pas, la laissant me planter ici. La rage qui m'habite est mon carburant, je ne peux laisser Charlie découvrir l'homme que je suis en réalité.

C'est pour la protéger.

Chapitre 18

> « Il y a des gens qui ne font que passer, il y a les gens qui restent… L'idéal, c'est quand les gens qui comptent… restent ! »
>
> *Laure Manel, Histoire d'@*

Charlie

Arrivée devant mon café, je n'ai pas le temps de me garer que Hayley me saute dessus comme un chien sur son os. Son débit est rapide et ses questions prévisibles.

— Chacha, qui est ce type qui conduisait ta voiture ? Pourquoi d'ailleurs a-t-il eu le droit de la conduire alors que tu refuses de me la prêter ? Comment vous êtes-vous rencontrés ? Est-ce qu'il est beau ? Pourquoi tu ne m'as pas dit que tu allais retrouver un mec ? Je veux tout savoir.

— Tu as vu Jerry ? soufflé-je.

— Il m'a appelée dès qu'il t'a vue avec ce type. Il m'a dit qu'il est dangereux et que tu ne devrais pas t'approcher de lui.

M'approcher de lui ? J'ai essayé de m'approcher de lui, mais ce type est le roi de l'ambivalence. À peine arrivés à Fremont, j'ai senti l'atmosphère dans la voiture changer. Jack était tendu, froid et distant.

Enfin encore plus que d'habitude. Et, quand nous sommes arrivés au club, alors là je ne l'ai plus reconnu. Il était violent et agressif, mais surtout il m'a ignorée comme si nous ne nous étions jamais parlé. Il a installé une distance glaciale entre nous avec une facilité déconcertante. Son silence a été encore plus éloquent que d'habitude. Ces mots résonnent encore dans ma tête. « Horrible », c'est comme ça qu'il qualifie le temps passé avec moi. Je suis blessée de voir que ces moments ensemble ont eu plus de sens pour moi que pour lui. J'avais pour projet de rentrer et de l'oublier, il vient de m'en donner le courage.

— Hayley, je suis crevée, on peut remettre cette conversation à plus tard ? questionné-je en connaissance malheureusement déjà la réponse de mon amie.

— Dans tes rêves. Je t'accorde une heure, le temps de faire le tour du café et de prendre une douche, et je suis chez toi à vingt heures précises avec des sushis.

La garce, elle m'a eue ! J'adore les sushis et je ne résiste pas.

— OK, alors à tout à l'heure, dis-je en la contournant.

Lessivée par la route, la tension et la colère, je fais l'impasse sur la visite du café. Il sera toujours là demain. Je rêve d'un bain chaud depuis des jours et réaliser ce rêve est mon seul objectif.

Une fois à l'abri dans mon appartement, je m'accorde quelques secondes de pause, appuyée contre ma porte d'entrée. Du regard, je balaie mon salon. Tout est à sa place et pourtant je le trouve différent. Une sensation désagréable me traverse comme si quelqu'un avait profané cet endroit. Je secoue la tête pour me remettre les idées en place. Après la rusticité de la cabane, j'ai toujours un peu de mal à revenir à la modernité.

— N'importe quoi, ma fille, me dis-je à moi-même.

Je jette mon sac dans l'entrée et j'ôte chaussures, manteau et bonnet pour finir pieds nus sur mon carrelage. Dans la salle de bains, j'allume l'arrivée d'eau chaude et je ferme la bonde de fond afin de remplir la baignoire. Je verse des sels de bain senteur barbe à papa et me glisse dans l'eau chaude en soupirant.

Cette odeur sucrée me fait étrangement penser à Jack et à sa soudaine familiarité quand il m'a appelée *Honey*. Cet homme est venu perturber mes vacances et pourtant elles ont été les meilleures que j'ai eues depuis longtemps. Sa présence m'a rappelé celle de mon père. Jusqu'à ce que Jack entre dans ma vie, je n'avais pas conscience de l'ampleur de ma solitude lors de mes escapades là-bas. C'est pourtant ce que je venais chercher, mais en fait je n'essayais que de faire revivre un passé qui n'existera plus. Mon père me manque un peu plus chaque jour. Dix ans depuis sa mort, dix longues années qui n'ont en rien atténué la douleur de sa perte. Elles l'ont juste rendue supportable.

Mon barbotage sucré est un délice. Ma tête glisse sous l'eau et j'y reste assez longtemps pour chasser la déprime que je sens arriver. J'ai aimé découvrir Jack, mais j'ai détesté rencontrer Pyro. Et comme il est plus souvent le biker que l'être humain, surtout ici, je tire un trait sur lui. De toute façon, il ne s'est rien passé, et selon ses propres dires, notre rencontre a été horrible. Je grimace en repensant à cet air triomphant qu'il avait en disant cela. Jack n'existe pas et n'a jamais existé.

Les cheveux entourés d'une serviette et le corps emmitouflé dans un peignoir, j'entends des coups sur la porte. Je m'active pour enfiler un pantalon et un pull et sèche grossièrement mes boucles. J'entends

Hayley fouiller dans les placards de la cuisine puis je me rappelle que c'était une très mauvaise idée de lui donner un jeu de clefs.

Mon amie est assise dans le canapé, les jambes repliées sous elle. À ses côtés, un plateau composé d'un assortiment de sushis qui font gargouiller mon ventre et deux verres de vin rouge remplis à ras bord.

— Tu es aussi précise qu'une montre suisse, dis-je en m'affalant à côté d'elle.

— Vingt heures, c'est vingt heures. Alors, raconte-moi tout !

Elle mange les sushis avec les doigts, n'arrivant pas à se servir des baguettes. Je la regarde tremper son maki dans la sauce soja sucrée en salivant. Je me saisis du verre de vin et j'en bois un peu. Je n'ai jamais réellement apprécié cet alcool, mais au bout de quelques gorgées ça n'a plus de goût et c'est juste quelque chose qui me rend plus gaie. Je prépare mes sushis, j'ajoute le gingembre confit sous le regard inquisiteur de mon amie. Elle ne sortira pas d'ici sans m'avoir fait cracher le morceau. J'enfourne un sushi avant de lui répondre.

— Pour faire court…

— Ah non ! s'écrie-t-elle. Je ne veux pas la version courte et encore moins la version censurée. Je veux tout. Les images scabreuses, les passages interdits et les détails croustillants. J'ai payé les sushis pour avoir droit à *Cinquante Nuances de Grey*, pas à un navet de série B.

Son exagération me fait rire et son imagination encore plus. Elle croit que nous avons passé notre séjour à nous envoyer en l'air comme des bêtes.

— Tu vas être déçue. Rien de ce qui s'est passé n'est interdit aux moins de dix-huit ans.

Hayley me fixe, incrédule, un sushi en suspension devant sa bouche. Alors je lui raconte l'histoire, moi trouvant Jack blessé devant ma porte à mon arrivée, les soins, la fièvre, la peur de le voir mourir, son réveil et ses silences. J'occulte volontairement notre rapprochement, qui n'a existé que le temps de quelques minutes de bonheur avant que Jack ne redevienne l'enfoiré qu'il est.

— Quel goujat ! s'exclame-t-elle à la fin de mon récit.

— Je pense que ça fait partie de son personnage de biker, dis-je.

— Tu prends sa défense ?

— Non. En fait peut-être que si. Jack n'a pas été odieux quand nous étions à la cabane, avoué-je. Il est mystérieux et ça fait partie de son charme.

J'ai à peine fini ma phrase que je me mords la langue d'avoir trop parlé. À juste titre puisque Hayley bondit presque du canapé quand elle comprend ce que cela sous-entend.

— Il te plaît.

Bien sûr qu'il me plaît, mais je sais aussi qu'il est ce que je dois absolument éviter, et surtout il m'a fait comprendre que je n'ai pas ma place dans son monde, donc…

— Il m'a plu. Mais tu sais, il n'est pas fait pour moi. D'ailleurs il n'est fait pour personne.

Je passe sous silence le fait que, si Jack m'avait autorisée à être plus pour lui, j'aurais saisi l'occasion, peu importent les conséquences. Désireuse de ne plus parler de Jack et souhaitant le faire quitter mes pensées, je détourne la conversation.

— Et toi, avec Jordan ?

Hayley vire au cramoisi. Ses joues rougissent et ce n'est pas à cause du vin. Elle tente d'ailleurs de se cacher derrière son verre, que je saisis en passant le bras par-dessus le plateau.

— Tu rougis. Tu es silencieuse. Toi, tu as couché avec lui ! assuré-je.

Elle hoche la tête. Hayley n'est timide que les trente premières secondes, après elle a un débit de parole aussi important que les chutes du Niagara.

— Il est à tomber. Jordan m'a fait jouir chaque fois, il fait ce truc avec sa langue qui me rend complètement folle…

Je suis heureuse pour elle, je l'écoute avec joie me raconter son aventure avec Jordan et, quand elle me parle d'une position du Kāma sūtra dont j'ignorais l'existence, mais qui a l'air d'exiger une certaine souplesse de la part de mon voisin, je me dis que notre prochaine rencontre risque d'être drôle.

*

La gueule de bois rend ma tête lourde et mes cheveux poussent à l'intérieur de mon crâne. Je savais que c'était une mauvaise idée d'ouvrir cette bouteille de limoncello qui traînait dans un placard, mais une soirée avec Hayley sans ses enfants se termine souvent comme ça.

Bref, ce matin j'ai la tête dans le cul. Difficilement, je m'extrais de mon lit en poussant Hayley, étendue à mes côtés. Une aspirine gobée avec un verre d'eau et une douche glacée me donnent un aspect un peu plus humain. Un coup d'œil à mon amie, qui a pris la position de l'étoile de mer sur mon lit, et je descends dans mon café.

J'ouvre la porte avec appréhension, Hayley m'a dit que les travaux étaient finis et que Jordan avait fait un boulot de dingue, y compris au niveau de la déco.

Et j'avoue que c'est ce dernier détail qui me fait un peu peur parce que, si ses goûts en matière de déco sont les mêmes qu'en matière de musique, mon café va ressembler à l'antre du diable.

Face à moi, les murs couleur coquille d'œuf donnent un air printanier et frais qui me plaît énormément. Jordan a, semble-t-il, réussi à restaurer la plupart de mes tables et fauteuils. J'admire le bar qu'il a construit. En effet, avant, il n'y avait qu'un passe-plat entre la cuisine et la salle. J'avais bricolé un comptoir fait de bric et de broc, mais maintenant j'ai devant moi un véritable bar. Derrière celui-ci, des machines dernier cri, des pots contenant les différentes variétés de thé parfaitement alignés et, sous le comptoir en chêne massif, un frigo rempli de jus de fruits frais et autres boissons. Sur le mur un présentoir fait main en palette où sont rangées des tasses de différentes formes et couleurs. C'est superbe, j'adore ! Alors que je caresse amoureusement le comptoir du bout des doigts, j'entends la voix de Jordan.

— Alors, ça te plaît ?

Je sors de derrière le bar et me jette dans ses bras.

— Merci, tu as fait un boulot formidable, dis-je en l'étreignant fort.

— Je ne suis pas un homme facile, plaisante-t-il.

Je me positionne face à lui, les mains sur ses épaules, et l'oblige à baisser les yeux pour me regarder.

— D'ailleurs, à ce propos, dis-je malicieusement. Si tu fais du mal à ma copine, je passe tes bijoux de famille dans la broyeuse à café que tu as installée. C'est clair ?

Jordan sourit, me pensant certainement incapable d'autant de brutalité. S'il savait…

— Viens plutôt voir ton labo au lieu de proférer des menaces en l'air.

Nous entrons dans la cuisine. Elle n'a pas changé. Enfin si, les travaux ont été faits et le trou dans le plafond est réparé, mais elle est semblable à celle d'avant.

— Comme tu vois, j'ai concentré mes efforts de rénovation sur la salle de réception.

— Comment tu as fait ? Ça a dû coûter une blinde. Les assurances ont été aussi généreuses que ça ? questionné-je.

— On va dire que je sais négocier. Et puis je suis content de te rendre ce service, dit-il en rougissant.

— Merci, Jordan. Vraiment, tu as fait un super boulot. Et pour Hayley, elle est heureuse avec toi.

— Je suis bien avec elle aussi. Bon ! s'exclame-t-il comme pour changer de sujet. Tu m'offres le premier café ?

— Celui-là et tous les autres, dis-je en l'entraînant dans la salle.

*

Ma vie est repartie à vive allure. Le café, dont la réouverture a été annoncée à grand renfort de publicité par Hayley, ne désemplit pas. Je retrouve avec plaisir mes habitués et découvre avec joie de nouveaux venus. La décoration choisie par Jordan, validée par Camille, donne un côté un peu plus masculin à l'ensemble. J'avoue qu'avant ma clientèle était essentiellement féminine, mais les ajouts de mon voisin ont attiré les hommes. J'ai pu ainsi embaucher une petite jeune pour m'aider. Clary est lycéenne, elle est pleine de vie et apporte un peu d'animation dans mon quotidien.

Plusieurs semaines ont passé sans nouvelles de Jack. Je ne suis pas surprise, juste déçue. Nous avons chacun repris notre place. Par moments, je crois le voir m'observer à travers les fenêtres du café, mais rapidement je me reprends, consciente qu'il n'est pas près de venir me voir. À notre dernière rencontre, il a été assez clair sur ce qu'il pensait de moi.

Chapitre 19

> « Jusqu'à ce jour, je croyais que seuls les souvenirs douloureux avaient encore le pouvoir de faire mal, et maintenant je me rends compte que les souvenirs heureux aussi peuvent blesser… parce qu'ils sont souvenirs, justement, et que le réel, lui, est d'autant plus amer. »
>
> *Geneviève Senger, La Maison Vogel*

Jack

Ma vie a repris son rythme normal, mais en pire. Je m'isole encore plus que d'habitude. D'ordinaire pas sociable, je suis carrément imbuvable.

Pour l'instant, je refuse tous les contrats que me propose mon Préz. Je n'ai aucune envie de m'éloigner de cette ville. Mon obsession se trouve ici.

La nouvelle de mon retour accompagné d'une fille a fait le tour du club encore plus vite qu'un ragot dans une cour de lycée. Depuis, les brebis se prennent à rêver de pouvoir s'afficher à mes côtés. À croire qu'elles ont lancé des paris pour savoir laquelle va réussir à me faire craquer. Elles usent de tous les stratagèmes pour que je les baise, je ne compte plus le nombre de brebis qui m'attendent dans mon garage, allongées comme des traînées sur les motos que je répare.

Ça, c'était avant mon pétage de plombs. L'une d'elles a osé poser ses griffes manucurées sur moi, ce qui m'a fait dégoupiller. Mes frères ont dû me sortir de force, car j'étais en train de tout péter dans le club. Hors de moi qu'une de ces poupées Barbie ait eu l'audace de me toucher. Depuis je suis à nouveau le paria que j'ai toujours été. Les choses ont repris leur cours normal.

Enfin presque, parce que mes nuits sont horribles. Je ne dors plus. Dès que je ferme les yeux, j'entends la voix chaude de Charlie qui me parle, son sourire qui me réconforte, son rire qui me réchauffe l'âme, son regard gris qui m'appelle, ses doigts magiques qui me caressent, faisant naître des frissons. Toutes les nuits, je me réveille avec une trique d'enfer et toutes les nuits je me touche en pensant à elle et à sa bouche pulpeuse. Avec le temps et l'absence d'activités sexuelles, ma libido avait disparu et me voilà, à cause d'un ange blond, de nouveau dans l'horreur de l'adolescence. Ces nuits sans sommeil me rendent encore plus agressif.

À la différence de tous mes frères célibataires, je n'ai jamais dormi au club. Je crois que le Préz m'a dit qu'une chambre m'était réservée, mais je n'y ai jamais mis les pieds. Je vis dans un appart au-dessus de mon garage. Le lieu a tout de la garçonnière sauf son utilité, composé du strict minimum pour me permettre de vivre. Pas un tableau au mur, pas une photo, rien de personnel. Cet appart est à mon image : vide de tous souvenirs et vide d'avenir aussi.

Depuis mon retour, j'ai instauré un nouveau rituel. Avant l'ouverture du garage, je pique une bécane pour filer en ville assister à l'ouverture du café de Charlie. À l'abri des regards, je l'observe à travers les grandes vitres. Elle prépare son café avec plaisir en écoutant de la musique, je la vois se dandiner autour des tables et même danser avec son balai.

Ce matin, je peux voir des reflets dans ses cheveux. Hier elle ne les avait pas. Peu importe ce qu'elle fait, elle sera toujours la plus belle femme que je connais. Sous mes yeux, elle vit sa vie sans moi. C'est ce que j'ai voulu, mais je ne peux la laisser sans surveillance. Je lui dois ma vie et pas qu'au sens premier du terme, je n'ai réellement vécu qu'à ses côtés.

Tous les matins, j'hésite à traverser cette rue qui nous sépare. Et, quand son regard se perd à travers les vitres, je prie pour qu'elle me voie, qu'elle se jette sur moi, mais je suis trop bien caché pour qu'elle remarque ma présence. Tous les matins, je repars en me fustigeant d'être un lâche. J'attends d'elle qu'elle fasse le premier pas alors que c'est à moi de le faire. Charlie n'a jamais mis de frein, elle ne m'a jamais repoussé.

Qu'est-ce que je peux bien offrir à une fille comme elle ? Rien à part des emmerdes. La moitié des gens que je connais veut m'utiliser comme arme et l'autre moitié veut me tuer. Je n'ai jamais voulu d'avenir, je n'ai jamais réfléchi au-delà du jour même. Pourtant, dans cette cabane avec elle, je n'ai jamais été aussi heureux. Je profitais de l'instant présent en compagnie d'une femme qui ne m'a jamais vu comme un monstre. Si je peux lui offrir quelque chose en retour, c'est mon absence.

Arrivé devant mon garage, je grince des dents en voyant le comité d'accueil qui m'attend. Comme je ne fous plus les pieds au club et que suis odieux avec tout le monde, ils m'ont envoyé la seule personne que je n'oserai pas envoyer chier. Enfin ça, c'était avant qu'un ange blond vienne foutre le bordel dans mon cerveau et s'approprie mon corps. Parce que, même si Charlie n'en saura jamais rien, je lui appartiens.

— Mission commandée ou suicide ?

Astride rigole.

— Puisque je suis venue de ma propre initiative, on va dire suicide.

Cette femme est la seule qui ne me fait pas peur. Elle est la seule qui s'adresse à moi comme à un être humain, la seule qui n'a jamais eu peur de moi, celle qui ne me regardera jamais avec dégoût.

Comme Charlie, en fait.

À la différence de Charlie, je n'ai jamais été attiré par Astride. Elle est la régulière de Hurricane et je la considère comme ma sœur, alors que je ne manque pas d'idées indécentes et incandescentes en pensant à Charlie. La brune devant moi me détaille comme un sujet d'étude. Astride est dotée d'une perspicacité qui fait flipper tout le monde. Elle a toujours le mot juste au bon moment, mais je n'ai pas envie de me faire psychanalyser ni par elle ni par personne.

— Tu perds ton temps, aboyé-je en ouvrant le rideau de fer du garage dans un bruit assourdissant.

Je rentre et elle me suit. Je sais qu'elle ne lâchera pas l'affaire.

— Tu m'offres un café ? demande-t-elle en s'installant sur l'établi.

— T'as qu'à aller te le faire, dis-je en allumant le moteur de la moto devant moi pour trouver l'origine de la panne.

Les jambes qui se balancent dans le vide, Astride me fixe. Quand je l'ai rencontrée, elle est restée assise le cul vissé sur ce même établi pendant des jours avant que je n'ouvre la bouche. Elle a mis à l'épreuve ma patience en faisant exactement ce qu'elle est en train de faire maintenant. Elle sait qu'en faisant ça je vais dégoupiller et elle n'attend que ça. Pourtant aujourd'hui je résiste, je refuse de parler de Charlie avec elle ou avec qui que ce soit. J'attrape la clef à molette et je m'enferme dans mon mutisme, faisant plus de bruit que nécessaire pour ne lui laisser aucune possibilité d'entamer la conversation.

— Elle est très jolie, ta Charlie, lance Astride d'un ton détaché qui me fait lâcher mon outil, qui tombe dans un bruit sourd.

Elle me regarde malicieusement. Pourquoi je ne suis même pas étonné ? Astride est pire qu'un flic, elle sait soutirer des infos sans en avoir l'air, elle est aussi douée que moi, la torture en moins. Je refuse de rentrer dans son jeu, je ne lui réponds pas, reprends la clef à molette et m'attaque à la réparation de la bécane.

— Et ses pâtisseries sont une tuerie, poursuit-elle.

Je l'ignore toujours, malgré le léger sourire qui se dessine sur mes lèvres en repensant aux gâteaux qu'elle m'a faits dans la cabane.

— Et elle est adorable.

Cette fois, je lève la tête. Astride est fière d'elle, mais je m'en fous, elle peut pavaner autant qu'elle veut, j'ai besoin de savoir.

— Tu lui as parlé ?

— Oui.

Astride m'oblige à lui tirer les vers du nez. Elle sait que, si je le fais, c'est parce que Charlie est plus importante que je veux bien le laisser croire.

— Tu saoules, Astride, dis-moi, râlé-je d'un ton mêlant la colère et le désespoir.

Mon amie descend de son perchoir et pose une main sur mon épaule.

— J'ai un peu discuté avec elle, mais pas de toi. Ce que j'ai vu de cette fille, c'est que c'est un ange.

Je l'ai observée dans son travail, elle est toujours optimiste, a un mot gentil pour tout le monde, de bons conseils… Je pense qu'elle peut t'aider à sortir de cet isolement qui fait de toi quelqu'un que tu n'es pas.

— Je parle bien avec toi, contré-je.

— Oui, mais parce que je viens te voir, parce que je prends le temps. Jack, soyons honnêtes, si je ne revenais pas te voir, est-ce que tu chercherais après moi ?

Elle ne m'appelle Jack que quand la conversation prend une tournure personnelle et quand elle va me faire un sermon. Elle a raison, si elle ne faisait pas autant d'efforts avec moi, je laisserais tomber.

— Je ne crois pas, concédé-je.

— L'homme a besoin de relations humaines et tu ne fais pas exception. Et je ne te parle pas de relations comme celles que tu entretiens avec tes frères ni avec moi d'ailleurs. Je te parle de contact, de chaleur humaine, de sentiment, d'émotions partagées. De te lever le matin en souriant parce que tu sais que tu vas la voir, cette personne qui fait chavirer ton cœur comme aucune autre. De sentir ton cœur s'accélérer quand tu l'aperçois, d'avoir le souffle court quand elle te touche, de vouloir passer tes nuits à respirer son odeur et à la sentir contre toi. C'est ça, la vie. Jack, tu t'es assez puni pour quelque chose dont tu n'es pas responsable, il est temps que tu avances et que tu laisses ton passé là où il est. Malgré tout ce que tu crois au plus profond de toi, tu as le droit d'être heureux.

Le voilà, mon sermon.

Astride m'embrasse sur la joue et s'en va, elle n'attend pas que je réponde car elle sait que je ne le ferai pas. Elle vient de m'asséner la vérité comme un coup de poing en pleine figure. Elle est comme ça. Quand je disais qu'elle était perspicace ! Je rumine ses propos en me maudissant de l'avoir laissée instiller le doute en moi.

Elle n'y est pour rien. Tous les matins, je vais observer mon ange discrètement parce que je ne peux pas passer une journée sans la voir. J'ai envie de tout ce dont a parlé Astride et même plus. J'ai besoin de découvrir son corps, de sentir sa peau sous mes doigts, de goûter à nouveau ses lèvres, de lui donner autant de plaisir qu'elle m'en a donné.

À cette image, je souris comme un con tout seul. En fait, j'ai besoin d'elle, tout simplement.

Chapitre 20

« Donnez-moi un rêve où vivre parce que la réalité est en train de me tuer. »

Jim Morrison

Charlie

Je déteste la Saint-Valentin. Quelle fête merdique ! Je ne supporte plus de voir ces couples roucouler dans mon café comme des pigeons dans une volière. Hayley a tellement chargé la décoration que j'ai l'impression de travailler au milieu d'une publicité géante pour la recherche de l'amour. Et, comme elle est toujours pleine de bonnes idées pour me pourrir la vie, elle a organisé un speed dating dans mon café. Les imbéciles qui s'y présentent pensent réellement trouver l'âme sœur en cinq minutes ? Quelle naïveté que de croire que la personne qu'on a en face de soi ne nous raconte pas de bobards juste pour ne pas se faire jeter. Personne n'avoue à la première rencontre qu'il est fan de *Star Wars* ou qu'elle collectionne les figurines en porcelaine.

Le côté positif, c'est que mon café est blindé, tellement plein que Camille est venue donner un coup de main pour l'occasion. Elle en profite pour prodiguer ses bons conseils à Clary. Le côté négatif, c'est de se rendre compte à quel point l'humain est désespéré dans sa quête de l'âme sœur. D'accord, je suis un peu aigrie depuis qu'un certain biker, dont je tairai le nom, m'a plantée comme une vieille chaussette sans aucune valeur. Si les premières semaines j'ai espéré qu'il change d'avis, maintenant j'espère ne plus jamais le revoir. La peine a laissé place à la colère et à l'amertume.

— Je peux savoir ce que t'a fait cette pauvre pâte ? questionne Hayley, que je n'ai pas entendue entrer.

Les mains dans la farine, je reconnais que je suis en train de l'émietter plutôt que de la façonner. Preuve s'il m'en fallait une que je n'ai pas oublié Jack et que je suis toujours en colère contre lui.

— Tu es venue me donner un coup de main pour gérer ton idée à la con ?

— Mon idée à la con ? répète-t-elle en s'étouffant.

— Oui, ton idée à la con.

— De quoi tu te plains, ton café est blindé, tes gâteaux partent comme des petits pains et les clients sont ravis.

J'avoue que dit comme ça… Mais cette ambiance guimauve et cœurs qui volent me file la gerbe et me met d'une humeur de dogue. Je ne lui réponds pas et marmonne dans ma barbe. Tiens, j'en connais un qui réagit aussi comme ça.

Non ! Charlie ! Arrête de penser à lui, c'est mauvais pour ton cœur.

— Un merci sera suffisant.

— Tu peux toujours courir.

— Moi aussi je t'aime, plaisante-t-elle appuyant exagérément sur le dernier mot.

— D'ailleurs qu'est-ce que tu fous ici ? T'es pas censé organiser les vacances de nos amoureux du jour ?

Autre idée de Hayley. Comme elle tient une agence de voyages, elle a monté un stand dans mon café pour proposer à nos chanceux du jour d'organiser un week-end découverte. Si je n'étais pas d'aussi mauvaise humeur, je trouverais que son idée frise le génie.

C'est en voulant fuir le pays que j'ai rencontré la fringante brunette qui me fait face. J'ai débarqué dans son agence désespérée et pitoyable, voulant organiser une sortie du pays sans passeport, sans destination et sans bagage. Devant mon état pathétique et limite hystérique, Hayley a fermé son agence, mettant dehors une vieille femme venue se renseigner pour une croisière et m'a traînée de force dans ce café où Camille nous attendait avec une montagne de pâtisseries et un chocolat chaud. Hayley m'a fait prendre conscience que la fuite n'est jamais la bonne solution, mais plutôt la facilité. Je suis partie de Fremont avec des projets en tête qui ont tourné court. Je suis donc revenue plus combative et plus déterminée qu'avant. J'ai retrouvé Hayley et Camille et je ne les ai plus jamais quittées. Ça va faire huit ans qu'elles sont ma famille et je les aime. Nostalgique de ce temps où Hayley a été ma bouée de sauvetage, je me tourne vers elle pour la prendre dans mes bras.

— Merci.

— De quoi ? questionne-t-elle, étonnée devant mon soudain élan de sympathie.

— Juste d'être toi.

Hayley fait partie de ces personnes qui ne supportent pas les compliments. Elle rougit puis change de sujet pour ne pas avoir à faire face à ses propres sentiments.

— Tu sais que tu devrais venir dans la salle et essayer le speed dating.

— Non.

— Allez ! Y en a qui sont vraiment pas mal et certains demandent après toi.

— Hayley, j'ai dit non.

Mon ton est ferme et elle n'insiste pas.

— T'es pas drôle.

C'est épuisée que je ferme le café. Cette journée maudite touche à sa fin. Je remercie chaleureusement Clary d'avoir fait des heures supplémentaires et l'oblige à rentrer chez elle. Hayley est partie rejoindre Jordan depuis longtemps. Je balaie sans entrain les cœurs en papier qui jonchent le sol. Par la fenêtre, j'observe les couples déambulant main dans la main avec une pointe de jalousie et d'amertume. Mon corps frissonne comme si quelque chose ou quelqu'un m'attendait dans l'obscurité. Je secoue la tête, bien consciente d'être crevée et irritée par l'absence de nouvelles de Jack. C'est à la fois irrationnel et complètement surréaliste d'en vouloir à un type qui n'a jamais montré le moindre intérêt pour moi.

Une fois dehors, je resserre les pans de mon manteau en raison de la température hivernale. Je m'éloigne de quelques mètres de mon café pour arriver à l'arrêt de bus.

— Salut, Chad, dis-je à l'homme qui m'attend avec impatience.

Il se saisit du sachet que je lui tends.

— Qu'est-ce qu'on mange ? questionne-t-il, la main déjà à l'intérieur pour sortir son repas.

— Soupe de courge accompagnée d'une quiche et en dessert mon fameux fondant au chocolat. J'ai dû me battre avec un client pour pouvoir t'en garder une part, dis-je en m'asseyant à ses côtés.

— Super, merci, Charlie.

Chad est un SDF qui vit devant notre immeuble depuis quelques années. Il a toujours refusé d'aller dans un foyer. « Ça me rappelle trop la prison », m'a-t-il dit un jour. Chad a une cinquantaine d'années, il est marqué par la vie, mais il est toujours joyeux quand je le vois. Alors tous les jours je lui apporte à manger. Avec Jordan, puisque nous sommes les deux seuls occupants de l'immeuble devant lequel il a élu domicile, nous prenons soin de lui. Jordan s'occupe de son linge et lui propose sa douche et moi je m'occupe de son estomac. Assise à ses côtés, je relativise toujours sur ma vie. La colère n'a plus lieu d'être quand vous prenez le temps de discuter avec un homme comme Chad. Je frissonne de froid et de fatigue.

— Chad, nous avons laissé la porte d'entrée de l'immeuble ouverte si tu veux venir t'y réchauffer, lui expliqué-je avant de me lever pour rentrer chez moi.

— Merci, ma belle, mais il ne fait pas si froid que ça ce soir, dit-il en serrant la tasse chaude autour de ses doigts recouverts de mitaines.

— Si tu le dis. Bonne nuit.

Jordan et moi ne fermons plus la porte d'entrée pour laisser à Chad la possibilité de se mettre à l'abri. Il a refusé de venir dormir chez l'un de nous alors nous lui avons proposé ce compromis. En me levant, j'ai l'impression de voir une ombre bouger sur le trottoir d'en face, mais quand je m'y attarde je ne vois rien d'autre que l'obscurité. Le lampadaire qui éclaire normalement ce coin de rue est éteint. Je suis bien trop fatiguée pour chercher une ombre.

Je gravis lentement les escaliers menant jusque chez moi, mes pieds me font souffrir atrocement et chaque pas est un supplice. Je sais que Jordan n'est pas là puisqu'il passe la soirée chez Hayley et, vu l'ensemble de lingerie qu'elle a acheté pour l'occasion, je pense qu'il ne va pas beaucoup dormir. Je souris toute seule en regardant sa porte, Hayley est rayonnante depuis qu'elle est avec lui.

Je me faufile chez moi en bâillant à m'en décrocher la mâchoire. Cette journée m'a épuisée. Il n'est pas si tard que ça, mais je ne tiens plus. Je jette mes chaussures dans un coin, retire mon pantalon et mon chemisier pour me vêtir d'un tee-shirt XXL par-dessus ma lingerie. Mes pieds martyrisés d'avoir piétiné toute la journée sont rapidement recouverts d'une épaisse paire de chaussettes blanches avec des cœurs roses. Je grimace en voyant encore des cœurs, mais je suis trop lessivée pour en changer. Dès que ma tête touche l'oreiller, je m'endors dans un silence serein, sans voisin casse-pieds pour jouer les DJ.

Des hurlements derrière la porte me tirent de mon sommeil. Qui est l'inconscient qui ose venir me réveiller à – je regarde mon téléphone – vingt-deux heures trente. Bon, d'accord, ce n'est pas non plus le plein milieu de la nuit, mais je dormais trop bien.

— Oui, c'est…

Je me mets à tousser fort, ce qui m'empêche de finir ma phrase. Ma gorge se serre et je suffoque, comme prise dans un étau. Parfaitement réveillée maintenant, je constate que mon appartement est rempli de fumée. Je tousse à m'en décoller les poumons alors que j'entends quelqu'un m'appeler. La fumée me brule les yeux et m'irrite les voies respiratoires. Depuis combien de temps je respire cette merde ?

J'essaye de me lever, mais mes jambes sont lourdes et, au premier pas, je m'effondre. La voix est de plus en plus proche, certainement les pompiers.

— Par ici, craché-je dans un effort surhumain.

Si je me souviens bien de ce que j'ai appris, en cas d'incendie, restez au sol, parce que la fumée monte, il faut se masquer la bouche et le nez avec un chiffon humide. Bon, ça, j'ai pas, et il est hors de question que je fasse demi-tour pour aller dans la salle de bains. Mon esprit s'embrume, chaque inspiration est douloureuse, je n'arrive plus à respirer, sentant ma volonté lâcher au même rythme que ma capacité respiratoire bientôt épuisée.

Dans un effort surhumain, je rampe de plus en plus difficilement sur le sol de ma chambre quand deux bras puissants me saisissent. Je me retrouve violemment projetée contre un torse d'acier et découvre l'identité de mon sauveur quand je me perds dans un regard de loup.

Chapitre 21

« Hit the road Jack
And don't you come-back[1] »

Ray Charles, Hit the Road Jack

Jack

Après le sermon d'Astride et la conversation que j'ai eue avec le Préz, je suis parti m'isoler dans la cabane de Charlie. J'avais besoin de me retrouver à l'endroit précis où tout a commencé. Là où je me suis senti vivant pour la première fois.

C'était ça où je tuais quelqu'un et pas forcément quelqu'un de coupable. Le Préz m'a informé que pour l'instant Weasel n'avait aucune idée de l'identité de mes agresseurs. Les 4 x 4 ont été retrouvés brûlés à une centaine de kilomètres du lieu de l'accident. Ceux qu'ils veulent me voir mort sont plutôt efficaces. Plus aucune trace des occupants. Weasel pirate les logiciels des constructeurs pour essayer de remonter jusqu'à l'acheteur par le numéro de série. Il est limé, mais certains chiffres sont encore visibles. Mais, avec le peu d'indices, autant chercher une aiguille dans une botte de foin.

---

1. Prends la route, Jack
Et ne reviens pas

D'instinct, je pense que les Fallen's Angels sont responsables, mais je ne peux éradiquer un club sur la seule base de mon intuition. Je sais que j'ai provoqué Samaël et que mon accident s'est produit en partant de chez eux, mais j'ai besoin d'une preuve concrète pour aller le tuer. C'est ma règle, je ne tue jamais sans être convaincu de la culpabilité de ma victime.

De plus, le Préz m'a demandé de faire profil bas puisqu'ils peuvent penser que je suis mort. Alors, quitte à être discret, autant disparaître pour de bon.

Voilà pourquoi je suis ici, loin de l'agitation. Mais, si je suis totalement honnête, les Fallen's Angels et mes agresseurs ne sont pas la raison principale de mon départ. La raison de mon besoin viscéral de me retrouver ici reste Charlie. Charlie et ses grands yeux gris qui me regardent avec sincérité. Charlie et son sourire qui me fait me sentir plus humain. Charlie et ses mains qui m'ont donné les meilleures émotions du monde. Bref, Charlie qui a foutu le bordel dans ma vie. Jusqu'à elle, ma vie me convenait, elle manquait de charme et de relief, mais c'était ma vie. Et maintenant, j'ignore si j'ai vraiment vécu et, surtout, je me demande : est-ce que je veux d'une vie sans Charlie ? Avant de partir, j'ai quand même organisé sa protection. Des prospects se relaient pour la surveiller. Je ne pouvais pas partir en la sachant seule.

C'est totalement irrationnel, mais depuis qu'elle est entrée dans ma vie elle doit être protégée comme un membre du club. Charlie n'a pourtant jamais été en danger. Les personnes qui me veulent mort ignorent son existence, mais c'est plus fort que moi. Le seul danger qu'encourt mon ange, c'est moi.

Dans la cabane, je sens son odeur flotter autour de moi comme un rappel de ce que j'ai perdu. J'ai passé des heures isolé dans ce lieu si particulier. J'ai dormi dans son fauteuil, enroulé dans sa couverture devant la cheminée en pensant à elle. Ici, je me sens proche d'elle. Le lien entre nous n'a pas été rompu par ma faute. Ici, j'accepte la connexion que je ne ressens qu'avec elle. Charlie est apparue dans ma vie au moment où j'en avais certainement le plus besoin.

*

La nuit est totale. Le froid est mordant. Dans l'obscurité, j'observe les mouvements à travers la fenêtre de l'appartement de Charlie au premier étage de son immeuble. Dès mon retour de ma retraite en forêt, je ne voulais plus être loin d'elle. J'ai pris la relève de Musher, qui montait la garde. Je déteste ce type. Je n'oublierai jamais le regard concupiscent qu'il a adressé à Charlie et lui n'oubliera pas que je lui ai pété le nez.

Mes yeux sont fixés sur la fenêtre de sa chambre, la lumière est éteinte et je me prends à fantasmer sur ce que nous pourrions faire si j'étais avec elle allongé dans son lit. Mes visions d'elle accaparent tout mon esprit et ma concentration est au minimum.

Je l'imagine nue étendue sous mon corps massif. Mes doigts découvrant fébrilement ses courbes harmonieuses et appétissantes. Ma langue viendrait goûter sa peau, qui réagirait à mes caresses. Son souffle s'accorderait à ma respiration, comblant un silence érotique. Je l'écouterais avec extase gémir au rythme de ma progression. J'appréhenderais avec envie chaque parcelle de son être et je succomberais avec elle au plaisir.

Pourtant, je ne suis pas allongé avec elle, je ne la touche pas et, malgré une érection des plus douloureuses, je reste à fixer bêtement sa fenêtre.

C'est un violent bruit de verre brisé qui me ramène à la réalité. Devant moi, le Sunny Coffee brûle. Les flammes ont déjà atteint une hauteur impressionnante et lèchent la façade de l'immeuble de Charlie.

Alors que je me précipite vers l'entrée, je vois un 4 x 4 noir s'enfuir à toute vitesse, le même que l'un de ceux qui m'ont poursuivi. Je ne cherche pas à savoir qui ils sont. À cet instant précis, je n'en ai absolument rien à foutre, j'ai quelque chose de plus important à faire. Je dois sauver Charlie.

La fumée est déjà bien épaisse, je me couvre la bouche et le nez d'un morceau de mon tee-shirt que j'ai déchiré. Quand je monte les escaliers, les flammes ont vite progressé et je sais qu'il ne me reste plus beaucoup de temps avant de ne plus pouvoir sortir. J'ai allumé assez d'incendies pour en connaître les règles.

Je ne m'appelle pas Pyro pour rien.

À travers la porte de son appartement, je peux sentir la chaleur qui en émane. Elle habite juste au-dessus du café, là où le feu a été déclenché. D'un violent coup de pied, je fais sauter les charnières et, d'un coup d'épaule, je défonce la porte et me retrouve à l'intérieur. Dans un cri désespéré, je l'appelle. Charlie me répond en toussant, je n'ai plus beaucoup de temps. Au loin les sirènes des pompiers se font entendre, elles sont presque inaudibles comparées au chuintement du bois qui se craquelle sous l'effet de la chaleur.

Quand j'entre dans sa chambre, elle est là au sol, cherchant frénétiquement la sortie. L'épaisse fumée l'a désorientée et, quand je la prends dans mes bras, elle s'effondre contre mon torse.

Mon précieux fardeau dans les bras, je retrouve rapidement l'extérieur. Les pompiers s'activent autour de nous et viennent à ma rencontre, m'arrachant mon ange pour la mettre dans une ambulance. Le personnel soignant s'agite autour d'elle comme une nuée d'abeilles. Au bout de quelques minutes, elle ouvre les yeux. Le masque à oxygène lui permet de respirer correctement et elle retrouve doucement des couleurs.

Je laisse les ambulanciers faire leur travail et m'approche dangereusement de l'incendie pour en déterminer la cause. Je peux sentir d'ici l'odeur du produit accélérant et, vu l'âcreté dans l'air, les incendiaires n'ont pas lésiné. Entre les types que j'ai vus s'enfuir et la présence d'accélérant, il ne fait aucun doute que cet incendie était volontaire. Mais pourquoi ?

— Monsieur, poussez-vous, m'ordonne un pompier.

Mes premières constatations faites, je retourne auprès de Charlie. À mon grand étonnement, je la trouve debout sur le trottoir d'en face. Les flammes se reflètent dans ses yeux clairs, leur offrant une teinte incandescente qui me donne le sentiment d'être arrivé dans mon enfer personnel.

Même si je suis debout devant elle, Charlie ne me voit pas. Elle contemple en tremblant la perte de son café et de son appartement.

— *Honey ?* l'appelé-je d'une voix suave que je n'ai que quand je m'adresse à elle.

Mes doigts viennent caresser sa joue et à mon contact elle se braque, reculant d'un pas, puis de deux. Mon cœur se serre devant ce constat. Ses yeux balaient la scène autour de nous puis se posent sur moi. Elle semble prendre conscience de ma présence et moi, je prends conscience de sa tenue. Charlie ne porte qu'un tee-shirt qui lui arrive à mi-cuisses et des chaussettes aux pieds et c'est tout. En dehors du fait qu'elle est beaucoup trop dénudée devant autant d'hommes, elle doit mourir de froid. Je commence à ôter mon blouson quand un clochard s'approche d'elle et lui glisse une couverture sale sur les épaules.

D'un mouvement brusque, je repousse l'individu, prêt à lui faire passer l'envie de la toucher encore, quand Charlie me bouscule violemment.

— Mais ça ne va pas ! hurle-t-elle à mon intention.

Elle se retourne vers l'individu tombé au sol et s'agenouille pour l'aider à se redresser.

— Chad, tu vas bien ? demande-t-elle au type qui me fixe avec crainte.

— Je… voulais juste lui donner une couverture, bégaie-t-il en s'adressant à moi.

— Merci, Chad, c'est très gentil, dit-elle.

Charlie s'enroule dans la couverture miteuse et fait un pas en avant pour s'interposer entre ce pauvre type et moi. Tout dans son langage corporel démontre une fureur qui va m'exploser en pleine gueule. Et ça ne loupe pas.

— Pour qui tu te prends ? assène-t-elle. Silence radio depuis deux mois et tu réapparais le jour où mon café brûle pour agresser mes amis.

Je glisse un regard suspicieux à celui qu'elle nomme ami, ce qui alimente encore plus sa colère.

— Je t'interdis de le regarder avec cet air méprisant. Comment oses-tu ? Tu te crois meilleur que lui ? Tu…

— Madame, l'interrompt un pompier. Vous pouvez venir ?

— J'arrive, dit-elle. Et toi, tu n'as pas intérêt de jouer au con avec Chad.

D'un regard noir, elle me met au défi de ne pas lui obéir alors qu'elle adresse un geste amical au clodo nous laissant seuls. Mes yeux ne la quittent pas et même de dos je peux sentir sa colère à mon encontre.

— Je m'appelle Chad.

Je me détourne de Charlie pour regarder le type qui s'adresse à moi. Ce gars est ravagé par des années dans la rue, son visage est émacié, il lui manque des dents. D'une main noircie, il se frotte la barbe. Alors que je m'attendais à ce qu'il pue, je remarque que ses vêtements sont propres, vieux, mais clean. L'homme face à moi poursuit son monologue malgré mon silence.

— Je connais la p'tite depuis longtemps. Tu sais, elle ne me regarde pas comme les autres gens le font. Elle est gentille et s'occupe bien de moi, dit-il en la fixant.

Comme toujours, je ne cesse de penser que Charlie est un ange. Quand je regarde Chad et quand je me regarde, il n'y a aucune différence, nous sommes des monstres aux yeux de la société, mais pas pour Charlie. Nous avons tous les deux de la chance d'avoir croisé sa route.

Charlie revient vers nous, toujours en colère contre moi. Chad chuchote avant qu'elle n'arrive à notre hauteur.

— Je connais ce regard. Tu vas passer un sale quart d'heure, mon pote.

Il s'éloigne, me laissant affronter seul la furie qui se plante devant moi.

— Passe-moi ton téléphone, ordonne-t-elle en tendant la main.

— Pourquoi ?

— Pour que j'appelle Hayley et qu'elle vienne me chercher. Mon appartement est hors d'usage, je suis crevée, j'ai froid et je veux aller me coucher.

— Non.

— Comment ça non ?

— Non.

Elle fulmine, je peux presque voir la fumée sortir de ses oreilles et je m'en amuse.

— On en est revenus là ? questionne-t-elle ? Il faut que je te frappe pour que tu fasses une phrase complète ? râle-t-elle.

Je souris en imaginant la scène, puis je la prends par les épaules, ce qui la fait reculer, mais je resserre ma prise. Je m'assure d'avoir toute son attention quand je m'adresse à elle d'une voix ferme, mais calme.

— Tu n'iras nulle part ailleurs que chez moi. (Elle déglutit.) L'incendie est volontaire et je refuse que tu ne sois pas sous ma protection.

Ses yeux me lancent des éclairs, mais je poursuis sans lui laisser le temps d'ouvrir la bouche.

— C'est non négociable, Charlie. Tu viens avec moi, tu n'appelles personne ni Hayley ni le pape. Personne. Ne cherche même pas une excuse pour te défiler parce…

Elle ricane.

— Me défiler ? C'est toi qui parles ? Laisse-moi rire.

Surpris par autant de mépris, je ne me laisse pas démonter malgré le fait qu'elle vient de m'envoyer un uppercut en pleine face.

— Oui, c'est moi qui parle. Les personnes qui ont déclenché cet incendie voulaient au mieux te faire peur, au pire te tuer.

Je marque une pause pour qu'elle comprenne bien la gravité de la situation. Je ne lui dis pas que l'incendie de son café est sûrement un avertissement qui m'est destiné, pas la peine d'attiser sa colère.

— Donc, tant que ces personnes seront encore en vie, tu restes avec moi.

Elle frissonne à peine devant l'énoncé de cette vérité. Charlie se redresse en dégageant mes mains de ses épaules, elle n'a pas peur et me fait face avec une lueur de défi dans le regard.

— D'accord, mais nous ne sommes pas obligés de nous parler.

Chapitre 22

« Il faut juger les sentiments par les actes plus que des paroles. »

Georges Sand

Charlie

Pour être totalement honnête, je suis soulagée d'être prise en charge par Jack. Parce qu'il a raison, je suis en danger. Dans ma voiture, qu'il conduit après l'avoir démarrée en trafiquant les fils puisque les clefs ont certainement brûlé avec le reste de mes affaires et de ma vie, je m'interroge sur les auteurs de cet incendie.

Putain, dix ans que je fais profil bas, que je me planque. Il y a bien cette fois y a huit ans, mais, au prix d'un énorme sacrifice, j'avais réussi à les maintenir loin de moi. Pourquoi maintenant ? Et surtout comment ?

Jack serre le volant avec force, il n'est pas content après notre conversation, mais est-ce que j'en ai quelque chose à faire ? Non. Il ne mérite que mon mépris. Nous maintenons tous deux nos bouches closes et finalement ce silence entre nous est réconfortant, c'est un vieux compagnon de route.

Rapidement, nous arrivons devant un garage. Jack coupe le moteur alors que je regarde par le pare-brise la devanture qui s'expose devant moi. Donc Jack vit et bosse à dix minutes de chez moi et il ne s'est pas donné la peine de venir me voir. Je bouillonne de colère devant ce constat. Le bâtiment n'est pas bien haut, gris, industriel, il tient plus de l'entrepôt que du logement tout confort. Une grande porte en fer scelle l'entrée de l'atelier et à côté une porte plus petite menant certainement à l'étage. Tout comme moi Jack vit au-dessus de son lieu de travail. Finalement nos vies se ressemblent beaucoup.

Jack sort de la voiture en premier et, quand il ouvre ma portière, je ne peux m'empêcher de le détailler. Il est toujours aussi beau, il porte son blouson de cuir comme une seconde peau qui lui donne une apparence encore plus sexy. Il tend la main pour m'aider à descendre de la voiture. Cette main m'attire tout autant que l'homme qui se trouve au bout et j'imagine aisément ce dont elle serait capable sur mon corps. Mais je n'oublie pas que je suis en colère contre lui. Je délaisse sa main tendue et sors seule de la voiture. Jack souffle, mécontent de mon ignorance.

Dans les escaliers qui mènent à son appartement, j'admire le fessier d'acier de Jack, qui se contracte à chaque marche. Mon regard grimpe la montagne de muscles pour se planter sur le blason des Black's Soldiers, ce squelette armé a quelque chose de surnaturel. Je tends une main pour le caresser avant de rapidement me raviser, consciente que mon geste pourrait être mal interprété par le biker devant moi. Il ouvre la porte et se décale pour me laisser rentrer.

L'appartement est à l'image de son propriétaire : froid, impersonnel et sans vie. Mes chaussettes, qui ont perdu leur blancheur depuis bien longtemps, entrent dans une pièce faisant office de pièce à vivre. Ici se trouve le minimum vital pour vivre sans confort, sans âme. Même ma cabane au fond des bois sans électricité est plus chaleureuse. Dans le salon, un canapé sans coussins fait face à une télé, une table basse en pneus recyclés trône au centre. Pas de tapis, pas de bibelots, rien qui ne puisse dire que cet appartement est habité. Pourtant je sais qu'on est chez Jack. C'est comme si son aura avait imprégné chaque meuble, chaque mur… Quand je l'entends refermer la porte derrière moi, je frissonne parce que, malgré l'air glacial qui se dégage de cet appartement, je m'y sens en sécurité.

Jack est planté dans mon dos, il ne bouge pas. Je sens sur moi son regard, si perçant et magnétique que je me sens obligée de lui faire face.

— Et maintenant ? demandé-je.

Surpris de m'entendre parler, il me sourit comme s'il venait de gagner une manche. Je sais que je lui ai dit qu'on n'avait pas besoin de se parler, mais ce silence m'oppresse autant qu'il est ridicule.

— Maintenant, tu peux prendre une douche et je te laisse la chambre pour dormir. Nous discuterons demain matin de la suite, dit-il en posant une main au creux de mes reins.

Ce contact nous fait frémir de concert, l'alchimie de nos corps est toujours présente. Je me laisse guider vers la salle de bains, que mon hôte allume. La lumière blafarde de l'halogène situé au-dessus du miroir me permet de détailler la pièce, qui est aussi vide que le reste de cet appartement. Jack sort pour revenir avec un tee-shirt et un caleçon qu'il me tend. Il ne me laisse pas le temps d'ouvrir la bouche qu'il a déjà disparu.

Une fois seule, l'odeur de fumée qui imprègne mes vêtements vient agresser mes narines. Je les arrache et les jette à la poubelle, prenant tout à coup conscience de ce qui aurait pu m'arriver. Si Jack n'avait pas été là, je serais certainement morte à l'heure qu'il est. Cette pensée calme instantanément ma colère à son encontre.

Sous la douche que je prends brûlante, je laisse l'eau chasser les dernières traces de cette affreuse nuit. Je me sèche les cheveux comme je peux, pas la peine de fouiller les placards à la recherche d'un sèche-cheveux. Je me doute qu'il n'y en a jamais eu ici. J'attrape le tee-shirt à l'effigie de son garage et l'enfile : je nage carrément dedans. Jack est taillé comme un colosse, son tee-shirt m'arrive au niveau des genoux et les manches aux coudes. Et le caleçon est beaucoup trop grand pour moi, je pourrais presque passer mes deux cuisses là où il est censé n'y avoir de la place que pour une. J'ai beau le rouler au niveau de la taille, je n'arrive pas à le faire tenir. Tant pis, je suis lasse et le tee-shirt fait couverture donc…

Je sors de la salle de bains pour rejoindre Jack. Il est assis, raide, sur son canapé et quand il m'entend arriver je peux voir sa pomme d'Adam s'agiter dans sa gorge. Ses yeux glissent sur mes jambes avant de s'ancrer dans les miens. Je lui souris, reconnaissante qu'il ait été là pour moi ce soir. J'avance d'un pas vers lui, mais il se redresse d'un bond.

— La chambre est derrière toi, je vais me doucher moi aussi, dit-il avant de s'enfuir dans la salle de bains.

Dépitée, je secoue la tête. J'arrête d'essayer de comprendre cet homme.

Sans surprise, la chambre est aussi impersonnelle que le reste de l'appartement. Un grand lit double, mais une seule table de chevet, une lampe et c'est à peu près tout. Je souris parce que je peux voir que le lit a été fait à la va-vite, je ne serais pas surprise de trouver les anciens draps roulés en boule dans le placard sur ma gauche. Mais je ne fouillerai pas. Je m'approche du lit et teste le matelas en m'appuyant dessus. Je me demande de quel côté il dort d'habitude. À la cabane, le lit était beaucoup plus petit et avec sa carrure il prenait toute la place.

J'éteins le plafonnier et allume la petite lampe. La lumière qu'elle diffuse est réconfortante. Je me glisse sous la couverture et écoute les bruits environnants. L'eau coule, signe que Jack est encore sous la douche, dehors le vent fait frémir les branches et par la fenêtre je peux voir la lune, voilée par d'épais nuages.

Mes yeux se ferment, et doucement je commence à m'endormir en sécurité dans cet appartement. Le bruit d'une porte de placard qu'on ouvre me fait lentement ouvrir les yeux. Devant moi s'étale la musculature impressionnante de Jack. Une serviette autour de la taille, il cherche à enfiler un caleçon sans faire tomber la serviette. Son numéro d'équilibriste me fait rire. Il se retourne au son de ma voix et l'on dirait qu'il me voit pour la première fois.

— Je ne voulais pas te réveiller, s'excuse-t-il.

— Ce n'est pas grave.

— Bonne nuit.

Jack commence à s'éloigner pour sortir de la chambre, mais je n'ai pas envie d'être seule. Peu m'importe de paraître faible ou totalement désespérée, cette nuit je veux qu'il reste avec moi, j'ai besoin qu'il veille sur moi. J'ai besoin de me sentir protégée et je sais qu'il est le seul à pouvoir m'apporter ce réconfort.

— Jack, attends, dis-je quand il arrive dans l'encadrement de la porte.

Son dos se tend. Il se fige un instant puis se retourne pour me faire face. La vue de face est aussi agréable à regarder que celle de dos. Nous communiquons mieux dans le silence donc je soulève le drap et tapote doucement la place à mes côtés. Ses yeux passent des miens à la place libre.

— Tu es sûre ? questionne-t-il en faisant un pas en avant.

— Ne m'oblige pas à te supplier.

Mon sourire est éloquent et répond au sien, lorsque je le vois s'avancer franchement vers moi. Quand son corps s'allonge dans le lit, je sens le matelas s'enfoncer sous son poids et inévitablement je glisse vers lui. Jack me rattrape en me collant contre son flanc. Sa peau est brûlante comparée à la mienne, je pose ma tête sur son torse et ma main sur son cœur. Jack dépose un baiser dans mes cheveux qui me fait frissonner jusqu'aux orteils.

La chaleur enveloppante de ses bras agit sur moi comme le meilleur des somnifères, mais avant de m'endormir je lui souffle une dernière parole :

— Nous sommes quittes maintenant.

Je sais qu'il a compris que je faisais référence au fait que nous nous sommes mutuellement sauvé la vie. Sa réponse arrive dans un murmure.

— Nous ne serons jamais quittes, *Honey*. Je te dois tellement plus.

Chapitre 23

« Say my name
Sun shines through the rain
A whole life so lonely
And then you come and ease the pain
I don't want to lose this feeling.[1] »

The Bangles, Eternal Flame

Jack

Depuis la cabane, je n'ai jamais aussi bien et mal dormi dans une seule et même nuit. La présence de Charlie à mes côtés m'apaise autant qu'elle joue sur mes nerfs et mon self-control. Voilà l'effet dévastateur que Charlie a sur moi. Elle console mon âme et torture mon corps. J'avais presque oublié que les petits bruits qu'elle fait en dormant me font un effet de dingue et qu'avoir un corps collé au mien dégage une telle source de chaleur que j'étouffe.

En ouvrant les yeux, je constate que mon ange a glissé sur moi dans son sommeil et que sa tête repose désormais sur mon ventre. Elle est proche, beaucoup

1. Dis mon nom
Le soleil brille à travers la pluie
Une vie entière si seule
Et alors tu es arrivé et tu as soulagé la douleur
Je ne veux pas perdre cette sensation

trop proche, de mon sexe qui se tend, pressé de la découvrir. Devant sa position plus qu'équivoque bien qu'involontaire, ma respiration se fait ample. J'essaye de calmer mon excitation qui fait chauffer le sang dans mes veines qui afflue vers une seule partie de mon corps, sans succès.

Charlie frotte sa joue contre mon ventre, signe d'un réveil imminent. Dans quel état d'esprit sera-t-elle ce matin ? La caresse de ses cils quand elle ouvre les yeux fait frissonner ma peau. J'arrête de respirer quand je prends conscience du spectacle qui s'offre à elle : ma queue la salue joyeusement et tressaute à chacune de ses inspirations. Je ne respire plus, tétanisé par l'absence de réaction de ma belle. Mes yeux restent fixés sur l'arrière de son crâne, attendant un mouvement, un mot de sa part.

La main de Charlie longe ma cuisse et vient délicatement flatter mon membre érigé. Surpris, je lâche un râle rauque.

— Bonjour, toi, s'amuse-t-elle en continuant sa caresse.

J'ai fantasmé ce moment des centaines de fois. Dans mes rêves, c'était magique, je n'étais jamais empoté et gauche alors que dans la réalité je ne sais pas comment réagir ni quoi faire de mes mains. Mes doigts me démangent et je les pose, hésitant, sur son dos. Charlie glisse sa main dans mon caleçon et commence à me caresser avec délicatesse.

Il y a pire comme réveil, c'est moi qui vous le dis !

— *Honey,* soufflé-je.

Elle est extrêmement douée de ses doigts et je sais comment ça va finir si je la laisse faire. Trop vite et trop tôt. Alors je la saisis par les épaules et la fais remonter jusqu'à moi. Dans son regard espiègle, je peux lire toute sa détermination à me faire craquer.

Le désir est partagé, pas l'ombre d'une hésitation dans son regard grisaille. D'ailleurs, sa main n'a pas quitté mon caleçon et poursuit son office avec ardeur. Je serre les dents pour éviter de jouir trop rapidement. J'attrape fermement son poignet et l'oblige à me lâcher.

Ma belle interprète mal mon geste et se rembrunit aussitôt. Elle commence à se lever quand je la plaque vigoureusement contre le matelas.

— Tu n'iras nulle part cette fois.

Emprisonnée sous moi, son sourire taquin et charmeur me déstabilise. Elle fait glisser ses mains sur mes épaules, puis ses ongles griffent légèrement ma nuque avant de se planter dans mon cuir chevelu. Charlie est magnifique, ses cheveux éparpillés sur l'oreiller lui donnent l'air d'une sauvageonne.

— D'accord, cède-t-elle avec un sourire mutin.

Je me penche pour déposer mes lèvres sur les siennes. Elles sont douces et tendres et, quand elle les écarte pour me donner sa langue, je grogne mon assentiment à accepter son invitation. Ses baisers sont sensuels, sa langue caresse la mienne et ses mains sur ma tête me guident dans cette découverte.

C'est euphorisant de la savoir à ma merci, même si en l'état actuel des choses c'est elle qui mène la danse. Ses jambes viennent accrocher mes hanches, collant nos corps l'un à l'autre. Quand mon érection entre en contact avec son sexe, je suis surpris de le découvrir nu. L'intégralité de mon corps frissonne, prenant conscience que seul mon caleçon fait office de barrière entre nous.

— Tu as dormi comme ça ? demandé-je, étonné de ne pas m'en être rendu compte avant.

Sa main vient frôler les cicatrices sur ma jugulaire avant qu'elle réponde :

— Pourquoi, ça te dérange ?

Dans une mimique des plus sexy, elle se mord les lèvres en souriant.

— Non.

Du pouce, je l'empêche de se mordiller la lèvre puis repose ma bouche sur la sienne. Je l'embrasse avec délicatesse, conscient de devoir la vénérer comme une déesse. Elle répond à mes baisers en faisant jouer sa langue avec la mienne. Charlie m'embrasse avec autant d'envie que moi et je découvre avec joie le plaisir d'être désiré. Dans ses yeux gris clair, pas une once de dégoût, pas l'ombre d'un regret, seulement du désir. Cette sensation nouvelle pour moi est euphorisante. Les yeux sont les miroirs de l'âme, et dans ceux de mon ange je vois le reflet de mes propres désirs.

Mes lèvres quittent sa bouche pour traîner le long de ses joues et de son cou, qu'elle bascule en arrière pour me laisser plus de place. Je suis tellement plus large qu'elle que, quand je me redresse, je lui fais de l'ombre. Charlie pose ses mains sur mes flancs, faisant naître une série de frissons qui la font doucement rire.

À travers le tissu de son tee-shirt, je saisis son sein gauche. Il est parfaitement adapté à ma main et, quand je sens son téton s'ériger sous mes doigts, je lève la tête pour lire l'excitation que cela lui procure. J'ai autant envie de découvrir cette poitrine que de la goûter.

— Je peux t'enlever ton tee-shirt ? la supplié-je presque.

Les mains de Charlie quittent mon dos pour se positionner au-dessus de sa tête. J'attrape le bas du vêtement et le fais remonter doucement. Quand ses petits seins effrontés se dévoilent devant moi, j'en oublie de le lui retirer et me jette dessus comme si j'étais mort de faim. Sous mes lèvres je peux deviner la fragilité de cette peau, je découvre avec étonnement qu'elle est plus fine que sur le reste de son corps et plus sensible aussi. Sa poitrine accapare toute mon attention, j'en appréhende la forme, m'amuse à en dessiner les courbes et, quand je lui suce le téton, mon ange se cambre, venant encore plus à ma rencontre.

Sa peau que je croyais lisse et vierge est en fait couverte d'un magnifique tatouage. Des ailes d'une finesse et d'une précision incroyables. Elles s'ouvrent sur son ventre puis s'étendent sur son flanc droit. Je devine qu'il se poursuit dans son dos, mais j'avoue que la pointe de l'aile qui s'arrête juste entre ses deux petits seins me fait complètement oublier l'existence de ce dessin.

Tout à ma découverte de sa poitrine, je distingue à peine ma belle qui s'agite sous moi et, quand je lève la tête, je ne peux retenir un rire. Charlie se débat comme elle peut avec le tee-shirt que j'ai, dans la précipitation, relevé sur sa tête. Je l'aide à le retirer et dépose un baiser tendre sur ses lèvres en guise d'excuses.

— Tu n'avais jamais vu de poitrine avant, s'amuse-t-elle.

— Jamais une aussi jolie.

Elle rougit devant le compliment, et je m'aperçois qu'elle est totalement nue. Désireux de la voir entièrement, je me cale à côté d'elle en appui sur un coude, la dévore des yeux et la découvre du bout des doigts. Avec les brebis qui traînent au club, j'ai vu un nombre incalculable de femmes nues, mais je peux affirmer que Charlie est largement au-dessus du lot.

— Tu es superbe, avoué-je.

— Toi aussi, dit-elle.

Ses yeux sont criants de vérité, cette femme magnifique ne me trouve pas hideux, elle me désire comme une femme peut désirer un homme. C'est grisant, d'être regardé normalement. Cependant, ma totale inexpérience en matière de sexe me fait prendre conscience que je ne sais pas trop comment m'occuper d'elle. Baiser semble facile, mais je veux qu'elle y prenne du plaisir, qu'elle se sente bien, qu'elle en redemande, et surtout je veux tout découvrir avec elle.

Charlie perçoit mon hésitation. J'ai arrêté de la caresser et mon regard se perd dans le vide.

— Jack, ça ne va pas ? demande-t-elle en posant sa main sur ma joue.

Par ce simple geste, elle me ramène à elle et à l'instant présent. Et si je veux qu'elle apprécie ce moment avec moi, je me dois d'être honnête.

— Je… Je ne sais pas quoi faire, lui confessé-je en baissant les yeux.

Mon ange me force à la regarder en faisant pression de ses doigts sur mon menton. Elle plonge ses yeux dans les miens et j'ai du mal à ne pas détourner le regard.

— Tu n'as jamais…

— Pas vraiment.

— Oh…

Je me laisse tomber sur le dos, conscient que je dois être ridicule. Dans sa tête, j'imagine toutes les questions qu'elle doit se poser. Comment un biker peut-il être encore puceau ? Qui, à trente ans passés, n'a jamais fait l'amour ? Les yeux fermés, je me maudis d'avoir gâché cet instant. Charlie se redresse en prenant appui sur mon torse, elle dépose des baisers brûlants sur ma poitrine avant de me lécher le cou pour arriver à ma bouche. J'ouvre les yeux quand elle me le demande.

— Tu veux que ce soit moi ? questionne-t-elle, stupéfaite.

— Je veux que tu me fasses tout découvrir, osé-je dans un murmure.

— Tu as déjà compris le côté excitant de ma poitrine, reste plus qu'à découvrir le reste, mais je t'assure que tu t'en sortais très bien tout seul.

Elle joint le geste à la parole en se saisissant de ma main et en la faisant glisser le long de son corps. Sous mes doigts, je regarde sa peau se couvrir de chair de poule. Elle dit que je m'en sors très bien tout seul, parfait. Je me penche sur elle pour l'embrasser avant de semer des traînées de baisers sur sa peau. Elle se tortille quand je titille ses côtes et hoquette de stupeur quand je passe ma main sur son sexe.

Je suis gauche et hésitant alors la main de Charlie vient se poser sur la mienne. Elle fait pression sur mes doigts pour que je m'enfonce un peu plus dans sa moiteur. Je cajole un point sensible qui la fait gémir.

— Oui, c'est ça, ahane-t-elle.

Galvanisé par les réactions de son corps, je glisse un doigt en elle. C'est doux et chaud et j'y prends autant de plaisir qu'elle. Mon cœur fait pulser mon sang à une vitesse effrénée, même l'adrénaline n'est pas aussi puissante. Pendant que je la pénètre de mes doigts, je retourne m'amuser avec ses seins. Charlie gémit de plus en plus, elle se cambre, augmentant la pression dans mon caleçon. J'ai besoin de la posséder immédiatement. Ma queue veut remplacer mes doigts.

— *Honey,* je ne tiens plus.

La voir abandonnée comme ça aux portes du plaisir me donne envie de jouir, mais je veux le faire avec elle. Je sais que, si elle jouit sur mes doigts, je vais la rejoindre sans avoir pu profiter de ce moment avec elle. Elle est trop belle pour que je ne cède pas en même temps qu'elle. C'est impossible !

Charlie se redresse, retire mon caleçon et commence à me branler. J'ai de plus en plus de mal à respirer, je souffle comme un bœuf me retenant au maximum, mais entre la vision qu'elle m'offre et ses doigts sur ma queue je suis au bord du précipice.

— Charlie, supplié-je.

— T'as une capote ?

J'ouvre le tiroir de la table de nuit avec violence et me saisis de la boîte de préservatifs oubliée par Weasel quand je lui ai laissé mon appartement pendant mon absence. Il faudra que je pense à le remercier. Je secoue la boîte comme un malade, faisant tomber son précieux contenu. Charlie attrape une capote et l'ouvre avec les dents en gémissant. Mes doigts continuent à lui procurer du plaisir et je la laisse m'équiper, elle déroule lentement le bout de latex sur ma queue turgescente.

— Viens, maintenant, ordonne-t-elle.

Je détache ma main de son sexe et me positionne entre ses jambes écartées. Mes gestes sont étonnamment naturels. Charlie dirige ma queue vers son intimité et je la pénètre d'un coup violent, signe de mon excitation. Je prends quelques secondes pour appréhender cette sensation hallucinante, pour en apprécier la chaleur, pour emmagasiner le moindre détail. Charlie perçoit mon besoin et m'embrasse en me caressant le dos. Cette caresse apaise un peu mon rythme cardiaque, mais augmente mon envie d'elle. Elle enroule ses jambes autour de ma taille et commence à onduler du bassin.

— Nom de Dieu, grogné-je.

Charlie sourit en recommençant son affolant manège, je l'accompagne dans cette danse par des coups de reins vigoureux. Ma queue est gainée par les parois de son vagin qui se contractent sous mes assauts. Je sens une chaleur me saisir le bas des reins, je gémis dans sa bouche et comprends pourquoi mes frères ne peuvent se passer de sexe. L'orgasme qui s'empare de moi va être grandiose, je le sens. Je prends appui sur mes mains pour admirer Charlie. Sa peau est rougie par le plaisir, elle danse avec moi, elle ahane la tête en arrière, au bord de l'explosion.

Mais quelle vision magnifique !

— Jack, crie-t-elle à mon oreille.

Nos dernières digues cèdent, c'est complètement dingue.

— Mon ange.

Je m'effondre sur elle. Totalement épuisé par ce qu'elle vient de me faire découvrir. Je me retire, me débarrasse de la capote et la prends dans mes bras, déjà en manque d'elle.

— C'était… Tu étais… Bref… soufflé-je au creux de son cou que je parsème de baisers.

J'ignore ce qu'on dit après ça. Elle rigole doucement.

— C'était un plaisir.

Chapitre 24

« Je ne connais pas les demi-mesures. Il n'y a pas d'intermédiaire en moi : le juste milieu, je ne sais pas ce que c'est. Tu as le choix entre me prendre totalement telle que je suis, ou ne pas me prendre du tout. C'est le principe de base. »

Haruki Murakami,
Au sud de la frontière, à l'ouest du soleil

Charlie

Jack s'est endormi rapidement. Je le regarde tendrement dormir avec cet air d'homme repu et satisfait d'avoir fait l'amour. Son aveu m'a choquée, car je connais l'univers dans lequel il évolue et, franchement, résister aux avances des brebis est un véritable exploit. Cet homme est une force de la nature, mais il a aussi une très mauvaise opinion de lui. Son histoire doit être terrible pour qu'il n'ait jamais fait confiance à une femme.

Je caresse ses cicatrices, qui sont certainement à l'origine de son inexpérience. Pourtant je les trouve sublimes. Elles font de lui un homme parfaitement imparfait. La première chose que je vois quand je le regarde, ce sont ses yeux. Ses yeux de loup qui ne ressemble à aucun autre, il est d'une singularité ravageuse et le fait qu'il appartienne à un biker taillé comme un dieu grec est la cerise sur le gâteau. Ses cicatrices ne viennent finalement qu'ajouter un peu plus de mystère à son personnage, mais elles sont loin de l'enlaidir.

Jack est tellement renfrogné et bourru que j'accueille chaque caresse, baiser, parole comme une offrande. Il m'a accordé le privilège d'être sa première. Mon cœur se gonfle de sentiments pour cet homme.

Discrètement, je me lève pour aller aux toilettes. J'attrape mon tee-shirt à l'effigie de son garage et me presse dans la salle de bains. Une fois ma vessie vidée, je me regarde dans la glace. Mes cheveux hirsutes me rappellent qu'ils n'ont pas vu une brosse depuis longtemps, je tente de démêler mes boucles avec les doigts sans grand succès. Je ne cherche pas de brosse, consciente qu'aucune femme n'a jamais mis les pieds ici. Je me sens d'autant plus privilégiée.

Dans la cuisine, je m'autorise à fouiller les placards pour préparer le petit déjeuner. Mon butin n'est pas fameux : des œufs, du fromage et des olives. Je suis en train d'improviser une omelette quand Jack fait son apparition dans le salon. En caleçon, les yeux mi-clos, il se gratte le ventre. Il passe dans mon dos, se colle à moi en m'embrassant le cou. Je lâche rapidement ma préparation dans une poêle pour pouvoir me retourner.

— Bonjour, bougonne-t-il.

Son souffle chaud me caresse le visage. Sa voix encore ensommeillée est plus grave, plus sensuelle aussi.

— Bien dormi ?

— Comme un bébé.

Je retourne à mon omelette que je fais glisser dans une assiette que je lui tends. Jack s'en saisit et la dépose sur la table. Avant de s'asseoir, il part dans la chambre et revient habillé d'un jean et d'un pull noir. Je le rejoins avec deux tasses de café fumant. À l'extérieur, des voix s'élèvent, mon biker ne s'en inquiète pas, ça doit être le personnel du garage qui est arrivé. Assise à ses côtés, je ne me lasse pas de le regarder.

— Il faut que j'aille au café aujourd'hui, dis-je.

Jack suspend son geste et me fixe avec un air indéchiffrable.

— Non.

Il ne va pas recommencer. Son comportement d'homme des cavernes m'agace fortement.

— Ce n'était pas une question. Soit tu m'accompagnes, soit je te fausse compagnie au moment où tu t'y attends le moins, expliqué-je avec colère en croisant les bras sur ma poitrine.

— Et tu comptes y aller comme ça ? demande-t-il sournoisement en désignant ma tenue.

J'ai tendance à n'en faire qu'à ma tête. Jack ignore ce dont je suis capable et il va en avoir une démonstration. Sans répondre, je me lève brusquement de la table et me dirige vers la porte d'un pas énergique et décidé.

— Je suis certaine qu'un des hommes en bas acceptera de m'y accompagner.

J'ai à peine posé un pied sur la première marche de l'escalier que je décolle littéralement et me retrouve plaquée contre le torse massif de Jack. Il me porte fermement contre lui en faisant demi-tour pour nous faire rentrer dans l'appartement, dont il claque la porte d'un grand coup de pied.

— Même pas en rêve, siffle-t-il.

Mes pieds touchent le sol, mais Jack ne me relâche pas pour autant.

— Alors nous allons avoir un problème. Je ne te laisserai pas m'enfermer ici comme une princesse dans sa tour.

Le silence n'est troublé que par nos respirations, celle de Jack dans mon dos reflète la lutte interne qu'il livre. Je lui laisse le temps dont il a besoin pour accéder à ma demande.

— OK, reste ici, dit-il fermement.

Il me lâche et ouvre la porte pour sortir avant de se retourner vers moi.

— S'il te plaît.

J'acquiesce d'un hochement de tête. Jack sourit discrètement et s'en va.

Cet appartement est impeccable pour un biker célibataire, j'en suis agréablement surprise. Je suis seule depuis plus d'une heure et je commence à m'ennuyer fermement. Fouiller ne servira à rien, autant chercher des objets personnels dans une maison témoin. C'est une perte de temps. Je m'attarde alors sur la bibliothèque, il n'y a pas un seul livre, mais une collection impressionnante de vinyles. Ils sont rangés par genre puis par ordre alphabétique dans chaque catégorie, rien ne dépasse, tout est irréprochable. Ses goûts musicaux sont hétéroclites, passant du jazz au rock, avec même quelques CD de musique classique. Je me saisis d'un disque de Stan Getz et le positionne délicatement sur le tourne-disque. Lorsqu'il se met en route, je me laisse immédiatement bercer par les sonorités si particulières du saxophone.

Les enceintes diffusent la musique envoûtante de *The Girl from Ipanema* aux douces résonances brésiliennes. Complètement absorbée par la sensualité de la chanson, je n'entends pas la porte s'ouvrir et c'est quand je me retourne que je fais face aux yeux de loup de Jack. Je lui souris en continuant ma danse, il me fixe d'une intensité animale qui me fait frissonner.

— Tu en as mis, du temps, dis-je en m'approchant de lui.

Ses yeux ne me quittent pas et, quand j'arrive à sa hauteur, il lâche le sac qu'il tenait à la main pour me saisir par la taille afin de coller son bassin contre le mien. Je lève la tête pour ne pas rompre le contact visuel et chaloupe au rythme de la musique contre lui. Son érection se fait massive et je poursuis ma torture en me frottant à lui. Sa main vient se glisser dans ma nuque et ses yeux me sondent d'un désir à peine voilé.

— Tu cherches à m'exciter ? questionne-t-il.

— Et ça marche ?

Son grognement s'étouffe quand il m'embrasse avec brutalité, sa main resserre son emprise sur mon cou et sa langue se fait autoritaire. Il apprend vite. Il cesse ses baisers enflammés en posant son front contre le mien, sous mes doigts je sens les pulsations désordonnées de son cœur, il cherche à reprendre contenance.

— Ça marche même très bien, dit-il en déposant un baiser léger sur mes lèvres. Mais si tu veux aller au café, c'est maintenant.

J'avoue que je suis froissée par sa capacité à se refréner, parce que moi, là, j'ai bien envie de lui montrer tout ce qu'il a raté en ne pratiquant pas le sexe pendant toutes ces années. Mais rapidement cette pensée est remplacée par des flammes détruisant mon café et le visage paniqué d'Hayley à qui je n'ai pas donné de nouvelles depuis hier. Connaissant mon amie, elle a dû alerter tous les hôpitaux du pays et harceler toutes les personnes susceptibles d'avoir des informations.

— Tu as pu me trouver des affaires ?

Il me tend un sac de voyage noir.

— Elles viennent d'où ? demandé-je, curieuse de savoir où il a bien pu débusquer des vêtements pour femme.

Je ne l'imagine pas aller faire les boutiques.

— Une amie, répond-il laconiquement.

— Une amie, répété-je.

— Oui, quelqu'un en qui je peux avoir totalement confiance.

Ce qui signifie qu'il n'a pas confiance en moi. Maintenant je suis vexée. Je me rembrunis aussitôt, fais un pas en arrière pour mettre de la distance entre nous. Jack sent mon changement d'humeur, il m'interroge du regard, mais je m'éloigne de lui.

— C'est charmant, sifflé-je en me dirigeant vers la salle de bains.

Son cerveau vient certainement d'imprimer ce que j'ai compris, il fait un pas vers moi.

— Charlie, ce n'est pas ce que je voulais dire, s'excuse-t-il.

Trop tard, je suis vexée, en colère et rancunière, un mélange explosif. Je n'ai jamais eu un caractère souple, bien que je me sois grandement assagie depuis quelques années. Mais mon côté irrationnel et impulsif reprend assez facilement le dessus. Et par-dessus tout, je suis blessée, après ce que nous avons vécu ensemble, je suis déçue puisque je pensais être importante pour lui. Jack et sa capacité à souffler le chaud et le froid. Il m'exaspère !

Je déteste déjà cette fille que je ne connais pas, mais le fait qu'il avoue qu'elle a toute sa confiance me rend jalouse. Dans la salle de bains, j'ouvre le sac et constate avec étonnement que l'amie de Jack a pensé à tout. Du nécessaire d'hygiène en passant par la brosse à cheveux et même du maquillage. Je trouve des sous-vêtements, une brassière de sport, un jean et un pull. Il y a même une tenue plus sportwear. Je me presse pour me brosser les dents, me coiffer et enfiler la tenue. La fille à qui appartiennent ces affaires est beaucoup plus grande que moi. Je suis obligée de retrousser au moins trois fois le bas du jean pour voir mes pieds. Il est aussi un peu trop large et, en fouillant dans le sac, je trouve une ceinture. À croire que cette fille savait que j'allais flotter dans ses vêtements. En guise de chaussures, elle a mis une de ses paires de Moon Boots qui peuvent convenir à plusieurs tailles.

Ça m'agace de le dire, mais cette fille a réussi à m'apporter tout ce dont j'avais besoin et même plus. Je rigole doucement quand je trouve au fond du sac un rasoir, des protections hygiéniques et des tampons. Rien ne manque pour que je puisse reprendre une apparence humaine. Je dois avouer qu'elle a quand même vraiment assuré pour me préparer tout ça et ma rancœur envers elle diminue un peu.

Habillée, et légèrement maquillée, je sors de la salle de bains. Je suis toujours en colère contre Jack, que je trouve assis droit comme un I sur son canapé. Il se lève d'un bond à mon arrivée et s'approche de moi. Je ne lui laisse pas le temps d'ouvrir la bouche :

— Je suis prête, on peut y aller.

Mon ton est sec et le souffle d'exaspération de mon hôte ne se fait pas attendre. Il est toujours planté dans son salon alors que j'amorce la descente de l'escalier.

— On se retrouve en bas alors…

— Pas sans moi, attends.

En silence, nous descendons pour arriver sur le parking. Ma voiture est garée devant l'entrée, si proche qu'on pourrait croire qu'il a essayé de la faire rentrer dans le bâtiment. Quand nous entendons un moteur s'approcher de nous, Jack me presse pour que je monte. J'ai à peine fermé la portière qu'il a déjà démarré. La moto ralentit pour s'adresser à lui, mais Jack accélère. De plus en plus charmant, il ne veut même pas que ses amis puissent me voir. Il n'avait qu'à me jeter un sac sur la tête tant qu'on y est. Je me rembrunis un peu plus dans un silence lourd.

Jack me jette des coups d'œil furtifs, mais je l'ignore en me mordant les lèvres pour ne pas lui hurler dessus. Quand nous arrivons devant le café, je ne lui laisse pas le temps de s'arrêter et sors rapidement en faisant claquer la portière pour montrer mon agacement.

— Je n'ai pas besoin de toi ici, dis-je à Jack avant qu'il sorte de la voiture.

J'avance vers mon café et m'arrête en voyant pour la première fois les dégâts en plein jour. La façade est complètement noircie, les vitres ont explosé et l'enseigne jonche le sol au milieu des autres décombres. Par les fenêtres béantes, je découvre que rien n'a survécu à cet incendie. Ce même café qui venait tout juste d'être rénové avec goût. Le cœur serré devant ce triste constat, je retiens mes larmes. Jack s'approche et sa présence à mes côtés me fait un bien fou malgré ma colère.

Il amorce un début de phrase qui est interrompu par des cris se rapprochant de nous. Jack n'a pas le temps de voir la tornade Hayley se jeter sur moi.

— Chacha, j'étais morte de peur. Tu étais où ? Tu vas bien ? Tu pouvais pas appeler ? Camille est en transe et Jordan te cherche partout ! aboie-t-elle.

La mitraillette Hayley est en action, comme toujours quand elle est stressée. Je la serre dans mes bras pour la rassurer.

— Hayley, calme-toi s'il te plaît. Respire.

— J'aimerais bien t'y voir, m'engueule-t-elle. Pas de nouvelles de ta part et en plus Chad a dit à Jordan que tu étais partie avec un type louche. Comment veux-tu que je ne sois pas inquiète ?

Je rigole doucement en anticipant le moment où elle va se rendre compte que le type louche dont elle parle est juste à côté de moi. D'ailleurs, elle me quitte du regard pour observer Jack. Ce dernier a fait un pas en arrière et prend son air des mauvais jours. Hayley commence son inspection, elle a un mouvement de recul auquel s'ajoute une grimace quand elle remarque ses cicatrices et Jack se raidit instantanément. Pour mettre fin à ce moment gênant, je fais les présentations :

— Hayley, voici Jack. Jack, voici Hayley, dis-je en souriant.

Mon ton est légèrement trop enjoué, mais je veux absolument faire disparaître ce malaise qui flotte entre nous. J'incite Hayley à se montrer courtoise. Sans discrétion, elle hausse les yeux au ciel puis capitule, mais quand elle s'adresse à Jack, elle se heurte à un mur. Pas un grognement, pas un regard, rien. Jack est hermétique à toute tentative d'interaction. Je peux sentir sa hargne qui dissimule un mal-être profond. Alors Hayley enclenche le mode bulldozer :

— C'est toi qui as kidnappé ma copine ? questionne-t-elle en le fixant droit dans les yeux.

Si Hayley a bloqué sur ses cicatrices, elle les a déjà oubliées. Cependant, je sais que Jack n'oubliera pas le regard de dégoût qu'elle a arboré quand elle les a vues. Je comprends pourquoi il est aussi asocial. Si tout le monde le regarde comme un monstre de foire, il y a de quoi détester la terre entière. Je n'ai jamais eu ce type de réaction face à lui, je me suis mise plutôt à baver devant sa plastique de rêve et son regard hypnotique quand il ne me rend pas complètement folle par son comportement.

Comme je ne suis pas responsable du regard que les autres portent sur lui et que je suis toujours en colère, je le congédie :

— Je suis avec des personnes en qui j'ai totalement confiance, dis-je pour le paraphraser. Tu peux y aller.

Jack me fixe longuement avant de souffler de mécontentement. À sa mâchoire qui se contracte, je peux voir l'impact de mes mots sur lui, mais il ne bouge pas d'un millimètre. Il ne tente pas de me retenir. Il ne fera aucun effort. Tant pis, c'est moi qui pars. J'attrape Hayley par le bras et je l'attire vers sa voiture.

Quand elle démarre, Jack est toujours immobile sur le trottoir. Sonné comme un boxeur.

Chapitre 25

> « Je n'ai jamais vraiment grandi. Toujours peur des araignées, peur de m'engager, peur qu'on me fasse du mal, peur des autres, de leur bêtise et de leur méchanceté. »
>
> *Agnès Ledig, Marie d'en haut*

Jack

Le rire, voilà tout ce que j'entends. Les regards dégoûtés, c'est tout ce que je distingue. Je revois défiler devant mes yeux les méchants de mon enfance, les tortionnaires de mon adolescence et les bourreaux de ma vie d'adulte. Le rire est moqueur, féminin et sournois, il s'infiltre sous ma peau, laissant des marques invisibles dans ma chair. Nous ne sommes plus seuls sur ce trottoir, les fantômes de mon passé accompagnent l'aversion que ressent Hayley à mon égard. Les rires me vrillent les tympans, j'ai besoin de silence. Je serre les dents, lucide sur le fait que mon inconscient me joue des tours, mais pourtant totalement envahi par la souffrance éveillée par ces souvenirs.

Seulement, je veux arranger les choses avec Charlie, je veux pouvoir lui parler, mais les mots sont restés bloqués dans ma gorge, je me suis renfermé dans ma coquille. Je suis de nouveau l'adolescent dont on se moque et même le souvenir d'elle et moi la nuit dernière n'arrive pas à chasser la peur qui m'envahit.

Je ne ressens que la souffrance du rejet, je n'arrive pas à me détacher de ce sentiment douloureux qui annihile toute part d'humanité en moi. À mes côtés, Charlie bouillonne de rage, sa colère est palpable, j'ai encore merdé quand je lui ai parlé tout à l'heure. Et quand son amie a essayé de me parler, je me suis senti agressé. Cela confirme bien une chose cependant : il n'y a que Charlie qui arrive à m'atteindre sous ma carapace. Elle seule a le pouvoir de me sortir de mes ténèbres, les autres ne sont que des démons de plus à affronter.

Je dois rattraper le coup. Je devrais en avoir l'habitude, car depuis que je la connais j'enchaîne les conneries. Pourtant je ne bouge pas, ma douleur est trop présente. Elle m'envahit de sa noirceur et je n'arrive plus à respirer. Mon cœur oppresse tellement ma poitrine que je le sens battre sous mes tempes. Le bruit est assourdissant, il me coupe du monde, mais amplifie les rires.

Les paroles de Charlie me broient l'organe vital qui ne bat que pour elle. Sans ménagement, elle me renvoie mes propos, qu'elle a mal interprétés. Je n'avais jamais eu besoin de faire attention à ce que je disais avant elle. Même Astride subit ma mauvaise humeur sans que cela m'importe. Mais Charlie… La savoir en colère contre moi me donne envie de m'arracher la langue d'être aussi con. À force, j'ai peur de déceler de l'aversion dans ce regard grisaille qui a eu l'indulgence de ne jamais me condamner.

Toujours immobile sur le trottoir, je ne la vois pas vraiment, mais je distingue sa présence à mes côtés. Je ressens sa chaleur malgré la distance, son âme cherche la mienne, mais je suis parti trop loin dans mon esprit dérangé pour qu'elle puisse m'atteindre. Elle attend une réaction de ma part qui ne viendra jamais, j'en suis tout bonnement incapable.

Ce n'est que quand je prends conscience de son départ que je lâche un soupir de frustration. Elle m'abandonne. À force de jouer au con avec elle, elle va finir par le faire définitivement. Le sentiment de vide qui se manifeste par un trou béant dans ma poitrine est encore plus douloureux que tous les souvenirs qui m'assaillent. Son départ fait taire les rires et je me retrouve à affronter ma solitude.

Le froid engourdit mon cœur, sa chaleur ne rayonne plus jusqu'à moi. Maintenant seul, je prends conscience qu'elle n'est plus là. Elle se retrouve à la merci des types qui ont mis le feu à son café. Je suis responsable d'elle et je viens d'échouer lamentablement en n'arrivant pas à me débarrasser de mes vieilles peurs pour la protéger. Mon adrénaline monte en flèche devant l'évidence : Charlie est partie et je ne sais pas où elle se trouve.

Je me tranquillise en me disant qu'elle est avec son amie et que je peux toujours torturer Jerry pour qu'il me dise où elle se planque. Vu sa colère, je lui laisse quelques heures pour se calmer avant de la ramener de force chez moi et de l'enfermer à double tour. Pour sûr, ça ne va pas lui plaire.

Mon téléphone brise le silence qui m'entoure. À la troisième sonnerie, je décroche.

— Ouais, aboyé-je.

— Pyro, ramène ton cul au club, assène mon Préz avant de raccrocher.

Sa voix me ramène à ce que je suis : un Black's Soldiers. Et j'espère qu'il va me dire qu'il connaît l'identité des connards qui ont osé s'en prendre à mon ange.

J'arrive au club au volant de la voiture orange de Charlie, Jazz ose un rictus moqueur que je lui fais ravaler d'un simple regard. Je suis à fleur de peau, je devrais être en train de chercher Charlie. Remarque, si je n'étais pas aussi con, elle ne serait pas partie.

Quand je franchis la porte principale, l'odeur de tabac et de sexe me prend à la gorge. Je repère instantanément les brebis, qui se sont toutes levées de concert pour accueillir un biker en manque de plaisir charnel. Quand elles me repèrent, elles partent aussi vite qu'elles sont apparues. Le message est passé, bien !

Devant la porte de la salle où se tiennent nos messes, quelque chose me fait me retourner, un je-ne-sais-quoi de dérangeant. Ce sentiment qui fait se dresser les poils de la nuque, celui qui me dit qu'il faut que je me méfie, qui met tous mes sens en alerte. Pourtant, rien ne sort de l'ordinaire, mes frères qui ne sont pas conviés à la messe sont accoudés au bar ou occupés avec les brebis. Je repère Jazz et Musher assis sur les canapés en charmante compagnie alors que Whisper discute avec Tania de son prochain tatouage. Non, rien d'anormal dans le tableau qui se joue sous mes yeux, mais je fais confiance à mon instinct qui me dit de rester sur mes gardes.

Le bruit de la porte que je referme derrière moi fait retourner les occupants de la salle. Les membres décideurs sont tous là. Ryder, notre Préz, Snake, notre V.P., Hurricane, notre maître d'armes, Weasel, notre informaticien et Wolve, qui n'a aucun rôle précis, mais qui a toute sa place ici.

— Vous avez des infos ? demandé-je sans préambule.

Le Préz me fait signe de m'asseoir, mais je refuse d'un signe de tête. Je lui suis reconnaissant de m'avoir empêché de totalement sombrer dans la folie et il le sait. Mais il sait aussi que je suis un électron libre qui n'aime pas qu'on lui impose des choses. Ryder sait que ce combat est perdu d'avance. D'un mouvement de tête, il donne la parole à Weasel.

— Pirater les fichiers du constructeur a été plus complexe que je l'imaginais. Je ne m'attendais pas à ce qu'ils aient autant de pare-feu. Leurs encodages étaient basiques, mais la clef de craquage…

Le grognement sourd qui sort de ma poitrine le fait taire. Weasel a tendance à s'étaler en détails inutiles alors je le recentre.

— Oui, pardon, s'excuse-t-il, donc ça m'a pris du temps et je peux te dire que les 4 x 4 n'ont pas été achetés aux États-Unis, ils sont canadiens.

Je n'ai jamais franchi la limite du nord de l'État, le lac Érié fait office de frontière naturelle entre eux et nous. Qu'est-ce que les Canadiens me veulent ? Je n'ai pas souvenir d'avoir eu affaire à eux par le passé.

— Et donc ?

Parce que cette info ne vaut rien pour moi.

— Et donc, reprend Ryder, certains des Hell's Demons se sont exilés au Canada et ont réussi à constituer une petite armée.

Là, ça me parle. Les Hell's Demons ont été disséminés par ma faute. J'ai fait exploser leur QG quand ils s'en sont pris à Astride. D'ailleurs, je remarque que cette information fait fulminer Hurricane, ses poings se serrent et les veines de son cou sont prêtes à exploser.

— D'accord je comprends mieux, mais pourquoi maintenant ? Qu'est-ce qui fait qu'ils se sentent assez forts pour s'en prendre à nous ? demandé-je.

Parce que déjà à l'époque ces types étaient des raclures, mais en aucun cas ce n'étaient des meneurs. Et je m'étonne d'en avoir laissé un en vie.

— Ils ont fait des alliances, déclare Snake.

— Des alliances avec qui ? questionne Wolve à ma place.

— Les Fallen's Angels, lâche le Préz.

Un sourire sadique vient fendre mon visage. Je savais que ce connard de Samaël ne pouvait être étranger à mon accident. C'est donc lui qui s'en est pris à Charlie, maintenant que j'ai ses informations, les pièces du puzzle s'emboîtent d'elles-mêmes. L'accélérant que j'ai senti la nuit de l'incendie est le même que j'ai utilisé pour mettre le feu au local des Hell's Demons. Je dois leur reconnaître une certaine pugnacité. Mais ils ont fait l'erreur de s'en prendre à Charlie, ce que je ne m'explique toujours pas.

— Pourquoi mettre le feu au café de Charlie ? demandé-je.

— On ignore si c'est eux, mais si c'est le cas c'est certainement pour t'atteindre.

— Je sais que c'est eux. Il y a trop de similitudes avec l'incendie des Hell's pour que ce soit une coïncidence. Mais ce que je ne m'explique pas, c'est comment auraient-ils pu savoir pour Charlie ? Depuis mon retour ici je ne l'avais pas revue.

— Tu nous avais demandé de la surveiller, me rappelle Snake.

— Oui, mais vous êtes les seuls à savoir pourquoi.

— Peut-être que quelqu'un vous a vus ensemble dans la voiture quand vous êtes rentrés, note Weasel.

Mouais, je suis pas convaincu par cette option, mais je n'ai rien de mieux à proposer. De toute façon maintenant c'est trop tard, Charlie est impliquée par ma faute. Et sa libération ne passera que par une destruction définitive de ces deux clubs. Ça veut dire que je vais pouvoir passer mes nerfs sur quelqu'un, que la fureur que j'accumule va pouvoir me servir à faire ce que je fais de mieux : faire souffrir et tuer.

— Il faut les faire payer maintenant, grogne Hurricane, que la colère a rendu agressif.

— Pas encore, ordonne le Préz.

Hurricane et moi montrons les dents. Pourquoi retarder notre vengeance ? J'avance d'un pas menaçant jusqu'à ce que mes pieds viennent heurter la table, je me penche par-dessus et siffle ma question entre mes dents.

— Et pourquoi ça ?

Ryder secoue la tête, il sait que je ne suis pas loin de dégoupiller, mais il sait aussi que mon passé de militaire fait de moi le parfait soldat. C'est pour ça que je suis le meilleur dans mon rôle de mercenaire, mes missions sont minutieusement préparées, je ne laisse que peu de place à l'imprévu. Mais ce qu'il ignore, c'est que nos ennemis ont touché à la seule personne au monde qui pourrait me faire agir de façon déraisonnée.

— Les Hell's Demons sont repartis au Canada et nous ne pouvons pas nous permettre de déclencher une guerre de territoire avec les Canadiens.

— Qu'est-ce que ça peut bien me foutre, ce que pense les bouffeurs de poutine ! vociféré-je.

Ryder se redresse face à moi, il bombe le torse et plante son regard noir dans le mien.

— Il faut qu'ils viennent sur le sol américain, nous n'avons pas d'alliés chez nos voisins et, si le groupe formé par les Hell's Demons est plus suivi que nous le pensons, on va se retrouver en sous-nombre. Et je ne mettrai pas la vie de mes hommes en danger en territoire ennemi, tranche le Préz de sa voix autoritaire.

Je m'agite et tous autour de la table remarquent que ma main se serre dans un poing rageur. Je comprends totalement le raisonnement de mon Préz et en temps normal, j'approuverais sans hésitation cette décision, la jugeant même optimale, mais là je suis à la limite de la folie, prêt à arracher la tête du premier qui se mettra en travers de ma route.

— Vous n'aurez pas beaucoup à attendre, intervient Weasel. D'après les conversations que j'ai entendues, ils devraient venir dans les prochaines semaines chez les Fallen's Angels. Ce qui nous laisse le temps de préparer notre intervention.

Avant que je ne réplique, le Préz distribue ses ordres.

— Weasel, tu cherches tout ce qui peut nous être utile pour notre descente. Carte, plan et même quelle marque de PQ ils préfèrent. Je veux tout connaître des habitudes de ces enfoirés. Hurricane, tu te charges de l'approvisionnement en armes et munitions. Pyro, tu protèges ta petite serveuse car tu sembles être leur cible principale et elle le moyen le plus sûr de t'atteindre. Snake et moi nous allons alerter le président national des Black's Soldiers. Quant à toi, Wolve… tu n'as qu'à aider tes petits camarades.

— *Yes Soldiers,* crions-nous à l'unisson.

Le Préz secoue la tête d'un air las.

— Avec vos gonzesses, vous m'aurez vraiment tout fait, s'exclame-t-il en s'adressant à Hurricane, Wolve et moi.

Tous les trois, nous partageons un sourire de connivence. Chacun à notre façon, nous avons défié les règles du club pour imposer nos femmes.

Chapitre 26

« Si tu ne saisis pas le petit grain de folie chez quelqu'un, tu ne peux pas l'aimer. Si tu ne saisis pas son point de démence, tu passes à côté. Le point de démence de quelqu'un, c'est la source de son charme. »

L'Abécédaire de Gilles Deleuze,

Charlie

— Donc c'est lui, le fameux biker ? questionne-t-elle en prenant la direction de chez elle.

— Oui, charmant personnage, n'est-ce pas ?

— Attends, j'appelle tout le monde pour dire que tu vas bien et qu'ils peuvent nous rejoindre chez moi.

Elle enclenche le haut-parleur et appelle successivement Camille, Jordan et Jerry. Elle avait vraiment ameuté tout le monde. Quand elle se gare devant chez elle, Jerry est déjà là appuyé sur sa voiture de patrouille.

— Charlie, tu vas bien ? questionne-t-il en me regardant de pied en cap.

— Oui, c'est gentil de t'être inquiété.

— Tu étais avec ce biker ? Ce Pyro ? Tu sais ce que j'en pense. Ce n'est pas un type bien, siffle-t-il hargneusement. Tu ne dois plus t'approcher de lui.

Cet ordre à peine voilé ne me plaît pas du tout. Jack n'est pas le sale type qu'il décrit et je ne peux m'empêcher de prendre sa défense.

— Il n'est pas aussi dangereux que tu le crois.

Jerry s'esclaffe d'un rire froid. Ce qui interpelle sa sœur.

— Pourquoi tu penses que ce n'est pas un type bien ? questionne-t-elle.

— Parce que j'ai déjà eu affaire à lui. Il a menacé de m'égorger avec un tesson de bouteille et je sais qu'il est soupçonné d'une dizaine d'assassinats.

Je déglutis devant ce sombre tableau. Mais n'avons-nous tous pas une part d'ombre ? Personne ici ne connaît la mienne, alors qui suis-je pour juger Jack ?

— Ah, il ne te l'avait pas dit, persifle-t-il avec hargne. Tu t'es laissé charmer par le cuir et le côté bad boy, mais c'est qu'une racaille dont la place est en prison.

À côté de moi, Hayley se décompose alors que je monte en pression. L'animosité de Jerry est certainement justifiée, mais je ne supporte pas qu'on remette en question mon jugement. Certes, je me doute que Jack n'enfile pas des perles pour passer le temps et qu'il doit avoir plus de sang sur les mains qu'il ne l'admettra jamais. Pourtant mon instinct me dit de prendre sa défense.

— Tu m'as donné ton avis, très bien, maintenant à moi de te donner le mien. Va te faire foutre, Jerry, m'écrié-je. Je n'ai pas de compte à te rendre. Donc, si tu as fini ta pitoyable tentative pour m'éloigner de Jack, je vais attendre dedans que Camille arrive, dis-je en m'adressant autant à Hayley qu'à son frère.

Je les laisse sur le trottoir et rentre dans la maison sans un regard en arrière. Jerry ignore tout de moi, comment peut-il croire que Jack puisse me faire peur ? J'ai connu bien pire.

Hayley me rejoint alors que je suis en train d'essayer de me calmer. Je ne la laisse pas attaquer car je refuse de rentrer dans un autre combat avec elle.

— Pas maintenant. S'il te plaît.

— D'accord, Camille sera là dans cinq minutes. Café ? propose-t-elle.

— Avec plaisir.

Mon amie me connaît assez pour savoir quand me pousser dans mes retranchements et quand la bataille est perdue d'avance. Elle sait que ce n'est pas le moment. Camille arrive, elle me serre dans ses bras longuement en pleurant.

— Je suis tellement soulagée de voir de mes propres yeux que tu n'as rien, chouine-t-elle. Raconte ce qui s'est passé hier soir ?

Alors je leur explique. La fermeture du café, ma discussion avec Chad, ma fatigue puis mon réveil dans les flammes, la fumée qui m'agresse, ma gorge qui me brûle et le sauvetage par Jack. Quand Hayley comprend qu'il s'est jeté dans un immeuble en flammes pour me sauver, son expression s'adoucit.

— Camille, est-ce que l'assurance va encore prendre en charge cet accident ?

Je m'interroge. Après le dégât des eaux, est-ce que cet incendie ne serait pas le coup de grâce ? Camille lève vers moi un regard plein de larmes et Hayley se montre chagrinée.

— Je suis désolée, Charlie, mais l'assurance ne couvrira pas les frais tant que je n'aurai pas fini de payer la franchise du dégât des eaux, explique-t-elle. Et même après je ne suis pas certaine qu'ils acceptent de le prendre en charge. Ce qui veut dire que Jordan et toi n'avez plus de logement. Je suis terriblement désolée, pleure-t-elle.

Je me lève pour m'asseoir à ses côtés et la prendre dans mes bras.

— Ce n'est pas ta faute. Tu aurais dû me dire que tu avais dû mal à payer la franchise, j'aurais pu t'aider.

— Ce n'est pas à toi de le faire, affirme Camille. Mais j'avoue que je n'ai plus de solution. J'avais pour projet d'hypothéquer l'immeuble pour avoir les fonds, mais maintenant c'est impossible.

— Pourquoi est-ce que quelqu'un a voulu s'en prendre à vous ? questionne Hayley. C'est totalement insensé.

Je serre les dents. J'ai comme un mauvais pressentiment, ce n'est peut-être pas si insensé que ça si c'est moi qui étais visé. Et si c'est le cas, je dois faire quelque chose pour aider Camille. Je dois l'aider à payer cette franchise. Cette famille m'a accueillie quand j'en avais le plus besoin, je me dois de leur rendre la pareille.

— Je ne sais pas, Hayley, c'est peut-être un acte isolé de voyou.

Je n'en suis absolument pas convaincue. Trop de petits détails me font penser que ce n'est pas une erreur.

— Je vais hypothéquer ma maison, déclare Camille.

— Hein !!! nous exclamons Hayley et moi de concert.

— Jamais de la vie, Camille. Je vais trouver une solution, tu n'hypothéqueras pas ta maison.

Il faut que je trouve rapidement un job qui paye bien pour aider mes amies. Et surtout il va falloir que je retourne en enfer pour pouvoir être à nouveau tranquille. Plusieurs années de liberté et de tranquillité, maintenant je dois passer à la caisse…

— Tu restes vivre ici le temps que ça s'arrange pour toi, ordonne Hayley.

Je refuse de leur faire courir le moindre risque, mais je ne vais pas non plus inquiéter Camille en n'acceptant pas devant elle la proposition de sa nièce. Si Jerry lui dit que j'habite avec un biker soupçonné d'être un meurtrier, elle ne va pas s'en remettre.

Hayley m'embarque dans une après-midi shopping des plus vitales. J'ai besoin de refaire ma garde-robe et d'acheter de quoi vivre quelque temps avec Jack. Dans le magasin de lingerie sélectionné par l'ouragan Hayley, elle monopolise deux vendeuses à elle toute seule. Devant la montagne d'ensembles qui encombrent sa cabine d'essayage, je m'interroge :

— Tu comptes acheter le fonds de commerce ?

— Non, mais Jordan va adorer. Tu devrais essayer, une belle lingerie rend n'importe quelle femme superbe. Et puis peut-être que ça déridera l'homme de glace qui t'accompagnait ce matin, parce qu'en dehors de son caractère adorable, dit-elle en exagérant chaque syllabe du dernier mot pour se moquer, il est quand même sacrément bien foutu. Un petit coup vite fait bien fait n'a jamais tué personne.

Elle parle si fort que tout le magasin a dû l'entendre, ce qui me fait rougir. Les vendeuses qui s'agitent autour de la cabine acquiescent d'un mouvement de tête. Je décide de m'éloigner de la zone de guerre que représente le salon d'essayage et flâne dans la boutique. Je m'habille de façon pratique, vieux réflexe conditionné par mon éducation, et je n'ai jamais porté de dessous sexy. Mes yeux s'attardent sur la dentelle d'un soutien-gorge noir, les entrelacs sont savamment étudiés pour donner à l'ensemble une harmonie délicate. J'avoue que c'est magnifique, je comprends ce que voulait dire Hayley quand elle affirmait que les femmes sont superbes en lingerie fine. Quand je découvre la culotte assortie, je manque de m'étrangler devant cette chose. Curieuse, j'interpelle la vendeuse :

— Excusez-moi, il ne manque pas du tissu là-dessus, je demande en tenant la dentelle du bout des doigts.

— Non, glousse-t-elle. C'est un string, mais vu votre morphologie je vous conseillerais plutôt un tanga.

Elle farfouille sur le présentoir devant moi pour me sortir une sorte de string avec un peu plus de matière.

— Le tanga galbe mieux les fesses, c'est à la fois sexy et provocant sans être vulgaire, poursuit-elle, sûre du produit qu'elle vend.

J'essaye d'imaginer la tête de Jack si je me ramène avec ça. En fait je pense qu'il s'en foutrait, il n'est pas du genre à s'attarder sur de la lingerie. Je décide quand même de me faire ce petit plaisir, mais, quand je vois le prix de cet ensemble, je me demande si les coutures ne sont pas faites de fil d'or. C'est exorbitant !

Nos achats finis, nous nous posons dans un Starbucks pour prendre un café. Hayley commande une de ces boissons où il y a plus d'ingrédients que de place dans la tasse, je me contente d'un thé vert avec beaucoup de sucre. Alors qu'elle a la bouche pleine, je mets sur le tapis le sujet que je n'ai pas voulu aborder devant Camille.

— Je ne m'installe pas chez toi.

Hayley recrache avec toute la grâce qui la caractérise sa chantilly sur la table.

— Comment ça ? éructe-t-elle.

— Hayley, Jack veut que je reste avec lui et puis Jordan aussi se retrouve SDF, dis-je en jouant des sourcils. Ne me dis pas que tu as dévalisé le magasin de lingerie pour ne pas en profiter avec lui ?

Elle rougit, la tête certainement pleine de scénarios érotiques. Puis elle plonge son regard dans le mien et me sonde.

— Tu es sûre de toi ?

— Oui.

— Est-ce que tu lui fais confiance ?

Je suis toujours en colère contre Jack, mais je n'ai aucun doute sur ma réponse.

— Il a risqué sa vie pour moi.

Hayley donne son aval d'un hochement de tête.

— Il est quand même bizarre. Je n'ai pas entendu le son de sa voix et j'avoue qu'entre ses cicatrices et ses yeux, il est effrayant.

Et c'est justement là le nœud du problème : le regard que les autres posent sur lui.

— Moi, je le trouve fascinant. Il est d'une beauté unique et quand il ouvre la bouche il est plutôt sympa, il a ce timbre de voix qui te file des frissons. D'autant plus quand tu te rends compte que le fait qu'il accepte de te parler fait de toi une privilégiée. Je pense que ton attitude tout à l'heure l'a blessé. Tu t'imagines à sa place si tout le monde te regardait comme une bête curieuse ? Jack ne fait pas facilement confiance, mais je comprends pourquoi il est aussi hostile envers les autres, je le défends.

Hayley médite quelques secondes mes propos.

— Tu as sûrement raison, mais ce que t'a dit mon frère ne t'effraye pas ?

Jerry n'a pas été tendre avec lui et, même si j'aimerais croire le contraire, je sais qu'il dit vrai. Je connais assez ce milieu pour savoir que Jack est certainement responsable de ce dont l'accuse et même plus encore. Mais je n'ai jamais eu peur de lui, à aucun moment.

— Non, il a toujours été correct avec moi.

Et je ne parle pas de sa façon de faire l'amour. Jack est un amant passionné et attentionné, il cherche toujours à faire passer mon plaisir avant le sien. Le biker a soif d'apprendre et de donner en retour. Chaque parole de Jack est un cadeau, il faut s'en montrer digne, surtout si tu es une femme. Jack a beau être un tueur, il n'en est pas moins un homme qui a souffert. Je n'ose imaginer ce qu'il a vécu, ses cicatrices l'ont façonné, il ne se voit qu'au travers d'elles et a forcément une mauvaise image. Jack ne doit pas se renfermer sous prétexte que les gens sont cons et incapables de voir la beauté de son âme. Ma mission est de faire en sorte qu'il arrive à se voir à travers mes yeux, sans haine et sans dégoût, avec seulement du désir et peut-être de l'amour. Hayley boit une gorgée de son abominable mélange café/chocolat/noisette avant de donner sa réponse :

— Je reconnais qu'il a su se montrer convaincant en se jetant dans les flammes pour te sauver, donc je lui accorde le bénéfice du doute. Et, si tu lui fais confiance, je valide. Mais tu peux venir à tout moment à la maison, la porte t'est toujours ouverte.

Ce que je ne ferai pas tant que je n'aurai pas de certitude sur l'identité des incendiaires. Sont-ils vraiment venus pour moi ou est-ce un simple acte de vandalisme ? Tant que je n'aurai pas la conviction qu'Hayley et sa famille ne seront pas en danger, je garderai le plus possible mes distances.

— Je sais, merci. Bon, il se fait tard, t'as pas des enfants à récupérer ?

— Oh merde, je vais encore me faire engueuler par mon ex, dit-elle en se levant d'un bond.

Hayley, la tornade est de retour, elle jette son gobelet à moitié plein dans la poubelle puis se saisit de la multitude de sacs pour prendre la direction du parking. Je la suis en trottinant.

— Où est-ce que je te dépose ? demande-t-elle en sortant de la place de stationnement.

— À son garage.

Chapitre 27

> « L'enfer reste toujours le regard que les autres portent sur nous. Comme un jugement. Le regard qui nous examine, celui qui nous empêche d'oser, celui qui nous freine, celui qui nous peine, celui qui nous fait nous aimer ou nous détester. »
>
> *Olivier Norek, Surface*

Jack

Charlie me fatigue. Je n'ai aucune idée de l'endroit où elle se trouve. Après avoir fait le pied de grue devant les ruines de son café sans succès, j'abats ma dernière carte : le commissariat. Putain jusqu'où me fera-t-elle aller ?

Après avoir déposé la voiture de Charlie à mon garage, j'ai récupéré une moto pour venir jusqu'ici. Il est hors de question que quiconque me surprenne au volant d'une voiture orange criard, je suis un biker et je ne me déplace qu'en moto. D'ailleurs, ma Harley me manque, Weasel m'a dit que mes agresseurs l'avaient brûlée avec leurs 4 x 4. Le Préz et tous mes frères se sont cotisés pour m'en acheter une autre, ma nouvelle Harley attend dans mon garage que je la customise et l'améliore pour qu'elle devienne un véritable petit bijou. Pour l'instant, ce n'est qu'une Fat Boy classique d'un rouge douteux, mais bientôt ce sera une bécane digne de moi.

Sur le parking, j'accélère brusquement pour que le bruit du moteur soit assourdissant, assez pour avertir le commissariat de mon arrivée. Je m'arrête au milieu de la cour et j'attends que des flics sortent. Comme il se doute que je suis là pour lui, Jerry sort en premier, l'arme au poing, suivi de trois autres flics me tenant en joue. Je ne serais même pas surpris de découvrir des snipers sur le toit. Cette démonstration de force de la police locale me fait rire. En dehors du fait que beaucoup d'entre eux bénéficient des largesses du club sous différentes formes, filles, pot-de-vin, petits arrangements… ils n'ont aucune preuve de ce dont ils m'accusent malgré leur rêve de me jeter derrière les barreaux.

— Jerry, Jerry, Jerry, raillé-je en secouant la tête. Que me vaut ce comité d'accueil ? Je veux seulement discuter.

— La dernière fois que tu as voulu discuter, tu as failli me tuer.

— Et nous savons tous les deux que si j'avais voulu le faire tu serais déjà mort.

La flicaille devant moi se tend alors que mon sourire s'élargit.

— Tu me menaces ? questionne Jerry en serrant son arme.

Ce con se crispe tellement sur sa gâchette qu'il risque de tirer sans s'en rendre compte. Quel amateur ! Mon taux d'adrénaline monte en flèche, j'anticipe chaque mouvement des policiers face à moi en réfléchissant aux solutions de repli. En appui sur ma bécane, je croise nonchalamment les bras sur ma poitrine.

— Jerry, tu sais comment ça s'est fini entre nous la dernière fois. Tu ne voudrais pas que ça recommence ?

Je me moque ouvertement de lui. Je suis sûr qu'il ne tient pas à ce que tous ses collègues sachent qu'il s'est pissé dessus lors de notre dernière rencontre. Je plonge mes yeux dans les siens. L'anomalie de mes iris le perturbe, je peux voir ses mains trembler. Si je ne veux pas qu'il me troue la peau accidentellement, je dois calmer le jeu.

— Je veux juste savoir où est Charlie.

Jerry retient un rire. Il sait qu'il est en position de force et il compte bien en profiter.

— Je ne te dirai rien.

Je contracte la mâchoire et mes mains se referment en poing. Je vais lui péter les dents et les lui faire bouffer une à une. Étonnement Jerry rengaine son arme après avoir vérifié que ses collègues me visent toujours avec les leurs. Il s'approche de moi de telle sorte que je sois le seul à l'entendre.

— En fait, j'ai dit à Charlie quel sale type tu es : un assassin, un minable. Que tu prends ton pied en tuant des innocents ! Et je lui ai dit ce que tu m'as fait subir. Et tu veux savoir comment elle a réagi ?

Ma mâchoire est tellement contractée que la pression me fait mal à la tête. Je rêve d'éclater sa petite gueule sur le perron et j'ai toutes les peines du monde à ne pas céder à la pulsion de l'étrangler de mes propres mains. Il poursuit sa tirade, un sourire vicieux aux lèvres.

— Elle a pris peur. Elle m'a demandé de faire en sorte que tu ne puisses pas la trouver. Elle t'a traité de monstre et d'abomination, si mes souvenirs sont bons. Charlie ne veut plus te voir.

Ma vue se brouille et je suis certain que mon cœur a cessé de battre l'espace d'un instant. Charlie a peur de moi. Je n'avais jamais pensé à comment elle allait réagir en apprenant ma véritable nature, mais même dans mes pires cauchemars elle ne réagissait pas comme ça. Elle ne veut plus que je l'approche, je suis tétanisé face à cette réalité. Jerry en profite pour asséner le coup de grâce.

— Charlie regrette tout ce qui a pu se passer entre vous. Elle se dégoûte d'avoir dû faire toutes ces choses avec toi. Mais sois honnête, Pyro, t'as vu ta gueule ? Quelle fille saine d'esprit voudrait d'un type comme toi ? Elle a eu pitié, c'est tout.

Charlie lui a dit ce que nous avons fait. Ce que nous avons partagé et elle le regrette. La seule belle chose dans ma vie vient de m'être retirée. Même le souvenir de nous ensemble vient d'être entaché par le regret. J'ai envie de vomir, la déception et le dégoût de moi-même m'envahissent. Mon ange ne veut plus de moi, elle me voit comme le monstre que j'ai toujours été… je suis anéanti par cette idée. Malgré tout, Charlie est en danger par ma faute et je dois la protéger même si elle ne veut plus me voir.

— Dis-moi où elle est, ordonné-je d'une voix tremblante.

— Même pas en rêve, elle se portera bien mieux sans toi.

Son sourire victorieux ne m'atteint même pas. Jerry vient de raviver mes angoisses les plus profondes, celles que je n'ai jamais eues en présence de Charlie. La douleur que je ressens est indescriptible, mon corps m'envoie des signaux contraires. Mon cœur ne semble plus remplir sa fonction puisqu'il vient de se briser alors que mes muscles se gorgent de sang pour m'aider à reste debout et ne pas m'effondrer.

Tous les coups que j'ai subis, toutes les brimades que j'ai endurées ne sont rien en comparaison de la souffrance qui tétanise chaque partie de mon corps en cet instant.

Je ne sais par quel miracle, j'arrive à démarrer la moto et à partir. Je tangue sur la bécane et, pris de violentes nausées, je m'arrête brusquement pour vomir sur le bord de la route. Je vomis ma peine et ma rage. La colère à l'encontre de ma mère revient, encore plus forte que d'habitude, elle vient de me faire perdre la seule chose importante dans ma vie.

La voix de Jerry vient se superpose à toutes les autres : « t'as vu ta gueule », « t'es qu'un monstre », « elle a eu pitié ». Mon estomac se tord de douleur en expulsant la bile, je sors le couteau que j'avais planqué dans mon dos et fixe la lame comme si elle avait le pouvoir de faire taire mes souffrances, d'arrêter les voix dans ma tête, de me faire ignorer les rires, de changer le cours de ma vie.

La pire douleur est de se détester soi-même, de ne plus être capable de soutenir son propre reflet dans le miroir, de ne plus voir la beauté qui existe en chacun de nous. Se détester soi-même, c'est reconnaître que la vie n'a plus de saveur. Et maintenant que Charlie m'a été retirée, ma vie ne vaut plus rien.

J'approche la lame de mon bras, ça faisait longtemps que je n'y avais pas pensé. Je ne veux plus souffrir, je ne veux plus rien ressentir. En cet instant précis, la mort me semble beaucoup plus douce que la vie.

Lorsque les premières gouttes de sang apparaissent, je suis subjugué par le rouge profond qui colore ma peau. Sa couleur vive, signe de vie, tranche avec le sentiment de mort qui m'habite. Je ne respire que par réflexe, mes poumons se gonflent d'oxygène que parce que mon cerveau le leur ordonne. Mon cœur ne remplit sa fonction première que parce que je n'ai pas encore appuyé trop fort. Ma vie ne tient qu'à un fil et ce fil est en train de céder par l'action de la lame sur mon bras. Quand mon sang touche le macadam dans un bruit étonnamment assourdissant, les voix dans ma tête se taisent enfin. Elles assistent silencieusement à mon effondrement, elles attendent que je franchisse le pas qui me fera définitivement passer de l'autre côté. Je ferme les yeux pour profiter du silence qui m'enveloppe, ce silence dans lequel j'excelle. La sérénité du moment est troublée par le visage mutin de Charlie qui jaillit derrière mes paupières closes. Il est douloureusement apaisant. Je me perds un dernier instant dans son regard bienveillant et chaleureux.

Mais soudain, dans mon état d'hébétude, je me rends compte que si j'appuie plus fort, si je fais le geste fatidique qui me démange, j'abandonne Charlie. Je l'abandonne aux mains des Fallen's Angels et des Hell's Demons, je la laisse se débrouiller avec la menace que j'ai moi-même provoquée, je laisse une cible dessinée sur son dos. Et ça je ne peux pas le faire.

Malgré ma douleur et ma peine, Charlie m'a apporté l'espace d'un instant une normalité que je n'aurais jamais connue sans elle. Une lumière éblouissante dans la noirceur de ma vie. Elle a été ma plus belle rencontre, mon plus beau souvenir, ma seule source de joie.

Dans un geste vif, je jette le couteau loin de moi. J'arrache le bas de mon tee-shirt pour me bander le poignet. Le nœud que je fais est tellement serré que la circulation sanguine est presque coupée. Tant mieux, comme ça, le sang ne s'écoulera plus.

Sans le savoir, mon ange vient encore de me sauver la vie.

J'enfourche la moto et je reprends la direction du centre-ville. La nuit commence à tomber et j'ignore où Charlie peut se trouver. J'espère pour les connards qui en ont après elle qu'ils ne l'ont pas touchée parce que dans le cas contraire ils regretteront de ne pas avoir brûlé dans l'incendie de leur QG. Et pour les Fallen's Angels : Samaël se mordra les doigts de m'avoir laissé en vie. Mon niveau de sadisme vient d'atteindre les sommets, pour lui j'ai des idées très intéressantes.

La colère remplace admirablement la souffrance dans mon esprit. Je compartimente mes émotions pour ne laisser que la fureur et la rage dominer. Technique militaire pour ne pas laisser les problèmes personnels gêner le bon déroulement d'une opération. Et je suis très doué à ce jeu-là. Charlie n'est plus la source de ma douleur, elle est mon devoir, mon objectif. Il n'y a plus de sentiments, il y a juste une mission à mener à bien, une victoire à remporter. Mais chercher une fille qui ne veut pas qu'on la trouve, c'est l'enfer. Autant chercher un grain de riz dans le désert.

Alors que ma patience s'amenuise jusqu'au seuil critique et que je m'apprête à aller chercher Jerry pour cette fois lui faire cracher le morceau, et pourquoi pas lui briser quelques os au passage, mon téléphone se met à vibrer contre ma poitrine, le bruit du moteur m'empêche d'entendre la sonnerie.

Je me gare sur le bas-côté et le sors de la poche intérieure de mon cuir. Lorsque je me rends compte que ce n'est pas un appel, mais l'alarme silencieuse de mon garage qui vient de se déclencher, mon sang se fige. Je pianote rapidement sur l'écran pour arriver sur l'application du système d'alarme que Weasel m'a installé. Quand j'accède aux images de la caméra qui filme l'extérieur de mon atelier, mon cœur se met à battre plus fort. Les images qui défilent sous mes yeux me montrent celle que je cherche depuis des heures : Charlie est là, assise par terre.

Je redémarre et roule à une vitesse excessive et irraisonnée vers elle.

Chapitre 28

> « On n'efface pas une cicatrice. Une cicatrice, aussi profonde soit-elle, fait partie de soi et nous définit. La renier, tenter de la gommer, de la faire disparaître n'est qu'une illusion mentale. Il faut accepter et reconstruire par-dessus. C'est la façon la plus transparente et la plus honnête de s'ouvrir à de nouveaux souvenirs. »
>
> *Pierre Raufast*

Charlie

Adossée à la porte en fer de l'atelier de Jack, j'attends qu'il revienne. Les températures sont clémentes ce soir, mais j'aimerais bien pouvoir prendre une douche. Je patiente depuis trois quarts d'heure et je commence à me demander si je ne devrais pas appeler Hayley pour qu'elle revienne me chercher.

Au bout d'une heure, je commence à m'agiter et à faire les cent pas. Je tapote sur la grille de l'atelier et j'appuie mon front contre celle-ci en soufflant. Comment j'en suis arrivée là ? Je pensais que depuis le temps on m'avait oubliée, pourquoi revenir maintenant ? Je n'ai fait que partir… je ne me suis pas cachée. Jusqu'à ce que je prenne la décision la plus difficile et douloureuse de ma vie, je vivais dans un état de stress permanent, je faisais de la vie des gens un enfer. Toujours en fuite, jamais posée. Bref, une vie de fugitive qui ne pouvait durer. Puis, quand les choses se sont tassées, je suis revenue à Fremont, j'ai repris ma place auprès d'Hayley et de Camille. Malheureuse, mais soulagée de ne plus être un fardeau. Les premières années, j'étais sur le qui-vive, prête à voir mon passé ressurgir derrière une porte. J'épiais chaque personne qui passait près de moi, chaque conducteur, chaque client du café. Au bout de deux ans j'étais plus à l'aise et au bout de cinq j'ai carrément cru qu'il m'avait oubliée. Mon père m'avait pourtant bien dit toujours de surveiller mes arrières, de toujours vérifier que les monstres n'attendent pas tapis dans l'ombre la première occasion pour jaillir de l'obscurité.

— Désolée, papa, je n'ai pas assuré, mais je vais me rattraper.

Comme souvent je lui parle comme s'il était à mes côtés. Je me suis laissée surprendre, mais ça ne se reproduira plus. Lorsque je sors mon téléphone – acheté cette après-midi – pour appeler Hayley, un bruit de moteur se fait entendre. Dans la pénombre, je distingue un phare qui se dirige droit sur moi.

Jack descend de sa moto, qu'il a garée au plus près. C'est indéniable : il m'a manqué, je suis contente de le retrouver. Mes lèvres amorcent un sourire qui se fige quand je croise son regard de loup. Jack me regarde, mais ne me voit pas, il est comme absent. Ses épaules sont tendues et ses yeux sont vides. C'est douloureux de le voir comme ça.

Son regard est déroutant, il transpire la souffrance par tous les pores de sa peau. Jack est physiquement là, mais son esprit est ailleurs. Cette vision me paralyse et, quand je m'approche de lui, il recule d'autant. Qu'est-ce qui a bien pu lui arriver pour qu'il soit aussi anéanti ?

— Jack ?

Il lève sur moi un regard morne avant de se saisir de mes sacs traînant au sol. Retour de l'homme taciturne que j'ai connu. Il ouvre la porte menant à son appartement, monte les marches sans m'adresser la parole.

Une fois à l'intérieur, il pose son chargement par terre puis amorce un demi-tour avant de s'engouffrer dans le couloir. Dans l'encadrement de la porte, je tente de le ramener à moi.

— Jack, parle-moi, supplié-je.

— Ne m'attends pas.

Il s'est adressé à moi d'une voix d'outre-tombe sans se retourner. Je le regarde, abasourdie, descendre l'escalier. J'entends qu'il ouvre la porte de son atelier puis qu'il déplace des outils. OK, Jack est parti et dans tous les sens du terme. Il ne me ferait pas payer mon comportement de ce matin, il n'est pas de ces hommes vicieux. Non, Jack souffre.

Je décide de lui laisser le temps de se calmer. Il va bien revenir… En cuisine, je prépare le repas avec les provisions que j'ai ramenées. Une fois mes papillotes de poisson aux légumes mises à basse température au four et la vaisselle faite, je fonce à la douche.

Habillée d'un legging confortable et du tee-shirt de Jack, je m'assois sur le canapé pour l'attendre. Par moments des bruits montent de l'atelier, mais depuis quinze minutes c'est le silence total. Je regarde par la fenêtre, curieuse de savoir si Jack ne serait pas parti sans me prévenir, mais non. Il est toujours en bas à ruminer et me laisse seule chez lui.

Plus le temps passe, plus je montre en pression. Jack n'est pas un homme bavard, ça je le sais, mais là il m'ignore complètement, comme si être dans la même pièce que moi lui était insupportable. Et dire que j'étais heureuse de le retrouver, que j'espérais que nous allions pouvoir mettre à plat nos différends et pourquoi pas nous réconcilier sur l'oreiller. Mais non, Jack a décidé de se la jouer Cro-Magnon, il fuit et, s'il a bien une chose que je déteste, c'est la lâcheté.

Excédée par son silence et son absence dans son propre appartement, je décide d'aller le rejoindre pour mettre les choses au clair, pieds nus et remontée comme un coucou. Jack ne coupera pas à la confrontation. Quand j'arrive dans l'atelier, toutes les lumières sont éteintes, seul le bureau semble éclairé. Doucement, je m'en approche et je découvre Jack assis derrière son bureau, il fixe une feuille devant lui.

À ses épaules qui se tendent, je sais que Jack a senti ma présence, mais il ne m'accorde pas un regard, ce qui alimente ma colère.

— Tu comptes rester planqué ici encore longtemps ? je demande d'une voix hargneuse.

Son silence pour réponse me fait complètement dégoupiller. J'avance précipitamment jusqu'à lui et le pousse. Sa chaise roule jusqu'à heurter le mur derrière lui, mais Jack ne m'accorde toujours aucune attention.

— Bordel, Jack tu vas me dire ce qui se passe ? Tu es encore plus bizarre que d'habitude.

Jack tressaille, mais maintient un silence oppressant.

— J'abandonne Jack, je n'essaye plus de te comprendre, soufflé-je en me retournant.

Sa main saisit mon poignet et m'oblige à lui faire face. Jack me force à m'asseoir à califourchon sur ses genoux. Je tente de m'échapper de son emprise quand il murmure d'une voix plaintive :

— S'il te plaît, reste.

Jack plonge son regard dans le mien et me supplie silencieusement. Ma colère retombe comme un soufflé et je crochète mes doigts autour de sa nuque. Sa peau glacée recouverte de cicatrices caresse ma joue, ses bras viennent prendre en étau mon corps, empêchant toute fuite. Mais je ne veux pas être ailleurs que blottie contre son torse. Je me serre contre lui ne laissant plus aucun espace libre entre nous. Jack m'accueille dans un soupir rauque. Du bout des doigts, j'apaise les tensions de sa nuque. Depuis que nous nous connaissons, Jack essaye de maintenir une distance entre nous, mais ce soir il lâche prise, ce soir il me donne accès à cette part de lui qu'il m'a toujours refusée. Silencieuse, j'attends qu'il fasse ce premier pas et, tout en caressant sa joue d'une main, je pose la deuxième sur son cœur pour sentir son rythme cardiaque sous mes doigts.

— Ma mère, chuchote-t-il d'une voix à peine audible.

C'est son moment, je lui laisse le temps nécessaire, sa respiration est étonnamment calme.

— C'est ma mère qui m'a fait ces cicatrices. Elle m'a brûlé alors que je n'étais qu'un bébé.

Je hoquette de surprise et resserre d'instinct mon étreinte. Quelle mère peut faire ce genre de chose ?

— Elle m'a détesté toute sa vie, poursuit-il. Ma mère était une prostituée et elle n'a jamais su qui était mon père, ou elle n'a jamais voulu me le dire. De toute façon, ça n'aurait rien changé. J'ai passé la plus grande partie de ma vie en étant rejeté, je n'étais qu'un monstre aux yeux des autres.

Une larme coule sur ma joue, je ne sais même plus pourquoi j'étais en colère contre lui.

— J'ai été mis de côté, les autres se sont moqués de moi et je ne te parle pas du regard que les filles portaient sur moi. Aucune ne m'a jamais regardé comme tu le fais, comme un être humain. J'ai été raillé, humilié à cause de mes cicatrices et je me suis construit comme ça, lâche-t-il, fataliste. Jusqu'à toi, je n'avais jamais vu le désir dans le regard de quelqu'un… mais, Charlie, je ne sais pas faire.

— Jack…

Je l'oblige à lever les yeux sur moi, ils sont humides et brillent d'une douloureuse fragilité.

— Tu n'es pas un monstre, dis-je en embrassant ses cicatrices entre chaque mot.

— Tu n'as pas peur de moi ? questionne-t-il d'une voix cassée par l'émotion.

— Jamais.

Il me fixe, espérant que je sois sincère. Pourquoi remettrait-il ma parole en doute ?

— Qu'est-ce qui peut bien te faire penser que j'ai peur de toi ?

— Jerry… hésite-t-il.

La colère enfle.

— Qu'est-ce qu'il t'a dit ?

Silence.

— Jack ?

— Il a appuyé là où ça fait mal. Il a joué sur mon insécurité et mes peurs.

Je vais l'étrangler, ce petit flic de mes deux.

— Qu'est-ce que ce petit con t'a dit pour que tu en viennes à douter de moi ?

Jack se tend et resserre son étreinte, à laquelle je réponds. Il souffle de soulagement en sentant mon corps se presser contre le sien.

— Il m'a dit que tu pensais que j'étais un monstre, une abomination et…

Je retiens mon souffle en serrant les dents, persuadée que la suite ne va pas me plaire.

— Et il a dit que tu regrettais ce qui s'est passé entre nous.

— Jamais ! m'écrié-je. Jack, écoute-moi bien. (Je prends son visage en coupe, le forçant à me regarder.) Je n'ai jamais parlé de nous à Jerry et surtout je ne regrette absolument pas ce qu'il se passe entre nous. Entends bien que je ne parle pas au passé, mais bien au présent.

Jerry a jeté du sel sur ses blessures les plus profondes, sur ses angoisses et ses peurs les plus douloureuses. Je le déteste de m'avoir utilisée pour faire souffrir Jack. Pour le convaincre de ma sincérité, mes lèvres explosent sur les siennes, je ne lui laisse pas le temps de réaliser que ma langue vient chercher la sienne. Jack m'accueille dans un souffle et ses mains dans mon dos viennent se poser sur ma nuque pour approfondir notre baiser.

— Jamais je n'aurais peur de toi, dis-je en embrassant son visage. Tu dois avoir confiance en moi, Jack, je n'ai jamais vu le monstre, je n'ai vu que toi. Tes imperfections et tes cicatrices font de toi un être encore plus beau à mes yeux. Ne doute jamais de moi, s'il te plaît.

Ses yeux brillent d'une intensité nouvelle, d'un mouvement souple, Jack se lève, m'emportant avec lui. Il me dépose sur le bureau derrière moi et colle son bassin contre le mien. Instinctivement, j'enroule mes jambes autour de ses hanches pour qu'il ne puisse pas s'éloigner. Puis ses lèvres viennent caresser mon visage, il est délicat, presque précieux. Dans sa façon de m'embrasser, il y a une sorte de vénération qui me fait frémir, mon cœur se met à battre plus vite au contact de cet homme.

Ses mains dans mon dos passent sous mon tee-shirt, remontent le long de mon échine, me donnant la chair de poule. Jack parsème mon visage et mon cou de baisers alors que mes mains caressent tendrement sa nuque. Nous avons tous deux besoin de cette douceur. Du regard, il me demande l'autorisation de me déshabiller. J'aime qu'il soit aussi prévenant dans ces moments de tendresse. Ses lèvres glissent de mon cou vers ma poitrine et, alors que je m'attends à ce qu'il s'y attarde, il ne fait que passer sa langue, il poursuit sa route vers mon ventre et, quand il arrive à mon nombril, je me tortille. Jack sourit en poursuivant ses chatouilles sur mon corps, ses doigts saisissent mon legging et le font tomber, emportant ma culotte au passage.

Il marque une pause, se détachant de moi pour me détailler. Je frémis sous l'incandescence de son regard, mais aussi parce que je n'aime pas être si exposée. Aucune femme au monde n'aime son corps, on lui trouve toujours un défaut qui nous complexe et je ne fais pas exception. Quand j'essaye de me cacher avec mes bras, Jack m'en empêche.

— Ne te cache jamais de moi. Tu es ce que j'ai vu de plus beau dans ma vie.

Je rougis sous le coup de l'émotion et mon cœur rate un battement. Jack parle peu, mais ses mots sont si précieux que je les chéris de tout mon être. Il est terriblement sexy, il fait un pas en arrière qui m'étonne, mais il ôte son cuir et arrache presque son tee-shirt. Il est torse nu devant moi et je l'attire avec mes jambes pour dessiner ses cicatrices du bout des doigts, je veux qu'il les aime autant que moi. Du regard, il suit chacun de mes mouvements, concentré sur les sensations qu'il ressent.

— Qu'est-ce que ça te fait quand je les caresse ?

— C'est bizarre, mais j'aime bien. Personne ne les a jamais autant détaillées que toi.

— Je les trouve fascinantes.

Jack se colle à moi pour m'embrasser et ma main vient défaire les boutons de son jean. Il n'y a pas de raison que je sois la seule à être nue. Avant que son jean tombe au sol, il se saisit d'un préservatif dans la poche arrière. Je souris, heureuse qu'il ait anticipé ce moment. De ma main, je vais caresser son membre érigé alors qu'il glisse ses doigts dans mon intimité.

— Tu es déjà trempée, s'étonne-t-il.

— C'est l'effet que tu as sur moi, dis-je en me cambrant contre sa main.

— J'adore.

Alors que je pensais qu'il allait enfiler la protection pour me prendre, Jack se baisse et sa bouche vient embrasser mon sexe. Il est hésitant, ses yeux cherchent mon approbation, il a besoin de savoir qu'il fait bien. Je trouve extraordinaire la façon dont il fait passer mon plaisir avant le sien, connaissant en plus son inexpérience. De mes mains, je le guide dans sa découverte du plaisir buccal et j'avoue qu'il s'en sort admirablement bien. À croire qu'il s'est entraîné parce que l'action combinée de ses doigts et de sa langue me pousse vers un orgasme dément. Jack se redresse, fier de lui, et je souris devant son air de vainqueur.

Je me saisis de la capote et l'équipe dans un geste sûr. Jack se positionne entre mes jambes et je les écarte au maximum pour lui laisser la place. Il entre en moi délicatement, il prend le temps d'apprécier chaque centimètre, nous gémissons de concert. La première fois, il était empressé, là il prend son temps pour me faire l'amour tendrement et je fonds. Mon cœur chaloupe devant autant d'adoration, son regard est perçant, il aspire de ses lèvres chacun de mes souffles. Jack bouge son bassin dans un rythme langoureux proche de la torture, il ressort avec lenteur jusqu'à revenir complètement. Cette danse sensuelle est en train de m'achever, les picotements d'un nouvel orgasme se font sentir. Entre mes cuisses, Jack lui aussi se laisse envahir par le plaisir, sa mâchoire se serre et sa respiration se fait plus ample. Il se retient pour que nous puissions jouir ensemble. Cet homme est d'une délicatesse étonnante quand on connaît son histoire.

— Jack, plus vite, ahané-je.

— Tes désirs sont des ordres, *Honey.*

Ses hanches se font plus violentes et ses mains plus conquérantes, à l'assaut de ma poitrine il me malaxe les seins avec force. Mes doigts s'accrochent à sa taille et mon bassin va à la rencontre du sien. Il halète de plus en plus et j'aime le voir perdre pied.

— Charlie… je… putain, dit-il en jouissant.

Je le rejoins dans l'instant.

— Oh oui…

L'orgasme me fait trembler jusqu'aux orteils et je le serre contre moi, lui faisant passer tout mon amour. Jack est une personne extraordinaire, plus je le découvre et plus il me plaît.

Chapitre 29

« Oh, you're in my veins
And I cannot get you out
Oh, you're all I taste
At night inside of my mouth.[1] »

Andrew Belle, In my veins

Jack

De retour dans mon appartement, je n'arrive pas à me détacher de mon ange. Elle a réussi à faire partir mes démons bien loin de moi. Pour la première fois, je ne les sens pas tapis dans l'ombre prêts à me bondir dessus comme des animaux sauvages. Non, je suis serein et apaisé, mais pour ça j'ai besoin de ma lumière.

Charlie s'affaire dans la cuisine, alors je l'y rejoins. Elle s'agite devant le four, sort des assiettes, prépare un repas qui sent divinement bon et moi je reste à côté d'elle. Je ne la lâche pas d'un centimètre, je voudrais pouvoir me fondre en elle pour être constamment baigné par son aura douce et chaleureuse.

---

1. Oh, tu es dans mes veines
Et je ne peux pas t'en faire sortir
Oh, tu es tout ce que je goûte
La nuit à l'intérieur de ma bouche.

— Plutôt que de rester dans mes pattes à ne rien faire, rends-toi utile et mets la table, ordonne-t-elle en me tendant des assiettes.

Elle est rayonnante et son sourire me fait fondre, je me saisis de la vaisselle et lui vole un baiser. Charlie s'amuse et me donne un coup de torchon sur les fesses en gloussant. Quand je reviens dans la cuisine, mon ange est dos à moi et j'admire son magnifique cul moulé dans un pantalon indécent au possible. Comment j'ai fait pour ne pas m'en rendre compte avant ? Je me colle à elle et mon érection se fait sentir, Charlie a réveillé la bête assoiffée de sexe que je n'ai jamais été. Avec le temps et à force de refuser les propositions des femmes, ma libido s'était mise en veille, voire carrément éteinte, mais un regard sur ma belle et je ne réponds plus de rien.

Charlie se frotte à moi, me faisant grogner. Je fais glisser ma langue sur sa jugulaire et ma main sous son tee-shirt, j'empoigne fermement son sein droit et commence à agacer son téton. Elle me souffle son approbation au creux de l'oreille. Puis, d'un mouvement brusque, elle me repousse, se saisit d'un plat et s'éloigne vers la table en chaloupant.

— D'abord le plat principal, le dessert ensuite.

En voyant ma tête ahurie, Charlie rigole de plus belle. Elle est absolument radieuse et je ne résiste pas devant son air mutin. Je m'installe à ses côtés, tout proche d'elle, de sorte que mon genou touche le sien. Ce besoin de contact m'est devenu vital.

Elle me sert un truc emballé dans du papier d'aluminium et, quand je l'ouvre, les saveurs qui s'en dégagent m'ouvrent l'appétit. Je ne pensais pas avoir aussi faim en dehors de ma faim d'elle. Je plonge avec avidité ma fourchette dans mon assiette et j'apprécie la délicatesse du poisson qui se marie à merveille avec son assaisonnement.

— Tu sais que tu n'es pas obligée de me faire à manger, dis-je.

— Parce que tu avais prévu quelque chose? questionne-t-elle en papillonnant des yeux.

Pour une fois j'aurais dû me taire. Charlie rit devant mon air vexé puis se penche pour m'embrasser la joue. Je la saisis par la nuque et pose mes lèvres sur les siennes.

— Merci, soufflé-je.

— Mais de rien.

Mon ange se redresse et continue à manger. Je ne peux détacher mon regard d'elle, de ses gestes délicats, de son nez légèrement retroussé, de ses pommettes saillantes, de ses lèvres fines et de ses yeux gris qui me parlent tant.

— Demain je dois trouver un boulot, dit-elle alors que je suis perdu dans ma contemplation.

— Hein ?

— Je te dis que demain je dois me trouver un nouveau boulot !

— Non.

Elle fulmine en posant ses couverts avec force sur la table.

— Ah non, ça ne va pas recommencer. Quand tu dis non comme ça, notre discussion finit en engueulade et en règle générale je m'en vais. Donc, pour éviter que ça arrive, tu vas développer ta réponse.

Elle n'a pas tort, chaque fois qu'elle a été en colère contre moi c'est parce que je n'étayais pas mes réponses. Mais pour moi « non » est une réponse franche qui n'appelle pas de discussion. Et c'est sûrement ça mon problème, je n'ai pas l'habitude de négocier. Quand je dis non, les gens s'écrasent et l'acceptent, mais pas la jolie blonde assise devant moi.

— D'accord, la réponse est non parce que nous n'avons pas encore mis la main sur les personnes qui ont mis le feu à ton café et que je dois pouvoir te surveiller…

Elle grince des dents en me fusillant du regard. Qu'est-ce que j'ai encore dit qui a bien pu l'énerver ? Je réfléchis, est-ce que… peut-être… ça serait aussi simple, je tente.

— Te protéger, dis-je pour me reprendre.

— C'est beaucoup mieux, mais je ne te demandais pas ton avis, j'ai besoin de travailler pour aider Camille à payer la franchise du café, sans cet argent on ne peut pas faire les travaux.

— Je te le donne, dis-je.

J'ai pas mal d'argent de côté, je ne dépense rien et les gens payent une fortune pour s'offrir mes services. J'ai certainement de quoi payer la franchise et les travaux. Et puis, comme c'est de ma faute si son café a brûlé, payer les réparations me semble être un bon début pour me faire pardonner. Surtout que pour l'instant je ne lui ai pas dit que j'étais la cause de l'incendie.

— Non.

Je reconnais que c'est agaçant d'entendre ce mot sans explications. Charlie l'a fait délibérément pour me donner une leçon. Elle ne se rend pas compte que j'apprends les règles de la communication en parlant avec elle. Qu'avant notre rencontre elle n'aurait eu le droit qu'à mon ignorance et mon silence. Je communique mieux avec mes poings qu'avec des mots, donc…

— J'avoue que ce n'est pas sympa quand ça m'est adressé, râlé-je. Pourquoi tu ne veux pas que je donne cet argent ?

— Parce que ce n'est pas à toi de payer pour ça. Parce que je veux pouvoir m'en sortir par moi-même. Parce que c'est mon problème, pas le tien.

— Mais je veux t'aider.

— Merci, dit-elle en posant sa main sur la mienne. Mais je veux faire quelque chose pour aider Camille et je veux le faire seule.

— Mais...

— Il n'y a pas de, mais, me coupe-t-elle, s'il te plaît, respecte ma décision.

Charlie plonge ses yeux dans les miens, me supplie de la laisser faire. Je ne résiste pas à ce regard embué et j'ai presque envie de la laisser faire ce qu'elle veut. J'accepte son besoin de gagner par elle-même l'argent, mais je peux lui fournir le travail.

— Et si l'on trouvait, un compromis ? proposé-je.

— Je t'écoute.

— J'ai besoin de pouvoir veiller sur toi et ça, c'est non négociable, donc je te propose de travailler pour moi, ici au garage.

— Et qu'est-ce que je peux faire pour toi ? demande-t-elle d'un air mutin en faisant grimper ses doigts le long de mon bras, ce qui me fait frissonner.

Là tout de suite, elle peut faire beaucoup de choses pour moi et aucune n'a trait à la gestion de mon garage, mais plutôt à ma queue qui se manifeste dans mon jean.

— Euh... je ne sais pas, de la comptabilité peut-être.

En fait n'importe quoi afin qu'elle reste constamment près de moi. Je virerai mon comptable et la moitié de mon équipe si ça la fait rester. Charlie rigole à ma proposition.

— Jack, c'est gentil, mais je ne suis pas comptable, je suis serveuse, pâtissière, barista, barmaid à la rigueur. Je ne maîtrise pas les chiffres, du moins pas assez bien pour faire la comptabilité de ton garage. Je sais rendre la monnaie sur un billet de cent, mais je ne sais pas faire de facturation. Je dois trouver un job adapté à mes compétences, plaisante-t-elle.

Je comprends bien, mais il va falloir qu'elle accepte qu'elle ne restera pas sans surveillance. Si je veux pouvoir mener à bien ma mission de tuer tous ceux qui ont eu l'outrecuidance de s'en prendre à elle, je dois la savoir en sécurité. Mais elle a raison, donc un boulot comme le sien, je n'ai pas ça en stock à moins que… ça ne m'enchante pas, mais ai-je une autre solution ? Ce boulot va me mettre sur les nerfs, elle va se faire draguer à longueur de temps, mais elle y sera en sécurité puisqu'il y a toujours un de mes frères présent.

— OK, j'ai quelque chose qui pourrait convenir. Ce n'est pas vraiment ce dont tu as l'habitude, mais c'est ce qui a de plus approchant.

— Tu m'intrigues.

— Il manque une serveuse au Versus Black. C'est le bar du club, il y a toujours un membre des Black's Soldiers sur place. Ça ne ressemble en rien à ton café, mais je n'ai pas mieux, dis-je, peu convaincu par ma proposition.

Charlie se jette sur moi, elle s'assoit sur mes genoux en faisant glisser ses mains sur mes épaules.

— C'est parfait ! s'exclame-t-elle en m'embrassant.

J'avoue que j'appréhende qu'elle se retrouve au milieu de mes frères, un bar de bikers ne ressemble en rien à son salon de thé. C'est un lieu de violence, de débauche proche de l'orgie. Charlie est beaucoup trop douce pour pouvoir supporter cet univers. Je commence à regretter mon idée. En lui faisant cette proposition, je la jette dans la gueule du loup. Ses baisers se font plus intenses et j'oublie la colère qui s'attise en moi, elle déclenche un incendie bien plus bas.

— On passe au dessert ? propose-t-elle en se levant.

Charlie tend la main vers moi tout en reculant vers la chambre. Son regard espiègle, sa moue boudeuse et son déhanché affolant ont définitivement raison de ma mauvaise humeur. Je me précipite sur elle, l'attrape par la taille et la bascule sur mon épaule. Son rire dans mon dos m'enflamme et j'adore cette insouciance qu'elle me fait découvrir. Dans la chambre, je la jette sur le lit et claque la porte d'un coup de pied.

— À nous deux, *Honey.*

Chapitre 30

« La peau a son histoire, le cœur a ses épreuves, l'esprit a ses souvenirs, l'âme a ses empreintes. »

Christine Simon

Charlie

Je m'étire comme un chat, faisant rouler mes muscles pour les détendre. Je profite du calme du matin et de la chaleur qui irradie du corps allongé à mes côtés. Mes doigts ne font que survoler ses cicatrices, ne voulant pas réveiller Jack. Je ressens le besoin irrépressible de le prendre dans mes bras, de lui apporter tout l'amour qui lui a fait défaut au cours de toutes ces années, mais je n'en fais rien, le laissant profiter d'un repos bien mérité.

Je hais sa mère, comment une maman peut-elle faire ça à son enfant. Si c'était pour lui faire subir une vie de souffrance, pourquoi l'avoir gardé avec elle, il y a tellement d'autres solutions que la maltraitance. Il n'était qu'un enfant. On doit tout sacrifier pour son enfant, y compris son propre bonheur. C'est comme ça que je conçois le rôle de parent. Une larme silencieuse vient s'écraser sur son torse.

En appui sur mon coude, la tête au creux de ma main, je me redresse pour pouvoir l'admirer. C'est vrai que ses cicatrices sont imposantes et voyantes et pourtant je les adore. L'irrégularité de sa peau creusée par les boursouflures le rend tellement plus beau à mes yeux. Mon cœur bat d'amour pour cet homme, je le sais. Je crois que j'ai su dès le moment où il m'a dit son nom que nos vies allaient être liées à jamais.

Appelez ça un signe, le coup de foudre, la destinée où toute autre appellation dans le genre, en tout cas notre rencontre est l'inévitable suite logique de deux chemins qui devaient se croiser pour poursuivre leur route ensemble. Ma vie est désormais intrinsèquement liée à la sienne.

Jack l'ignore, mais je pense que notre ennemi est commun ; je n'ai pas la certitude de l'identité des incendiaires, mais j'ai l'intime conviction qu'ils n'en resteront pas là. Je réfléchis encore à la marche à suivre, je n'ai pas encore décidé comment j'allais affronter mon passé. Mais ce qui est sûr, c'est que je vais devoir le faire rapidement.

À mes côtés Jack a bougé, faisant glisser le drap qui le recouvrait jusque-là, dévoilant ainsi ses abdos saillants même au repos et des obliques d'un attrait ravageur. Admirative devant son corps massif, je fantasme à l'idée de lui faire découvrir tout ce que le sexe a de meilleur.

Avec une idée scandaleuse en tête, je me glisse sous le drap et me positionne entre ses jambes. Cachée par le fin bout de tissu, j'embrasse son aine, laissant une traînée humide sur son corps. Jack remue, mais ne se réveille pas, du moins pas encore… Mes lèvres viennent emprisonner son gland et mes mains caressent ses bourses. Mon bel endormi hoquette de surprise alors que ma langue lape sensuellement la longueur de sa verge qui s'allonge sous le coup de mes attentions.

— Merde, *Honey*, marmonne-t-il d'une voix rauque.

Quand sa bite vient taper le fond de ma gorge, Jack soulève le drap pour me voir à l'œuvre. Il me fixe avec des étincelles dans les yeux et une profonde envie de se perdre en moi.

— Tu es magnifique comme ça… Putain… surtout avec ma bite dans ta bouche…

Je souris parce que c'est la première fois que je l'entends avoir un discours de biker, macho et grossier. J'ai l'impression de voir les pièces du puzzle qui façonnent la personnalité de Jack s'imbriquer les unes aux autres devant moi. Il est terriblement excitant et sexy dans son abandon. J'arrête mon office, mais continue à le branler de ma main.

— Tu t'étais déjà fait sucer ?

Jack me regarde comme si je l'avais choqué, il vit dans un monde où le sexe fait loi et pourtant il rougit presque en m'entendant parler crûment. C'est à se demander s'il fait bien partie d'un club de bikers. Du pouce, je caresse l'extrémité de son gland, réponse immédiate, Jack se cambre. Je le reprends en bouche sous son regard avide. Il ne sait pas quoi faire de ses mains. Je le vois hésiter, je trouve cela touchant qu'il n'ose pas poser sa main sur ma tête, certainement de peur de me forcer. Je fonds complètement devant autant d'attentions.

Je fais glisser ma main sur la sienne et l'accompagne jusqu'à ma tête. Jack grogne son plaisir, instinctivement ses doigts se referment en poing emprisonnant mes cheveux et il exerce une pression sur l'arrière de mon crâne. Je m'amuse à découvrir ce qu'il aime, et quand il se tend, proche de la libération, je sais qu'il va vouloir se retirer. Alors j'entremêle nos doigts dans mes cheveux, nous maintenant en position.

Un dernier coup de langue et Jack rend les armes dans un soupir rauque. Je remonte jusqu'à lui en parsemant son corps de baisers avant de m'allonger sur lui. La tête en arrière, il la redresse pour me voir arriver, ses yeux brillants de désir.

— Tu es formidable, s'extasie-t-il en posant ses mains sur mes fesses nues. Mais que me vaut un tel réveil ?

— J'en avais envie et nous n'avons plus de capote, dis-je en embrassant son menton.

Il m'interroge du regard, déçu de ne pas pouvoir poursuivre ce petit jeu matinal.

— D'ailleurs, je m'interroge sur la présence de préservatifs chez toi. Es-tu du genre à faire des bombes à eau ?

Il ne comprend pas la blague. Cet homme a vraiment manqué de distractions dans sa vie.

— Weasel les a oubliés quand je lui ai laissé mon appart. Mais alors qu'allons-nous pouvoir faire ? demande-t-il sensuellement.

Entre son regard de loup qui brille de lubricité, ses mains qui malaxent mon cul et son corps digne d'une campagne de pub pour sous-vêtements, j'ai chaud et mon excitation a atteint les sommets. D'ailleurs naturellement je me frotte à sa cuisse pour faire tenter de calmer le feu de mon entrejambe. Il est possible de faire plein de choses sympas sans capote.

— Tu pourrais t'occuper de moi, susurré-je sensuellement.

D'un mouvement vif, Jack inverse nos positions et c'est lui qui se retrouve la tête entre mes jambes.

— Avec plaisir.

*

Après une matinée crapuleuse, il est temps de nous lever. Ni lui ni moi n'avons aucune envie de sortir de son lit. D'ailleurs, Jack me serre contre son torse, je suis bien, en sécurité, et il prolonge l'instant de grâce en me papouillant. Cet homme est plein de contradictions : quand je l'ai rencontré, il était aussi froid que la banquise et maintenant il me vénère comme une déesse. Je peux profiter de ses attentions, qu'aucune femme avant moi n'a eues, et c'est extraordinaire comme sensation.

Des pas précipités se font entendre dans l'escalier et Jack se tend immédiatement. D'un bond il sort du lit, me propulsant loin de lui. La seconde d'après, son corps est revêtu d'un boxer, il est armé et prêt au combat. Ses traits sont figés et ses sens en alerte. Je n'ai rien vu venir, il a agi avec une dextérité et une rapidité qui me laissent admirative. Je bave complètement devant sa musculature dorsale qui danse au rythme de sa respiration.

— Pyro, t'es là ? questionne une voix dans le salon.

Jack souffle, mécontent de la venue de son visiteur. Il pose son arme, se tourne vers moi avec un regard plein de regrets puis se dirige vers le salon. Il referme la porte derrière lui, me laissant seule. Les voix sont assez fortes pour me parvenir distinctement.

— Qu'est-ce que tu fous, Pyro ? Les gars en bas s'inquiétaient de ne pas te voir au garage, explique l'intrus.

— Rien, Weasel, aboie mon biker. J'ai pas le droit de prendre une matinée de repos ?

— Si bien sûr que si, mais ce n'est pas dans tes habitudes. Ça fait plusieurs jours que les gars ouvrent le garage sans toi, donc ils m'ont envoyé vérifier que tout allait bien.

— Tu as vu, je vais bien, maintenant dégage.

Le ton de Jack n'appelle pas à la discussion, pourtant son ami ne semble pas s'en formaliser.

— Qu'est-ce que tu nous caches ? Avec les frères on a parié que tu étais encore dans ta phase « je déteste tout le monde ».

Il leur semble impossible que Jack puisse avoir une femme dans sa vie. Comme il doit me présenter pour que je puisse travailler au bar du club, je vais profiter de ce moment pour le bousculer un peu. Je m'habille rapidement et sors sur la pointe des pieds. Dans le salon les deux hommes se font face. Jack est de dos et ne me voit pas arriver, quant au fameux Weasel, il me dévisage comme s'il avait vu un revenant. Je m'approche et glisse mes doigts le long de la taille de Jack. Surpris, il baisse les yeux vers moi puis passe son bras autour de mes épaules avant de fixer Weasel. Ce dernier hallucine complètement, ses yeux sortent de ses orbites et, comme je suis un peu sadique sur les bords et que j'aime l'idée de pousser Jack dans ses retranchements, je me mets sur la pointe des pieds pour déposer un baiser sur sa joue.

— Une nana… Putain tu nous cachais une gonzesse ! s'esclaffe Weasel.

Jack se raidit, mais n'a pas l'air décidé à faire les présentations. Tant pis, je m'en charge.

— Salut, je m'appelle Charlie, dis-je en tendant la main vers lui.

Jack se saisit de mon bras pour empêcher Weasel de me toucher. À ce stade, ce n'est plus de la jalousie, c'est de la possessivité, et je n'arrive pas à savoir si ce comportement me plaît ou m'exaspère. Dans le doute et voyant l'état de nerfs de Jack, je ne cherche pas à le provoquer.

— Weasel, dit-il en souriant devant la réaction de Jack. Bon, je vais dire aux autres que tu vas bien et que nous avons perdu notre pari, s'amuse-t-il.

Il amorce un demi-tour quand il s'adresse une dernière fois à moi.

— En tout cas, Charlie, enchanté.

Seule avec Jack, j'attends qu'il desserre les mâchoires, mais il n'en fait rien. Exaspérée, j'attaque.

— Tu as honte de moi, sifflé-je en m'écartant de lui.

Jack ne se tourne même pas vers moi, il reste à fixer la porte comme s'il craignait le retour de son ami. Les bras croisés sur la poitrine, je martèle le sol de mon pied, attendant qu'il prenne conscience de ma présence, ce qui n'arrive pas.

Mon Dieu ! qu'il m'exaspère quand il agit comme ça. Je pars m'enfermer dans la salle de bains pour me calmer. J'en sors une heure plus tard, habillée et prête à affronter l'ours Jack. Il est assis dans le canapé et s'adresse à moi avant que j'aie eu le temps d'ouvrir la bouche.

— Je n'ai pas honte de toi. Je n'aurais jamais honte de toi. Mais j'ignorais comment tu allais te comporter en présence de quelqu'un d'autre, avoue-t-il.

Son insécurité par rapport à sa relation aux femmes et à sa propre image fait qu'il doute de moi. J'ai autant envie de le prendre dans mes bras que de le rouer de coups pour lui faire entendre raison.

— Jack, je te l'ai déjà dit, moi non plus je n'ai pas honte de toi. J'assume complètement le fait d'être avec toi, mais est-ce que toi, tu l'assumes ?

— Ce n'est pas si simple, Charlie. J'ai passé ma vie à détester les femmes et me détester aussi, à les empêcher de m'approcher et toi, tu débarques avec ta joie de vivre et ton insouciance. Tu me regardes comme aucune femme ne l'a jamais fait alors, non, je n'assume pas totalement ce que nous vivons parce que je ne cesse de me demander quand est-ce que le piège va se refermer sur moi ? Quand est-ce que tu vas te rendre compte que je ne suis pas assez bien pour toi ? Alors que chaque jour qui passe me rend encore plus dépendant de toi.

Il finit sa tirade, debout et essoufflé. Depuis combien de temps avait-il ça sur le cœur ? Le mien se fissure devant autant de souffrance et j'ai besoin de recoller nos âmes. Je me jette contre son torse et Jack referme ses bras autour de mon corps. Les larmes qui coulent sur mes joues sont pour le petit garçon qu'il a été.

— Jack, si nos chemins se sont rencontrés, c'est pour une bonne raison. Si je ne peux te convaincre de ma sincérité, je peux essayer de te la prouver. Jack, regarde-moi.

Il plonge son regard embué dans le mien. Mes sentiments sont évidents, je tiens à cet homme plus qu'à ma propre vie.

— Est-ce que tu seras encore là quand tout sera fini ? questionne-t-il fébrilement.

— Aujourd'hui, demain et les jours d'après, je serai toujours à tes côtés.

Chapitre 31

> « On peut aisément pardonner à l'enfant d'avoir peur de l'obscurité ; la vraie tragédie de la vie, c'est lorsque les hommes ont peur de la lumière. »
>
> *Platon*

Jack

Cette conversation est éprouvante pour moi. Charlie n'a jamais rien fait qui puisse me faire douter d'elle, mais mon esprit torturé ne cesse de remettre en cause chacun de ses gestes, chacune de ses paroles. Je ne sais pas faire confiance, j'ai ce besoin vital de me protéger. Pourtant je sens que je cède de plus en plus de terrain et que mon cœur grignote petit à petit sa victoire sur mes peurs.

Elle me serre dans ses bras et j'ai cruellement envie de la croire. Je sais que, si je la laisse s'imposer un peu plus, je vais finir par lui appartenir complètement. Mais est-ce que j'en suis capable ? N'est-il pas déjà trop tard ?

Sachant pertinemment que, tant qu'elle ne sera pas libérée des hommes qui m'en veulent, je ne peux baisser totalement la garde. Voulant mettre fin aux doutes qui m'habitent, je dépose un baiser sur son front et l'éloigne un peu de moi. Du pouce, je sèche les larmes qui ont coulé sur ses joues et qui ont coloré ses yeux d'un rouge étrangement apaisant. Charlie ne feint pas ses sentiments, elle est triste pour moi. Elle se veut rassurante et je me plais à croire que, quand Samaël et les autres seront morts, elle restera à mes côtés.

— Viens, je vais te présenter à Dick, c'est lui qui gère le bar. Je l'ai prévenu, il nous attend.

Elle s'essuie les yeux de la manche de son pull en hochant la tête. Elle vient de se rappeler pourquoi elle a besoin de ce travail.

Nous prenons sa voiture, que je démarre encore aux fils. Elle me regarde faire d'un air amusé.

— J'ai commandé les pièces, mais vu l'antiquité que tu conduis elles n'ont pas été faciles à trouver.

Elle me tape gentiment le bras en rigolant. Cette normalité dans l'interaction entre deux personnes est nouvelle pour moi. Je me surprends à entamer moi-même la conversation, alors qu'il y a peu cela m'était impossible. Charlie distille son aisance et la partage avec moi.

Devant le bar, elle se penche en avant pour voir à travers le pare-brise. À cette heure, il n'y a personne. Elle détaille la façade puis sort de la voiture avec grâce. Je déplie ma grande carcasse de sa minuscule voiture et l'accompagne d'une main sur le bas de son dos vers l'intérieur.

Je repère Dick derrière le bar, alors que Charlie s'imprègne de l'atmosphère de cet endroit. Même lorsqu'il est vide, l'odeur est la même que dans tous ces endroits qui accueillent du monde, transpiration et parfum bon marché. Dick est âgé d'une soixantaine d'années, il est au club depuis plus de trente ans. C'est un peu notre père de substitution à tous.

Il fait sa petite vie tranquille, il gère le Versus Black et accueille chaque nouveau membre comme un fils.

— Salut, Dick, dis-je un peu fort.

En effet, il a perdu une partie de son audition – ce qui est un avantage pour bosser dans un endroit aussi bruyant. Dick s'est trouvé trop près d'une arme chargée et ça lui a détruit un tympan quand le coup est parti. Il lève sur moi un regard paternel.

— Oh, salut, Pyro, comment tu vas ?

— Bien merci, je t'amène Charlie, dis-je en la poussant légèrement vers l'avant.

— Bonjour, dit-elle en souriant.

— Bonjour mademoiselle. Bon, Pyro, tu peux nous laisser, que je discute avec cette jeune fille ?

Je recule de quelques pas, mais Dick me demande de carrément partir. Je lève vers lui un regard étonné. Je n'avais pas prévu de la laisser seule.

— Écoute, si tu me la recommandes, c'est qu'elle doit faire l'affaire, je n'ai pas de doutes sur tes choix. Donc pour qu'elle soit opérationnelle ce soir, elle doit passer le reste de la journée avec moi pour que je puisse la former et t'avoir dans les pattes ne va pas l'aider à se concentrer.

Mes yeux passent de Charlie à Dick, je ne suis pas serein. Charlie s'approche de moi et se positionne entre nous pour que je ne puisse pas me détourner d'elle. Sait-elle que je n'en ai nullement envie ?

— Jack, si tu as voulu que je travaille ici c'est parce que j'y serai en sécurité, non ?

Je hoche malgré moi la tête parce que c'est la vérité.

— Donc il ne m'arrivera rien. Tu as certainement des choses à faire à ton garage. Ne t'en fais pas pour moi. Tu reviens me chercher après mon service.

— Non, pas question que je te laisse seule pour ton premier soir.

Elle sourit et se met sur la pointe des pieds pour déposer ses lèvres sur les miennes.

— S'il te plaît, j'ai besoin de me concentrer et ta présence ne va pas m'aider, dit-elle avec un air mutin qui me donne envie de la jeter sur mon épaule et de trouver un coin sombre pour profiter d'elle. Et puis tu dois faire des courses…

— Hein ?

Elle ne me répond pas, mais fait traîner lentement sa main sur ma queue pour toute explication. Des préservatifs ! Bien sûr. Elle sourit face à sa victoire, mais quand elle s'éloigne de moi pour rejoindre Dick, je la saisis par le poignet et l'oblige à me faire face.

— Tu as gagné, mais tu devras te faire pardonner, grogné-je en lui attrapant les fesses pour la coller contre mon bassin.

— Pardonner de quoi ?

— De me laisser avec une trique pareille.

Charlie rigole et se redresse pour souffler à mon oreille.

— Attention, tu deviens un vrai biker avec les femmes.

Après un baiser, elle s'éloigne et je souris comme un con parce qu'elle a raison. C'est typiquement le genre de phrase que mes frères disent.

*

De retour à mon garage après un passage express à la pharmacie, je m'attelle à la réparation de ma moto. J'ai hâte de pouvoir la conduire et d'emmener Charlie faire un tour, je l'imagine déjà collée à moi et j'en frissonne d'avance.

Dans mon dos, les messes basses de mes employés me tapent sur le système. Je sais qu'ils déblatèrent sur la présence de Charlie dans mon appartement et sur le fait que moi, le type asocial, j'ai pu céder à une femme. Ils sont tous en train de se demander à quoi peut bien ressembler celle qui a fait fléchir le mec intraitable que je suis.

Tout le calme que je peux ressentir en présence de Charlie est totalement absent quand elle est loin de moi. La preuve, je fais voler une clef à molette à travers la pièce, elle frappe le mur à quelques centimètres de la tête de Finn.

— Vous allez fermer vos gueules ou la prochaine fois je ne raterai pas ma cible, aboyé-je.

Ils se dispersent et retournent à leur taf. Ici, j'ai deux employés permanents, mais j'ouvre aussi mon garage à mes frères qui veulent apprendre à entretenir leur bécane. Finn est âgé de dix-huit ans, il espère intégrer les Black's Soldiers, mais il est encore trop jeune, alors à force de le voir traîner ici je l'ai embauché.

Concentré sur mon boulot, je démonte chaque pièce de ma Fat Boy pour les repeindre en noir mat puis j'enlève le moteur pour le remplacer par un autre bien plus puissant. Elle sera identique en tous points à celle qui a brûlé, mais en mieux puisque j'y ajoute une touche personnelle de dernière minute.

Après la livraison des pièces commandées, je m'attaque à la voiture de Charlie. Je rêve de la repeindre, mais je pense qu'elle me tuera si je touche à son orange criard. Une fois sur le pont, je démonte la boîte de vitesses pour l'huiler et faire en sorte qu'elle n'accroche plus. Puis je commence à réparer ce que j'ai endommagé pour pouvoir la démarrer. Vers vingt heures, je reçois un texto.

[Charlie : Dick dit que je m'en sors bien et m'autorise à partir vers minuit.]
[Charlie : Au fait, je t'ai volé ton portable pendant que tu étais sous la douche ce matin, ça vaut une punition ?]

Je glousse comme un gosse devant mon écran. Cette fille est folle et j'adore ça. Heureusement que le garage est désert et que personne ne peut me voir me comporter comme un ado.

[Moi : effectivement, j'espère que tu ne seras pas trop fatiguée parce que j'ai fait les courses…]
[Charlie : J'ai hâte… À tout à l'heure]

Je me dépêche de reprendre mon travail pour pouvoir aller récupérer ma belle à l'heure. Il me reste pas mal de boulot alors je m'active.

Après une douche rapide pour ôter le cambouis de mes mains qui vont bientôt retrouver le petit corps de rêve de Charlie, je me gare sur le parking du Versus Black à vingt-trois heures cinquante. Le monde présent me fait descendre de mon petit nuage, je déteste la foule et, même sans sortir de la voiture, je sens les regards des gens sur moi. Mon palpitant bat à une vitesse folle et quand je sors de l'habitacle j'ai l'impression que la foule s'est arrêtée pour me fixer. Je ne vois que des paires d'yeux qui me regardent et j'entends les rires moqueurs. C'est dingue la vitesse à laquelle mes angoisses reviennent. En appui sur la carrosserie, je commence à regretter d'être venu. Pourtant au milieu des rires s'infiltre progressivement la voix douce de Charlie, elle me rassure, me réconforte et tranquillise l'homme brisé que je suis. J'arrive à me focaliser sur ce son mélodieux qui apaise mes peurs et remplace les voix dans ma tête par une chaleur envahissante qui me réchauffe le corps et l'âme.

Soudain, Charlie apparaît devant moi, elle pose sa main sur ma joue et me ramène à elle par ce simple geste. Sa voix n'était pas suffisante, rien ne remplace sa présence. J'ai remarqué qu'elle seule a le pouvoir de venir me chercher dans les profondeurs de mes tourments. Je la prends dans mes bras et la serre à lui en broyer les côtes. Je m'enivre de son odeur, je cale mon rythme cardiaque sur le sien et je laisse ma peau la reconnaître par ses caresses sur ma nuque.

Charlie murmure à mon oreille.

— Viens, on rentre.

Chapitre 32

« Chaque personne qui passe dans notre vie est unique. Elle laisse toujours un peu d'elle-même, et s'en va avec un peu de nous. Certains peuvent prendre plus que d'autres, mais aucun ne peut ne rien laisser. C'est la preuve que deux âmes ne se rencontrent pas par hasard. »

Jorge Luis Borges

Charlie

Jack se détend à mesure qu'on s'éloigne du Versus Black. Ses mâchoires se desserrent et ses muscles se relâchent. Quand nous arrivons à son garage, il sort de la voiture en silence.

Dick avait raison de le renvoyer chez lui, Jack n'est pas ce qu'on pourrait appeler un être sociable. La foule du bar aurait eu raison de sa santé mentale. Ça faisait bien longtemps que je n'avais pas travaillé dans un lieu comme celui-là, mais les réflexes reviennent vite et je me suis rapidement sentie à l'aise. J'aime le contact de la clientèle, quelle qu'elle soit. Des bikers dragueurs, des filles en chaleur ou des mamies gâteau, ça ne fait pas beaucoup de différence pour moi.

Je suis Jack jusque chez lui et, quand il ferme la porte, il m'attrape pour me serrer contre lui. Je le laisse prendre ce dont il a besoin et lui accorde ce silence qu'il affectionne tant.

— Tu veux toujours me punir ? susurré-je à son oreille en me frottant à lui.

Son regard se fait bestial et d'un geste il me soulève pour m'amener dans la salle de bains.

— Il faut d'abord te débarrasser de cette odeur.

Il m'arrache mes vêtements et fait pareil avec les siens. Nous sommes nus tous les deux et j'admire cet homme étrange qui me fascine, je fais glisser mes ongles sur son ventre. Dans mon dos, il ouvre l'eau et me pousse sous le jet. La fraîcheur me fait pousser un cri qu'il fait taire en m'embrassant. Alors que j'imagine déjà la suite de notre étreinte, Jack me retourne dos à lui, se saisit du shampoing et me lave les cheveux consciencieusement. Ses gestes sont délicats et d'une tendresse infinie, je me sens toute chose et je le laisse disposer de mon corps comme il l'entend. Après les cheveux, il s'applique avec autant de minutie à me laver et j'avoue que c'est terriblement sexy. Je peux voir qu'il a besoin de ce temps pour repousser les démons loin de lui. Ce sas de décompression est nécessaire pour qu'il arrive à profiter de l'instant présent avec moi.

Telle une poupée, Jack me sort de la douche puis me sèche délicatement. Il me reprend dans ses bras et me porte jusqu'à la chambre. Son silence est habituel et finalement je me surprends à l'apprécier. En effet, Jack communique mieux avec ses gestes et ses regards. Il m'allonge sur le lit et se positionne au-dessus de moi.

— Maintenant, voyons un peu quelle punition tu mérites, chuchote-t-il en plongeant dans mon cou.

Quand ses mains commencent à balayer mon corps, je frissonne d'excitation, mais soudainement son regard se fait espiègle et ses doigts s'attaquent à mes côtes pour les chatouiller. Je me tortille dans tous les sens pour échapper à son emprise.

— Non, pas ça, je suis chatouilleuse, pleuré-je de rire.

Jack s'amuse comme un enfant et je trouve cela attendrissant.

*

— Si tu ne veux pas que j'aille chez elle alors elle vient ici.

Après une nuit particulièrement sensuelle, c'est une tout autre ambiance qui a fait son apparition au petit déjeuner. Jack refuse de me laisser aller chez Hayley pour passer notre traditionnelle journée glandouille sur le canapé devant un film à l'eau de rose en buvant du vin. Tradition instaurée et obligatoirement respectée depuis qu'Hayley a divorcé. Nous n'avons jamais manqué un seul de ces rendez-vous et je ne compte pas me défiler. Mais la tête de mule qui me fait face n'est pas du même avis.

— Non.

— Jack, ça suffit, ne recommence pas.

Il marmonne dans sa barbe, car il sait que ses réponses monosyllabiques ont tendance à me rendre folle.

— Tu n'es pas en sécurité.

— Mais arrête un peu, personne ne va venir m'attaquer chez Hayley. Et puis ce n'étaient que des vandales. Personne n'en a après moi.

J'en suis arrivée à cette conclusion parce que personne n'a cherché à s'en prendre à moi depuis l'incendie. Et parce que j'ai appelé la seule personne de mon passé en qui j'ai toute confiance qui m'a confirmé qu'il n'y avait aucun avis de recherche me concernant. Elle était même étonnée que je puisse être inquiète. Donc l'incendie est l'œuvre de petits cons qui n'ont trouvé que ça pour passer le temps.

— On n'en sait rien.

— Mais si on sait.

— Non.

Dans ces moments-là, Jack n'est ni charmant ni attendrissant, il m'agace.

— Jack, crié-je assez fort pour qu'il arrête de faire sa tête de cochon.

Je me plante devant lui et j'attends qu'il finisse de ruminer sa mauvaise humeur avant de céder. Parce qu'il est hors de question que je renonce à passer du temps avec Hayley.

— D'accord, elle peut venir, concède-t-il du bout des lèvres.

J'entame une danse de la victoire qui n'est pas du tout à son goût, mais qui le fait sourire. Peu importe, j'ai gagné et m'empresse de prévenir ma copine.

— Tu es folle, s'amuse-t-il

Pour toute réponse, je lui tire la langue, que Jack s'empresse de venir rencontrer avec la sienne en me serrant dans ses bras.

— Ne change pas.

— Promis.

Hayley arrive au moment même où Jack part se planquer dans son atelier. Leur dernière rencontre lui a laissé un goût amer.

Ma copine choisit le film que nous ne regarderons pas pendant que j'ouvre la bouteille de vin. Nous nous installons dans le canapé pour papoter. Le film sert juste de bruit de fond.

— On peut dire que la déco est épurée, remarque Hayley en désignant l'intérieur du logement.

— Oui, ça laisse de la place à la créativité.

— Tu comptes rester longtemps ici ?

Je n'y ai pas vraiment réfléchi, je vis mon histoire avec Jack sans trop me prendre la tête.

— Je ne sais pas, je te rappelle que pour l'instant je suis toujours SDF. Au fait, comment va mon compagnon d'infortune ?

Hayley sourit en pensant à Jordan. Ils sont vraiment faits l'un pour l'autre.

— Il vit plutôt bien la situation, mais il a emménagé dans un studio en attendant les travaux.

— Ah bon, il ne vit pas avec toi ? m'étonné-je.

— Jordan veut qu'on prenne notre temps, il veut apprendre à connaître les enfants et inversement. Je trouve ça formidable et en même temps je désespère qu'il pose ses valises chez moi.

Hayley est une impulsive, elle n'aime pas attendre, et savoir que Jordan la fait patienter prouve à quel point il est fait pour elle.

— Camille a eu des nouvelles de l'enquête ?

— Non, parce que Jerry centralise tout et a dit qu'il s'en occupait donc nous n'avons aucune info.

En l'entendant parler de Jerry, ma colère à son encontre revient. Surtout maintenant que je vois à quel point le regard des autres est problématique pour Jack.

— Ton frère est un sale con, lâché-je, énervée.

— Je ne peux qu'être d'accord avec toi, rigole-t-elle, mais en quoi l'est-il plus que d'habitude ?

— Il a balancé des conneries à Jack en lui disant que ça venait de moi.

— Il l'a sûrement fait pour te protéger.

— Pour me protéger ou pas, je ne lui ai rien demandé. Et toi, Hayley, je t'ordonne de ne pas t'en mêler.

La connaissant, elle est capable d'aller demander des explications à son imbécile de frère avant moi. Et je ne veux pas qu'elle passe la première.

— D'accord.

Nous sirotons notre verre en zieutant de temps en temps l'écran, nous n'avons rien suivi de l'histoire, mais comme toujours dans ces histoires ils se détestent puis s'aiment ou l'inverse.

— Au fait, j'ai un nouveau job pour aider Camille à payer la franchise.

— Ah ouais, où ça ?

— Au Versus Black, tu connais ?

Hayley pose son verre précipitamment sur la table en en renversant la moitié.

— Oui, enfin de nom. J'ai trop hâte de venir te voir. Il paraît que c'est l'endroit où il faut aller si tu veux du danger, du sexy et du sexe.

Je m'étouffe avec ma gorgée.

— Ce n'est pas non plus une orgie mélangée à un tripot clandestin, ça reste un club, répliqué-je. Mais t'as qu'à venir ce week-end si t'as pas les enfants.

— Chouette ! Et l'on s'habille comment pour ce genre d'endroit ?

Quelle drôle de question !

— Tu t'habilles comme quelqu'un qui veut passer une bonne soirée, mais qui a un homme qui l'attend à la maison.

Hayley me tire la langue. Elle me quitte en début de soirée et je me précipite au garage pour retrouver mon loup grognon. Je le trouve assis à son bureau et, quand il m'entend arriver, il cache ce qu'il est en train de faire.

Ça y est, elle est partie ?

— Tu sais qu'à un moment donné il va bien falloir que tu la rencontres, dis-je en me glissant sur ses genoux.

— Je l'ai déjà rencontrée et ça m'a suffi, réplique-t-il en m'embrassant sur le bout du nez.

— Elle n'est pas si méchante que ça.

— Mouais, en attendant, elle t'a accaparée toute l'après-midi, il va falloir que tu te fasses pardonner, s'amuse-t-il.

J'aime le voir de plus en plus à l'aise et séducteur.

— Ah oui, et est-ce que tu as une idée en tête ?

— Je n'en ai pas qu'une, souffle-t-il en m'embrassant voracement.

Chapitre 33

« À quoi reconnaît-on qu'on est amoureux ? À la morsure du manque ? Au besoin d'être avec l'autre plus souvent que le temps imparti ? À la pensée qui vagabonde ? Au seul fait qu'on se pose la question ? »

Philippe Besson

Jack

Voilà près d'une semaine que nous vivons ensemble. Je n'arrive plus à me rappeler ma vie avant l'arrivée de la tornade blonde qui partage mon lit. Elle devait être fade, sans saveur et, ce qui est certain, c'est qu'elle ne me manque pas. Charlie bosse ce soir et je me retrouve dans l'atelier à finaliser ma moto. Demain elle sera prête, mais il faut que la peinture sèche. Je vais bientôt pouvoir rouler avec Charlie accrochée à moi.

Selon les sources de Weasel, les Hell's Demons devraient rejoindre les Fallen's Angels la semaine prochaine. La fin est proche. Cette perspective me laisse un goût amer. Qu'adviendra-t-il de Charlie et moi quand tout sera fini ?

Je n'arrive à être serein que lorsqu'elle est près de moi. Le reste du temps, j'angoisse, je m'interroge et doute de ses sentiments pour moi. Plus je m'attache à elle, plus je me sens insécurisé dans notre relation. C'est dingue. J'essaye de ne pas le lui montrer, mais je sais que Charlie le ressent et que ça la blesse. Elle ne peut rien faire de plus, c'est à moi de ne pas laisser les voix dans ma tête prendre le dessus sur ce qu'elle me donne. Quand on est ensemble c'est tellement facile, alors pourquoi je n'arrive pas à être aussi serein lorsqu'elle s'éloigne.

Mon téléphone me sort de ma réflexion.

— Pyro, ramène ton cul au club ! hurle Hurricane à travers le combiné pour couvrir le bruit qui l'entoure.

Mon sang ne fait qu'un tour, imaginant déjà qu'il est arrivé malheur à Charlie.

— Qu'est-ce qui se passe ? Charlie va bien ?

— Oui, t'inquiète, mais tu devrais venir la surveiller toi-même, elle est très en beauté ce soir et je peux te dire qu'elle a du succès.

Voilà mes angoisses qui refont surface, plus vives et plus fortes.

— J'arrive.

Je raccroche et me précipite au club. Je sais qu'Hurricane ne laissera personne approcher de Charlie, mais je préfère me charger moi-même de sa sécurité. Je me gare en vitesse sur le parking et bondis hors de la voiture. Putain, vivement que je récupère ma bécane.

Devant l'entrée, une voix m'interpelle :

— Alors Cendrillon, on sort de son carrosse ?

Je me retourne pour connaître le propriétaire de cette voix nasillarde et moqueuse. Musher se tient devant les portes, filtrant les entrées. Je ne peux pas encadrer ce type, je sens que mes pulsions meurtrières m'envahissent, mes poings se serrent et j'avance d'un pas, prêt à lui faire regretter d'avoir un jour appris à parler, avant de me rappeler pourquoi je suis là. Je l'écrase d'un regard mauvais, il est certain que je ne vais pas le laisser s'en tirer comme ça. Il n'est qu'un prospect, pas encore un membre du club. Musher cille sous mon insistance et finit par détourner le regard.

Une fois les portes du club franchies, je me souviens instantanément pourquoi je ne viens jamais ici. J'ai plutôt tendance à éviter ce lieu et tous ceux où la foule est présente. Trop de monde, mais l'idée que Charlie puisse être en danger repousse mes angoisses pour laisser place à l'adrénaline. Dans la pénombre, les filles ne repèrent que mon cuir et me touchent jusqu'à ce que je leur décroche mon regard qui signifie « bienvenue en enfer ». Du coin de l'œil, je repère immédiatement Charlie derrière le bar, elle sourit à un client en remplissant son verre. Rien d'inhabituel, vu son job.

On vient me taper dans le dos et, quand je me retourne, Weasel me sourit bêtement.

— Je savais que le coup de la jalousie allait te faire rappliquer à la vitesse de l'éclair.

— Va chier.

— Viens avec nous, dit-il en me tendant une bière.

Je le suis vers les alcôves qui nous sont réservées. Autour de la table, je retrouve Hurricane et Wolve. Étonné par leur présence ici, je les questionne.

— Qu'est-ce que vous foutez là ? Vous avez lâché vos régulières ?

— Non, répond Hurricane en me désignant du menton la piste de danse.

Effectivement au milieu de la foule, je repère Astride et Mackenzie, leurs régulières, et à ma grande surprise Hayley leur tient compagnie. Je m'affale sur le canapé à côté de Wolve, les yeux rivés sur le comptoir pour garder ma belle à l'œil.

— Soirée filles, complète Wolve.

— Donc vous les surveillez, constaté-je.

— Ouais, grince Hurricane.

Cette idée ne l'enchante pas. J'avoue que je ne sais pas si je serais ravi à l'idée que Charlie sorte sans surveillance. Déjà parce que je n'ai pas confiance en moi vis-à-vis d'elle, mais aussi parce qu'il y a beaucoup trop d'hommes célibataires en liberté.

À l'abri dans les alcôves du club, je profite d'un moment avec mes frères. L'espace entre la foule du bar et nos places est assez bien délimité, un peu comme un carré VIP dans une discothèque, les barrières en moins. Ici, nous sommes les rois et personne n'ose venir dans notre royaume. Petit à petit, je me détends et reconnais que finalement ce n'est pas si terrible. Je regarde mes frères : pour deux d'entre eux, la soirée consiste à jouer les chiens de garde et le troisième a déjà une fille sur les genoux, qui lui lèche avidement la gorge et a très certainement la main dans son caleçon. Mais lui recherche déjà sa prochaine victime. Weasel est ce qu'on pourrait appeler un geek, il peut passer des journées entières enfermé dans sa piaule à jouer à des jeux en ligne. Mais quand il sort de sa grotte, c'est pour rattraper ses périodes de disette. Et ce soir ne fait pas exception.

Un brouhaha se dirige vers nous et, quand je tourne la tête, je peux voir les filles s'avancer. Mackenzie et Astride sont alpaguées par leurs hommes respectifs avant même qu'elles aient pu monter la petite marche menant à notre estrade. Mes frères les forcent à s'asseoir sur leurs genoux en leur bouffant la bouche. Une silhouette se tient debout dans le coin droit de mon champ de vision. D'un mouvement certainement trop brusque, je me retourne pour faire face à Hayley, qui sursaute légèrement. Elle n'ose pas s'asseoir, car la seule place qui lui reste est à ma gauche, avec vue sur mes cicatrices. J'ai encore en souvenir ses yeux révulsés par le dégoût à leur vue, et je doute qu'elle veuille les revoir.

— Tu permets que je m'assoie à côté de toi ? me demande-t-elle en me regardant dans les yeux.

Elle ne cille pas et j'apprécie son changement d'attitude. Ce n'est pas pour autant que je vais devenir sympa. Je plie mes jambes pour pouvoir la laisser passer et les remets en place dès que c'est fait. Je reporte mon attention sur Charlie, qui ne sait pas que je suis là. Même à cette distance, et si elle ignore ma présence, je ressens cette connexion que je n'ai avec personne d'autre. Elle m'apaise, ce qui me permet de supporter la proximité de sa copine. Hayley, qui sirote sa bière en regardant autour d'elle. Tantôt elle écarquille les yeux, tantôt elle rougit en remarquant que la compagne de Weasel pour la soirée ne porte pas de culotte. Celle-là, c'est sûr qu'elle découvre l'ambiance d'un bar géré par des bikers. Elle serait en PLS en voyant l'ambiance au club les jours de rassemblement. Ici ça reste plus ou moins soft.

Les yeux fixés sur mon ange, j'entends Hayley prendre une grande inspiration comme pour se donner du courage. Je me désintéresse totalement d'elle, je n'y prête donc pas attention, mais quand je l'entends prononcer mon nom je frémis.

— Jack, je suis désolée.

Je peux voir Astride l'encourager à grand renfort de mimiques. Elle sait que j'écoute même si je ne réponds pas. Hayley poursuit en regardant dans la même direction que moi.

— Charlie m'a ouvert les yeux sur ce que tu as pu ressentir face à ma réaction et je voulais m'excuser. J'essaye d'apprendre à mes enfants la tolérance et le respect de la différence et je me rends compte que je suis la première à ne pas respecter mes propres règles. Donc je suis désolée d'avoir été aussi insensible.

Son aveu et ses excuses me touchent plus que je ne l'aurais pensé. Est-ce l'influence de Charlie qui fait que je me sens affecté par les remords de son amie ? Ou est-ce le fait que j'ai rêvé pendant longtemps que quelqu'un me dise cela ? En tout cas, je me sens un peu plus humain.

Comme je ne compte pas m'étendre en phrases inutiles, j'accepte ses excuses d'un léger mouvement de tête. Sa proximité m'oppresse et je me concentre sur Charlie pour ne pas ruiner les efforts de sa copine. Son regard brûle ma peau, je n'ai pas besoin de la fixer pour savoir qu'elle attend une réponse de ma part. Cette situation me fait bouillir et j'attrape un peu trop brusquement ma bouteille de bière sur la table. Je renverse les bières de mes frères et le bruit du verre qui se brise fait sursauter tout le monde.

Ma main se serre en poing sur ma jambe et je commence à suer à grosses gouttes. J'accepte ses excuses, alors pourquoi elle ne me lâche pas.

— Tu n'as rien à dire ? insiste Hayley.

Non, j'ai déjà donné ma réponse. Mon cœur commence à envoyer le sang dans mes muscles et ma respiration se fait plus rapide. Weasel a repoussé la gonzesse de ses genoux, se tenant prêt à me bondir dessus si je dérape. Pour l'instant, je gère à grand renfort de coups d'œil désespérés vers Charlie. En voyant que mon état de stress augmente, mes frères se redressent alors que Mackenzie bondit sur ses pieds pour entraîner Hayley loin de moi. Tiens, elle commence à bien me connaître, la jolie poupée de Wolve.

— La pause est finie, on retourne danser, s'écrie-t-elle en saisissant Hayley par la main. Astride, tu viens aussi ! ordonne-t-elle.

Hurricane valide le départ de sa régulière en prenant place à côté de moi, il pose une main sur mon épaule et la presse. Mon rythme cardiaque redescend petit à petit. Je sais que je ne suis pas normal, Hayley n'a rien fait de mal, mais je ne suis pas encore prêt à tenir des discussions avec des femmes. Seules Astride – au prix d'une patience incroyable – et Charlie – juste en étant elle – ont gagné le droit d'entendre ma voix. Même Mackenzie, qui est pourtant la régulière de Wolve, n'a pas souvent ce privilège. Même si je constate qu'elle arrive à me surprendre.

Comme je sais que je suis le centre de l'attention, je préfère les lancer sur un sujet moins délicat que mon incapacité à communiquer.

— Tout est prêt pour la semaine prochaine ? demandé-je à Hurricane.

— J'ai de quoi leur faire un deuxième trou au cul et les envoyer côtoyer Satan, puisqu'ils ont l'air de bien l'aimer, siffle-t-il.

Son sourire sadique répond au mien. C'est vrai que ces deux clubs de branleurs se sont bien trouvés. Mon sang chauffe dans mes veines, j'aimerais pouvoir accélérer le temps pour y être déjà. Mes vieilles pulsions meurtrières reviennent me tenir compagnie, elles qui m'avaient déserté en présence de Charlie. D'ailleurs, pour me calmer, je me focalise sur elle.

Elle ne sait pas que je suis là et je peux l'observer à loisir. Pourtant plus je la regarde, plus quelque chose me dérange dans sa façon d'agir. Elle est trop à l'aise, je ne parle pas de servir des verres parce qu'elle le faisait déjà dans son café. Non, c'est de la voir interagir avec les autres, et notamment les bikers. Elle n'est pas impressionnée le moins du monde par la présence de mes frères. D'ici, je peux voir qu'elle respecte la hiérarchie tacite qui existe entre nous. Pourtant les néophytes ne peuvent pas la connaître et Dick n'a pas pu lui parler du club car c'est contraire aux règles.

Charlie virevolte sous mes yeux, elle se débarrasse des mecs lourdingues avec aisance. Elle accepte les verres offerts par les clients, mais boit toujours dans son verre, qui se trouve sous le comptoir et qui ne doit contenir que de l'eau. Je sens mes peurs revenir, quelque chose dans sa façon d'être me dit qu'elle n'est pas honnête avec moi. Quel secret cache-t-elle ? Sentant monter la colère, je me tourne vers Hurricane et Wolve, qui surveillent leurs régulières.

— Les mecs, vous avez déjà douté de vos femmes ?

Les deux intéressés se regardent et abordent cet air de connivence qu'ils ont quand ils sont ensemble puis sourient.

— Bien sûr, mais jamais pour les bonnes raisons, répond Hurricane.

Wolve hoche la tête et abonde dans le sens de notre frère.

— On a douté parce qu'on est cons. On a douté par fierté mal placée, par machisme et par peur de souffrir.

— Mais en fait on a surtout douté de nous, elles n'ont jamais été coupables d'autre chose que de nous aimer, conclut Hurricane.

J'essaye d'appliquer leur théorie à mon cas. En fait je ne sais rien d'elle, mais depuis que je la connais elle ne m'a jamais donné de motifs de douter d'elle. Pourtant ma raison n'est pas aussi sûre d'elle, je me pose mille questions et je sens les angoisses revenir. J'essaye de me focaliser sur Charlie, mais à cette distance mes vieilles peurs reviennent plus fortes et plus intenses. Je me concentre sur mon ange pour ne pas partir trop loin. Trop tard, je m'isole dans ma bulle et je ne vois plus rien de ce qui se passe autour de moi. La musique fait place aux rires et je sens monter une nouvelle crise. Une crise qui me rappelle à quel point je suis instable. Un type incapable de passer une soirée avec ses amis sans que cela vire au drame. Sous la lumière tamisée, je m'agite sur mon siège, ayant de plus en plus de mal à contenir ma rage.

Une serveuse arrive devant moi, mais c'est comme si elle n'était pas là. Elle minaude devant mes frères, mais se tient à distance de moi. Soit elle sait qui je suis, soit elle a vu mes cicatrices. En tout cas, elle me tend un papier du bout des doigts en essayant de respecter la distance entre nous. Invisible à mes yeux, c'est Weasel qui se saisit de la feuille et la renvoie d'où elle vient. D'une main sur mon épaule, il m'oblige à sortir de ma torpeur. Il me donne le papier apporté par la serveuse.

D'une main tremblante, je le déplie et déchiffre difficilement le mot écrit dessus.

« Retrouve-moi dehors à l'arrière. C »

Immédiatement, je cherche Charlie du regard, mais ne je ne la vois pas. Elle a vu que j'étais là et elle veut me parler. Weasel me surveille du coin de l'œil, il est inquiet. Je le sais au fait qu'il n'a aucune gonzesse pendue à son bras, mais je ne m'en préoccupe pas. Je laisse tomber le mot à terre, me lève sans un regard pour mes frères. Sur mon chemin, je croise Astride, Mackenzie et Hayley, mais je les ignore. J'ai besoin de toute urgence de retrouver mon ange. De retrouver la sérénité que je n'ai qu'en sa présence et surtout qu'elle fasse taire les voix dans ma tête.

L'air frais me fouette le visage quand je pousse la lourde porte en métal qui donne sur l'extérieur. J'avance de quelques pas, laissant la porte se refermer dans mon dos. Le bruit sourd résonne dans le silence de la petite arrière-cour. Sur ma droite des poubelles où s'entassent les sacs d'ordures, à côté d'un conteneur pour les bouteilles en verre. Personne ne vient jamais ici, il n'y a aucun éclairage à part celui de la lune. Le lieu est sombre et lugubre.

— Charlie ?

Rien, je me demande pourquoi elle m'aurait donné rendez-vous dans un endroit pareil. Un bruissement dans mon dos me fait me retourner, et je reçois un violent coup bien placé entre les omoplates qui me met à terre.

Merde, je me suis laissé surprendre comme un bleu.

Alors que j'essaye de me relever, je reçois une décharge qui me paralyse. Putain, je viens de me prendre cent mille volts dans le buffet, ça a de quoi sérieusement me déstabiliser. Mes agresseurs m'achèvent d'un coup violent derrière la tête et c'est le trou noir. Je sombre dans l'inconscience.

Chapitre 34

« Some people hope for a miracle cure
Some people just accept the world as it is
But I'm not willing to lay down and die
Because I am an innocent man[1]. »

Billy Joel, An Innocent Man

Charlie

C'est la foule des grands soirs. À croire que le Versus Black est le seul bar ouvert à cent kilomètres à la ronde. Bon, j'avoue que les bikers qui sont présents sont tous plus beaux les uns que les autres. Ils dégagent quelque chose de presque surnaturel, une sorte d'aisance doublée d'une arrogance saupoudrée de dangerosité. Bref, aucune fille saine d'esprit ne pourrait résister à ces hommes vêtus de cuir. Moi-même j'ai complètement craqué pour l'un d'entre eux. Le seul qui n'est pas présent ce soir. Ce monde aurait raison de lui.

Quand Hayley m'a rejointe, je pensais pouvoir faire une pause avec elle, mais jusqu'à maintenant je cours

1. Certaines personnes espèrent un remède miracle
D'autres acceptent le monde tel qu'il est
Mais je n'ai pas l'intention de me laisser abattre
Parce que je suis un homme innocent. »

dans tous les sens et je n'ai pas eu une minute à moi. Dick m'a cantonnée au bar pour pouvoir l'aider et l'on n'est pas trop de deux pour gérer les commandes des serveuses et les assoiffés qui se présentent devant nous. J'ai rapidement repéré Weasel et je lui ai demandé de prendre soin de ma copine. Il m'a dit qu'il allait la présenter aux seules filles que personne ne viendrait déranger. Parfait.

Vers minuit, je sens que j'ai besoin d'une pause, j'ai chaud. Je me saisis d'un glaçon et le fais glisser sur ma nuque en soupirant de satisfaction. Je me regarde dans le miroir situé derrière l'immense bar en bois sombre, entre deux bouteilles d'alcool. Mes cheveux collent mon visage à cause de la transpiration, je ne ressemble à rien. Après avoir fait part à Dick de mon besoin de prendre l'air, je me dirige vers le fond du club pour rejoindre l'arrière-cour, je sais que j'y serai tranquille. Au détour d'un couloir, quelqu'un me saisit violemment le bras et me force à me retourner. Weasel me fait face avec un air de pitbull à qui l'on aurait volé son os.

— Qu'est-ce qui se passe ? demandé-je

— Où est Pyro, crache-t-il.

Quoi ? Jack est ici et il n'est pas venu me voir ? La colère m'assaille, mais… si Weasel me demande où il est, c'est qu'il doit penser que je l'ai vu.

— Je ne l'ai pas vu de la soirée.

— Menteuse, m'accuse un brun antipathique au regard glacial en cuir qui s'approche de nous.

— Je ne mens pas, vous n'avez qu'à demander à Dick, c'est la première pause que je prends de la soirée.

Les deux bikers se regardent puis se tournent vers moi avec méfiance.

— Et ça, qu'est-ce que c'est ? me demande un grand blond qui vient de nous rejoindre en me tendant un bout de papier.

Je l'ouvre et lis le mot sans comprendre.

— Tu lui as demandé de te rejoindre dehors, m'accuse Weasel.

— Non, jamais.

— Ce mot ne vient pas de toi ? questionne le brun toujours aussi peu avenant.

Ils sont décidément bouchés, ça fait trois fois que je leur dis que je ne sais pas de quoi ils parlent.

— Non, je n'ai pas écrit ce mot. Mais alors où est Jack ? demandé-je d'une voix anxieuse.

Les trois bikers se précipitent dehors et machinalement je les suis. J'ai besoin de savoir ce qui se passe. Dans la cour, nous trouvons des traces de lutte évidente. Je commence à m'inquiéter pour Jack, mais quand je vois le dessin, la croix satanique de Léviathan, une double croix se terminant par le symbole de l'infini, tagué sur les poubelles, je comprends que je n'ai jamais été en sécurité et que Jack est en danger par ma faute. Je m'appuie contre le mur derrière moi pendant que Weasel et ses deux acolytes téléphonent et semblent organiser la troisième guerre mondiale. J'entends par bribes leur conversation, et les mots « kidnapping », « mort » et « tuer » reviennent assez souvent.

Je me redresse pour leur dire qui sont les ravisseurs de Jack et comment les retrouver. Je n'ai pas ouvert la bouche que Weasel m'aboie des ordres :

— Tu rentres au garage immédiatement. Tu t'enfermes à clef et tu attends qu'on revienne.

— Attends, je dois te dire qui…

— Charlie, je n'ai pas le temps. Obéis et nous, on va chercher Pyro.

Il m'accompagne vers ma voiture garée en plein milieu du parking, j'essaye de lui parler, mais son ignorance me rend folle. Je n'arrive pas à en placer une. Il me pousse dans ma voiture, claque la portière et s'en va.

Je me saisis de mon portable.

— Ethan, ils m'ont retrouvée.

Le souffle étouffé qui me répond m'indique que mon interlocuteur n'en avait aucune idée. Je ne suis même pas étonnée de découvrir que Samaël a tenu mon cousin à distance de ses plans de vengeance.

— Tu es où ? demandé-je.

— À l'Olympe.

— OK, super, prépare-moi la sortie s'il te plaît, et viens rejoindre le club des Black's Soldiers.

— Charlie, tu ne comptes pas te rendre à Samaël ? Il va te tuer.

— Je n'ai pas le choix. Il détient l'homme que j'aime, donc oui je vais me rendre, mais j'ai besoin de ton aide !

— C'est de la folie, soupire mon cousin.

— Ethan, la vie que je mène depuis mon départ est de la folie donc aujourd'hui nous allons en finir, et toi et moi allons enfin pouvoir vivre heureux en famille. Je suis fatiguée de fuir, j'ai besoin de vous retrouver. S'il te plaît, fais-moi confiance.

J'entends mon cousin souffler dans le combiné.

— OK, je te prépare la sortie, et après ?

— Après tu viens à Fremont chez les Black's Soldiers, tu seras attendu. Tu devras tout leur dire, comment on rentre et l'on sort de l'Olympe, les forces présentes…

— Mais s'ils savent d'où je viens, ils vont me tuer avant même que j'aie franchi la porte.

— Aie confiance en moi, je m'occupe de tout ici. Fait vite, Samaël ne va pas te laisser sans surveillance longtemps, si tu n'as pas déjà un chien de garde sur le dos.

— D'accord, sœurette. Je t'aime.

Malgré le fait que nous ne soyons pas vraiment frère et sœur, notre lien est aussi solide que si nous l'étions.

— Je t'aime aussi, petit frère.

Arrivée chez Jack, je rentre dans son garage pour prendre une moto, ce qui sera plus rapide et plus discret pour aller jusqu'à l'Olympe. En allumant la lumière, je tombe nez à nez avec la moto sur laquelle Jack travaille inlassablement. C'est la sienne. Elle est absolument superbe et quand je m'approche je remarque le dessin peint sur le réservoir et j'arrête de respirer. Du bout des doigts, je caresse ses contours de deux ailes que je connais par cœur. Jack a reproduit mon tatouage sur sa moto. Existe-t-il une plus belle preuve d'amour venant d'un biker ?

J'enfourche l'engin, bien décidée à aller sauver mon homme. Le vent fouette mon visage sur tout le trajet, mais je n'en ai cure. J'arrive au club des Black's Soldiers en cinq minutes et, quand je me présente devant le portail, celui-ci s'ouvre pour laisser entrer des bikers. Parfait. Je me faufile avec eux, je gare la moto de Jack avec les autres et me dirige vers l'entrée. Bon, il ne me reste plus qu'à trouver le responsable de ce club. La salle dans laquelle je me trouve ressemble à un bar de strip tease ou une maison close, des filles à moitié à poil, des mecs un verre à la main et une nana dans les bras. Accoudés au bar où une fille en soutien-gorge sert des verres à des membres du club reconnaissables à leur cuir. L'odeur de sexe et d'alcool est étouffante, omniprésente, elle me prend à la gorge. Alors que j'avance, hésitante parce que je n'ai aucune idée d'où se trouve ce que je cherche, je repère le blond que j'ai vu au bar. Il se dirige vers un couloir. Je le suis jusqu'à ce qu'il entre dans une pièce. Je mettrais ma main au feu que c'est l'endroit que je cherche.

J'entends qu'on m'interpelle, mais je n'ai pas le temps, je suis si près du but. J'accélère l'allure alors que les pas derrière moi se font plus rapides. J'ouvre la porte à la volée et la referme au nez de mon poursuivant.

Cette pièce est sans issue, à part celle derrière moi. Une grande table trône en son centre, où sont assis cinq bikers qui m'épinglent de leur regard de tueur. Les écrans au mur projettent des images d'un lieu que je connais trop bien et que j'espérais ne jamais revoir. Ils cherchent dans la bonne direction, mais pas au bon endroit.

— Dégage de là, brebis, tu n'as rien à foutre ici ! hurle un type au cou de taureau, le poing serré.

J'avise le patch sur son cuir, c'est leur Préz. Un rapide coup d'œil autour de la table m'indique que j'ai cinq minutes pour leur faire part de mon plan et les convaincre. Je fais l'impasse sur le fait que ce type vient de me comparer à une prostituée. La vie de Jack est en jeu, je ne vais pas perdre de temps.

— Je sais comment sauver Jack, dis-je d'une voix assurée.

Voilà bien longtemps que je ne m'étais retrouvée dans cette situation, mais j'ai été formée pour ça et apparemment c'est comme le vélo, ça ne s'oublie pas.

— Charlie, je t'avais demandé de rentrer, me sermonne Weasel.

Il fait bien de la ramener, celui-là.

— Et moi je t'avais demandé de m'écouter au club, dis-je en m'approchant de lui. Vous allez donc le faire maintenant, sifflé-je.

— Weasel, tu connais cette gonzesse ? interroge le Préz.

Je serre les dents, ils ne connaissent décidément pas le tact.

— Yep, répond l'intéressé, c'est la nana de Pyro.

— Ah, c'est donc toi… Et pourquoi nous t'écouterions ? questionne celui qui porte l'écusson de vice-président et qui s'est dangereusement approché de moi.

— Parce que je peux vous dire où Samaël l'a emmené et je peux vous faire gagner cette guerre.

La main du biker à côté de moi vient de me saisir la gorge.

— D'où tu connais Samaël ? grogne-t-il, son front collé au mien.

— On s'en fout. Écoutez ce que j'ai à dire après vous aviserez.

— On devrait l'écouter, interrompt Weasel.

Le regard de Weasel se pose sur le Préz, qui acquiesce d'un mouvement de tête.

— Snake, lâche-la, ordonne le Préz. Tu as cinq minutes.

Je prends une grande inspiration pour récupérer l'air qui m'a manqué.

— L'histoire n'est pas importante, ce que je peux vous dire, c'est que je sais où est Jack et comment anéantir Samaël et ses alliés.

— Comment ?

— Samaël se trouve à l'Olympe, c'est à environ cent bornes d'ici. C'est un entrepôt secret qui sert de planques d'armes, de prison et de camp d'entraînement. Je suis sûre que vous ignorez son existence et pourtant c'est là que Jack se trouve.

— OK, admettons qu'on te croie, c'est quoi la suite ? questionne le Préz.

— Je me rends en échange de Jack.

Tous les gars ricanent et j'ai bien envie de leur faire ravaler leur sourire moqueur. Ils crachent leur venin par l'intermédiaire de leur V.P.

— Tu penses pouvoir réussir à ce que Samaël nous rende Pyro contre toi ?

— Oui, je sais que Samaël acceptera l'échange, mais mon but est de vous donner le temps nécessaire pour vous organiser. Ne me dites pas que tous vos hommes sont là ? demandé-je, fielleuse. Vous pensez vraiment y arriver sans un minimum de préparation ? Je vous laisse mener cette bataille, mais je vous apporte les solutions pour que la victoire soit certaine.

Je les vois se jeter des regards en coin et je m'impatiente.

— Bon, puisque vous n'avez pas l'air de vous décider, je vais me débrouiller sans vous, dis-je en tournant le dos, prête à sortir.

— Quel est ton plan ? souffle le Préz.

Je souris discrètement avant de me retourner vers eux.

— Tout d'abord, vous allez recevoir la visite de mon cousin, il s'appelle Ethan et il vient vous apporter les plans de l'Olympe et vous faire un topo des forces en présence. Pendant ce temps, je vais faire libérer Jack pour qu'il puisse se joindre à vous pour l'assaut final.

— On peut lui faire confiance ? questionne le brun qui répond au nom d'Hurricane.

— Il est comme mon frère.

Tous acquiescent, conscients de la valeur de la fraternité.

— Et comment comptes-tu le libérer à toi toute seule ? ricane le brun croisé plus tôt au club.

Son sourire suffisant me fait glousser, j'aimerais bien lui faire ravaler son arrogance, mais je n'ai pas le temps. J'avance vers lui dans une démarche de prédatrice et me penche par-dessus la table pour le surplomber. Je n'ai pas peur d'un type comme lui, il aboie plus qu'il ne mord.

— Parce que j'ai plus de valeur pour Samaël que Jack. Ça fait dix ans qu'il me cherche, il acceptera l'échange. Mais j'ai besoin que vous me donniez quelque chose pour que mon plan fonctionne.

— Qu'est-ce que c'est ? demande le Préz.

À ma demande, ils écarquillent les yeux et ouvrent grand la bouche. On dirait un banc de carpes hors de l'eau. Le Préz refuse et s'ensuit un échange houleux entre nous, mais Weasel intervient.

— C'est ce que Pyro aurait voulu, assure-t-il.

Je fixe mon attention sur le Préz, seul décideur autour de cette table, mais je glisse un regard reconnaissant à Weasel. Tous se regardent puis le Préz accède à ma requête.

— Wolve va faire préparer ce que demande la dame.

Le blond se lève puis sort.

— Hurricane, rassemble les gars et préviens l'entrée de la venue de notre invité. Quant à toi, ma jolie, dit le Préz en s'adressant à moi. Si jamais tu nous entraînes dans un plan foireux, si un seul de mes hommes est blessé parce que ton plan aura merdé, je te garantis que je n'aurais pas besoin de dix ans pour te retrouver.

Cet homme est impressionnant, il ne hausse pas le ton et pourtant sa voix est létale. Il respectera sa promesse, je n'ai aucun doute là-dessus.

— Je ne ferais jamais rien qui puisse nuire à Jack, dis-je.

Weasel s'approche de moi et prend un air paternel.

— T'es sûre de toi ? Parce que Pyro nous tuera tous s'il t'arrive quelque chose.

— Je sais que je peux vous faire gagner cette guerre, et moi aussi j'ai un compte à régler avec Samaël. Fais-moi confiance.

— OK, mais t'as intérêt à rester en vie, et je t'accompagne. Pyro ne survivra pas sans toi.

— Et je ne compte pas vivre sans lui, avoué-je.

Il hoche la tête puis presse mon bras amicalement. Wolve revient avec ce que je lui ai demandé. J'admire un instant l'écusson brodé sur le cuir que je tiens entre les mains : « propriété de Pyro ».

— Tu n'es pas sans savoir que ce blouson est un engagement à vie. Si tu le portes et que Pyro souhaite que tu le gardes, tu ne pourras pas le rendre, explique sèchement le Préz.

Je passe les manches et j'enfile le cuir de régulière.

— Avec ou sans ce cuir, je lui appartiens.

Je fais demi-tour pour partir, gonflée à bloc par le blouson que je porte sur le dos.

— Dernière question. Qui es-tu pour Samaël, pour que tu aies autant de valeur à ses yeux ?

Je me retourne à peine pour répondre :

— Je suis sa Némésis.

Chapitre 35

« Je voudrais pas crever. Avant d'avoir usé sa bouche avec ma bouche. Son corps avec mes mains. Le reste avec mes yeux. »

Boris Vian, Je voudrais pas crever

Jack

À mon réveil la première chose à laquelle je pense c'est que j'ai envie de vomir. La décharge d'éléctricité que j'ai reçue me donne la nausée. Je serre les dents pour ne pas dégobiller partout et j'essaye d'ouvrir les yeux sans pour autant y voir plus clair. Ma tête est recouverte d'un sac de jute et mes mains sont attachées par des chaînes pendues au plafond. Les bras en croix, tenus par des attaches solidement fixées, j'ai beau tirer dessus, rien ne se passe. Mes pieds aussi sont attachés, le seul mouvement que mes chaînes m'autorisent, c'est de bouger la tête. Mon esprit analytique me confirme que cela se présente mal. Mes mouvements sont entravés, ma vue est obscurcie et mon ouïe est altérée par le sac sur ma tête. Je dois reconnaître un certain professionnalisme dans la façon de me maintenir prisonnier.

Si j'ignore précisément où je suis, je sais exactement qui m'a enlevé. Samaël ne doit pas être bien loin. Connaissant son narcissisme, il attend que je l'appelle pour venir. Il peut toujours courir, il est hors de question que je m'abaisse à son niveau. Et puis le temps que je passe seul ici est du temps que je donne à mes frères pour venir me sauver.

Hurricane, Wolve et Weasel ont dû rapidement se rendre compte de ma disparition au club et lancer la cavalerie. J'espère seulement qu'ils ne s'en sont pas pris à Charlie en pensant qu'elle m'avait piégé avec son mot. En y réfléchissant bien je suis persuadé que Charlie ne m'a pas écrit et qu'elle est encore plus en danger que je ne le pensais. Si Samaël s'est servi d'elle comme appât, ce n'est pas pour rien. Il a dû me faire suivre et a su qu'elle vivait chez moi.

Ma respiration est calme, cette situation ne génère pas de stress supplémentaire. L'adrénaline vient me tenir compagnie, mais à aucun moment je ne laisse la peur prendre le dessus. J'aime cet état, je le connais et le maîtrise. Mes démons personnels sont beaucoup plus effrayants que ce pseudo Satan. Parce que Samaël reste un homme, et un homme, ça peut se tuer.

Je ne pense pas être resté inconscient trop longtemps donc nous ne devons pas être à leur QG, c'est beaucoup trop loin pour qu'ils aient eu le temps de m'y emmener. Ils doivent avoir une planque quelque part entre Fremont et leur base. Pourtant, dans les recherches de Weasel, nous n'avons pas trouvé de biens leur appartenant autres que leur bar et leur QG. Même à titre personnel, Samaël ne possède rien d'autre que son appart. Merde, ça n'arrange pas mes affaires, si je suis retenu dans un lieu que mes frères ne connaissent pas.

Des pas dans le couloir mettent fin à ma réflexion. Samaël doit en avoir marre d'attendre que je le supplie de venir me voir.

Une porte qui s'ouvre dans un grincement métallique. Elle est en fer et lourde, à en juger par le bruit qu'elle fait quand elle rencontre le mur. On s'approche de moi, une seule personne. À la respiration rapide et au sol martelé à chaque pas, j'en déduis qu'il est énervé. Pour agacer un peu plus mon visiteur, je garde ma tête baissée, signe évident de mon mépris pour cet intrus.

On arrache ma cagoule et sans surprise Samaël me fait face. Il est seul et, au regard qu'il me lance, il n'est pas content que je ne lui accorde pas l'attention qu'il pense mériter. Je ne suis pas un bavard, mais j'avoue que j'ai encore moins envie d'ouvrir la bouche. Pour le faire enrager, j'ose un sourire narquois. Pourtant je vais devoir le maintenir occupé le plus longtemps possible pour avoir une chance de survie. J'en profite pour détailler ma cellule, rien de bien surprenant. Les murs sont en pierre, le bâtiment doit être ancien. Dans le dos de Samaël, il y a bien une porte en fer, et pas de fenêtre. Je ne m'attendais pas à grand-chose d'autre.

Samaël me tourne autour, il attend que je parle, il essaye de me faire craquer en se taisant, essayant de provoquer une réaction chez moi. Mais à la torture psychologique je suis le plus doué et au jeu du silence je suis imbattable. Le premier de nous deux qui parlera aura perdu son ascendant sur l'autre. J'ai beau être ligoté et sans aucune possibilité de fuite, je ne céderai pas une once de dignité à un mec aussi minable que celui qui se tient face à moi.

Il se plante devant moi, les yeux injectés de sang. Dans un cri rageur, il m'adresse un coup de poing dans le ventre. Ma seule défense est de contracter les abdos et ma plus grande force est de ne pas desserrer les mâchoires. La colère monte en lui et il se déchaîne sur moi, les coups pleuvent, mais à la manière dont il frappe je devine que le combat rapproché n'est pas son truc. Attention, il frappe fort, mais aucun de ses coups n'est ciblé, il frappe pour frapper sans chercher à atteindre un point précis. J'ai juste à encaisser en serrant les dents.

Une fois sa crise de colère passée, Samaël est essoufflé. J'ose un rictus moqueur qui l'énerve encore plus, mais il me surprend en faisant un pas en arrière.

— Pyro, je t'avais dit qu'il ne fallait pas me menacer, dit-il avec un air satisfait.

Ce type croit que son petit passage à tabac est une punition suffisante. Je ne peux retenir mon rire, ce qui a le don de l'agacer.

— Je dois reconnaître que je ne pensais pas que tu avais survécu à l'accident, siffle-t-il. Tu es plus coriace que tu en as l'air. J'ai découvert que tu étais encore en vie par hasard, tu veux que je te dise comment ?

— Je suis obligé de t'écouter ?

Le son narquois de ma voix lui déclenche un tic nerveux, son œil droit tressaute, ce qui me fait doucement sourire. Ce type est incapable de dissimuler ses émotions. Je l'agace et ça tombe bien parce que c'est réciproque. Samaël fait un pas en avant, sa main forme un poing et je me prépare à une nouvelle pluie de coups. Mais il n'en fait rien.

— Je suis certain que l'histoire va t'intéresser.

Il attrape une chaise et s'assoit à califourchon dessus face à moi, les bras sur dossier. Il s'installe pour s'écouter parler. Je souffle en le voyant faire.

— Comme je te disais, je pensais réellement que tu avais crevé dans l'accident…

— Eh oui, désolé pour toi, mais je ne suis pas facile à tuer.

— C'est ce que je vois, mais finalement ça a arrangé mes affaires.

Je suis étonné de savoir que ma non-mort ait pu lui servir, mais je ne laisse rien paraître.

— En fait, peu avant ton absence évidente de jugement en me manquant de respect, j'avais retrouvé la trace d'une cible à Fremont. Cette ville, c'est vraiment le coin des gens qui m'emmerdent.

— Dis-moi qui est cette personne qui te fait chier que j'aille la féliciter quand je rentrerai chez moi.

Je lui laisse entendre que je ne vais pas mourir de sa main.

— Oh, mais tu la connais déjà. C'est Charlie.

Mon visage ne reflète pas mon agitation intérieure. De l'extérieur je suis calme, stoïque et son annonce n'a eu aucun effet sur moi, mais au fond de moi c'est le feu. Comment Charlie, ma Charlie connaît Samaël ? Je ne laisse rien transparaître du trouble qui me remue les tripes et le cœur, pourtant je ne me sens pas bien.

— Je vais donc te raconter une histoire. Il y a dix ans, une fille m'était promise, ici elle s'appelle Némésis. Tu auras deviné tout seul que Charlie et Némésis ne sont qu'une seule et même personne.

Il marque une pause pour me laisser digérer cette information, mais je suis aussi neutre que possible. Ne pas montrer mes émotions est ma plus grande force, bien qu'avec l'arrivée de Charlie dans ma vie, ça s'étiole un peu, mais uniquement avec elle, mais ça Samael n'a pas à le savoir. Alors il poursuit son histoire sur le ton de la confidence.

— En fait, le précédent Samaël était son père, et quand je l'ai tué pour prendre la place que je méritais elle se devait d'être à mes côtés. Seulement elle s'est enfuie et, avant de mourir, son père a détruit tous les documents ayant trait à sa véritable identité. Je reconnais qu'il y a eu une faille dans notre organisation. Seul le chef connaît la véritable identité des membres des Fallen's Angels et donc, pour moi comme pour tous les autres, Charlie était uniquement Némésis. Je n'avais aucune idée de son nom, ce qui rendait mes recherches difficiles. Elle a su rester cachée pendant dix ans. Jusqu'à ce qu'un nouvel élément me permette de la repérer. Et qu'elle ne fut pas ma surprise de découvrir qu'elle avait déménagé à seulement trois cents bornes de chez nous.

Mes épaules me tirent, mais je fais taire la douleur en réfléchissant à ce qu'il vient de me dire. Un flash me traverse l'esprit. Est-ce que… non, ce n'est pas possible. Je lui pose la question pour en être sûr.

— Le dossier que j'ai refusé, c'était elle ?

— Non, réfute-t-il d'un geste de la main, c'est une autre histoire qui risque aussi de t'intéresser, mais laisse-moi d'abord finir de te raconter celle-là, et comment tu te retrouves ici à être l'appât. Parce que, oui, aujourd'hui tu vas me servir à la capturer. Donc je découvre que Némésis vit à Fremont par le biais d'un site de rencontre. Tu te rends compte ? Un putain de site de rencontre ! Avec sur la photo de profil, en évidence, son tatouage. Je ne sais pas si tu le connais ; ce tatouage est magnifique, mais posé sur un corps comme le sien c'est une œuvre d'art.

Je déglutis et commence à perdre mon sang-froid. Alors je ferme les yeux, revois ce tatouage que j'ai dessiné de mes doigts et de ma langue trop peu de fois, mais assez pour pouvoir le reproduire à main levée et de tête. Samaël reprend :

— À la tête que tu fais, je sais que tu vois très bien de quoi je parle, triomphe-t-il, heureux d'avoir réussi à me déstabiliser. J'ai essayé de rentrer en contact avec elle, mais elle a supprimé le compte avant de me répondre. Donc j'ai décidé de venir lui rendre une petite visite. Mais qu'elle ne fut pas ma surprise en apprenant que tu la connaissais et que j'allais pouvoir faire une pierre deux coups.

Mon cerveau carbure à cent à l'heure et les pièces du puzzle s'emboîtent à une vitesse folle. L'incendie du café : un avertissement pour elle et moi. Le fait que le mot qui m'a éloigné de mes frères était censé venir de Charlie : un piège pour nous monter l'un contre l'autre. Tout devient plus clair concernant mon ange. Sa façon de se fondre dans le décor au Versus Black, sa passivité lorsque son café a brûlé, et surtout le fait qu'elle n'ait jamais eu peur de l'homme que je suis. Pas étonnant si elle a grandi au milieu des Fallen's Angels. Mais ça n'explique pas pourquoi elle les a fuis. Quels secrets peut-elle bien encore avoir ? Finalement, cette révélation a quelque chose de rassurant pour moi. Charlie fait partie de mon monde.

— Quand j'ai appris que l'incendie de son café ne l'avait pas tuée et qu'elle avait emménagé chez toi, j'ai décidé de passer à la vitesse supérieure. Au départ, c'est elle qui devait servir d'appât. C'est elle qui devait se trouver à ta place, mais les circonstances ont fait que tu étais plus simple à capturer. Tu l'as tellement protégée qu'elle en est devenue inatteignable. Ironique, non ? Que l'exécuteur des Black's Soldiers, le grand Pyro, se fasse prendre comme un bleu pour une gonzesse. Parce qu'il m'a été facile de découvrir que tu couchais avec elle. Même si je suis déçu de son choix. Tu comprends que passer de moi à toi, c'est un peu la déchéance.

Ces mots me font mal et jouent sur mes peurs, mais je laisse la douce voix de Charlie résonner dans ma tête. Rasséréné par le chant de ma sirène, je me concentre sur Samaël. Ce type est un vrai mégalo, cependant, comme je n'ai pas envie de l'entendre me raconter son histoire avec Charlie – ce qui à coup sûr aggraverait l'état de mon psychisme –, je préfère détourner la conversation.

— Et qu'est-ce qui te fait penser qu'elle va venir ? Que je suis un appât suffisant ?

La réponse peut ne pas me plaire, mais j'ai besoin de savoir ce qui lui fait croire que Charlie va se jeter dans l'antre du diable pour moi.

— Parce qu'elle sait que je suis derrière tout ça et parce qu'elle ne te laissera pas payer pour ses crimes. Némésis est la déesse de la vengeance et elle va venir tenir son rôle. Je n'ai aucun doute là-dessus.

— De quoi tu l'accuses au juste ?

— D'être partie et de m'avoir enlevé quelque chose de très précieux à mes yeux. Cette garce devait rester avec moi.

— Mouais, enfin, tu as quand même tué son père.

— Nos règles sont faites comme ça. En tant que fille du précédent chef, Némésis devait m'épouser.

— Tu dois être un sacré mauvais coup pour qu'elle se barre comme ça, dis-je avec un sourire suffisant.

Samaël se redresse d'un bond et balance la chaise, qui se fracasse dans un bruit sourd contre le mur. Puis son air devient aussi froid que le mien, il a une idée derrière la tête.

— Je vais te dire qui était le contrat que tu as refusé et je pense qu'après ça toi-même tu comprendras pourquoi je suis en droit de régler mes comptes avec Némésis.

Il s'approche de moi et m'attrape par la nuque pour pouvoir me parler à l'oreille. À l'intonation de sa voix, je peux deviner ses émotions, il est furieux.

Plus il m'explique, plus mon cœur se serre. Comment est-ce possible ?

Samaël pense que cet aveu va me faire détester Charlie, mais au contraire, en apprenant ce dont elle est capable, je l'aime encore plus fort. Mon cœur se gonfle d'un amour sans limites pour elle. Je suis admiratif de ses sacrifices et je vais tout faire pour qu'elle puisse continuer à avoir la vie qu'elle mérite. Mais pour cela, l'homme en face de moi doit mourir.

Samaël se redresse, fier comme un paon en pensant m'avoir déstabilisé. Alors, oui, la nouvelle me perturbe, mais pas dans le sens qu'il espère. Elle me donne encore plus envie de me battre. J'espère sincèrement que Charlie ne va pas venir. Samaël rêve de pouvoir la torturer et, s'il arrive à lui mettre la main dessus, elle ne survivra pas.

Je m'agite et seul le bruit de mes chaînes me répond. Le chef des Fallen's Angels savoure une victoire qu'il pense avoir obtenue. Je dois canaliser sa colère contre moi en espérant qu'il en oublie sa vengeance sur Charlie. Je rigole si fort que mon corps tremble.

— Qu'est-ce qui te fait marrer ? s'agace-t-il.

— Je réfléchissais à la façon dont j'allais te tuer.

Samaël se rue sur moi et me frappe avec force, ses coups font céder une de mes côtes, on entend distinctement le craquement d'un os qui se brise. Je grimace, mais ne cède pas. Ce son déchaîne Samaël qui, les yeux exorbités, s'épuise à me rouer de coups. Les côtes endolories et le visage tuméfié, je cherche à respirer sans souffrir.

Dans sa folie, il est stoppé par quelqu'un qui tambourine à la porte. Samaël sort puis revient avec un air triomphant qui ne me dit rien qui vaille.

— Que le spectacle commence. Némésis est là.

Là, ça ne va pas du tout. Je m'agite en tirant sur mes liens comme un forcené, essayant de me libérer. J'ordonne à Samaël de revenir, je le menace de le tuer s'il touche à un seul des cheveux de sa crinière blonde, sans succès.

Charlie ne peut pas être venue. Elle ne peut pas sacrifier sa vie pour la mienne.

Chapitre 36

> « Il y a des secondes cruciales, capables de changer le cours d'une existence. »
>
> *Karine Giebel, Ce que tu as fait de moi*

Charlie

Roulant sur la moto de Jack, je me sens accompagnée. C'est comme si une part de lui se tenait à mes côtés. Je caresse du bout des doigts le dessin sur le réservoir et pense à ce que Samaël et en train de lui faire.

Dix ans que je suis partie, le nouveau Samaël est rancunier, mais je le suis tout autant. Je me souviens comme si c'était hier du moment où il a tué mon père alors que je l'avais supplié de ne pas le faire. Je revois ses mains tachées du sang paternel s'approcher de moi et se poser sur mes joues. Et j'entends encore sa voix me murmurant que je lui appartiens. Je n'ai pas fait tous ses sacrifices pour qu'il arrive à ses fins.

Dans un vrombissement de moteur assourdissant, nous nous approchons de l'Olympe. Je n'ai pas fait le voyage seule, à mes côtés, il y a Snake et Weasel. Les autres attendent l'arrivée de mon cousin pour nous rejoindre. Une fois informés sur la situation en place, ils ne feront qu'une bouchée des Fallen's

Angels. Dès que je coupe le moteur, je repère les gardes sur la tourelle et les désigne d'un mouvement de tête à mon escorte.

— T'es sûre de ton coup ? chuchote Weasel quand les grilles s'ouvrent devant nous.

— Oui, il n'y a pas d'autre solution.

Dans la cour qui se dévoile devant nous à mesure que le portail s'ouvre, une dizaine d'hommes armés. Ils ne visent qu'une seule personne, moi. Au milieu, Samaël s'approche d'une démarche rigide, les mains le long du corps et les poings serrés. Un faux sourire sur le visage, il s'arrête devant moi le regard rempli de haine. Pas de souci, j'en ai autant à son égard.

— Némésis de retour à la maison.

— Nous aurons cette conversation plus tard, Charon, dis-je en appuyant volontairement sur chaque syllabe de son nom.

La réaction est immédiate.

— Ne m'appelle pas comme ça, vocifère-t-il en martelant le sol avec ses pieds comme un enfant qui fait un caprice. Je suis Samaël !

— Quoi, tu renies tes origines ? Et ne compte pas sur moi pour t'appeler ainsi. Tu es et tu resteras toujours Charon pour moi.

Il serre les dents, son impulsivité a toujours été son plus gros défaut. Et c'est pour ça que je serai toujours meilleure que lui. Dans mon dos, Snake se rappelle à moi dans un raclement de gorge.

— Je ne suis pas là pour parler du bon vieux temps. Comme tu peux le voir, je suis venue accompagnée. Ces charmants bikers sont ici pour récupérer Pyro et, si tu veux pouvoir continuer à respirer et ne pas voir ta petite vie minable réduite en cendres, tu vas le faire venir maintenant.

— Tu sais que ça ne marche pas comme ça. Quel est le deal ?

— Il part, je reste. J'ai plus de valeur que lui à tes yeux.

Samaël regarde autour de lui en écartant les bras.

— Vous êtes trois contre mon armée, pourquoi je céderais à ce minable chantage ? demande-t-il en souriant.

Je recule d'un pas et Snake avance d'autant. C'est l'honneur de son club qui est en jeu, donc c'est à lui de gérer. Sans crainte et malgré les armes braquées sur lui, il se poste devant Samaël, qui déglutit. Snake fait une tête de plus que lui et tout dans son attitude respire l'autorité.

— Mais qui te dit que nous ne sommes que trois ? siffle-t-il. Tu crois vraiment que tu as la moindre chance de t'en sortir vivant. Ne nous rends pas Pyro et dans cinq minutes cette cour sera envahie de bikers qui rêvent de vous faire passer le Styx et de vous envoyer pourrir en enfer. Donc, Charon, décide-toi vite, le chrono tourne.

Samaël évalue ses chances, il jauge son adversaire, cherchant le moindre signe de bluff. Je n'aimerais pas jouer au poker face à Snake, il est aussi impassible qu'une statue. Mais j'anticipe son refus en lui disant la seule chose qui l'intéresse vraiment.

— Je te dirai ce que tu veux savoir.

Il tourne vivement la tête vers moi, un sourire sadique aux lèvres, et accepte instantanément ma proposition.

— Tu viens avec moi, dit-il.

Snake s'interpose entre nous et Weasel l'accompagne pour me protéger de Samaël. C'est mignon, mais agaçant. C'est mon combat, et d'un coup d'épaule je les pousse pour me positionner face à l'assassin de mon père.

— OK, mais c'est un échange. Si dans cinq minutes Pyro n'est pas avec eux, ils lancent l'offensive.

J'avance d'un pas quand une main me saisit le bras. Sans me retourner, je m'arrête tout en continuant à défier Samaël du regard.

— Tu es sûre de toi ? questionne Weasel.

— Ça fait longtemps qu'on avait ce rendez-vous, Charon, réponds-je en fixant l'intéressé.

— Cinq minutes, crie Snake. *Tic, tac…*

Rien n'a changé, une fois la lourde porte en fer passée, l'odeur d'humidité me revient en pleine figure et les souvenirs avec. Un retour en arrière à l'époque où mon père m'entraînait pour être aussi forte que ses recrues. Je me revois en train de marcher sur un fil pour travailler mon équilibre ou encore d'esquiver les balles de peinture quand il développait mon agilité et ma rapidité. C'est avec nostalgie que je me remémore les mots d'encouragement de mon père pour faire de moi une véritable guerrière. Samaël tente de s'approcher de moi, mais je maintiens une distance entre nous, je refuse qu'il me touche. Cet homme me donne envie de vomir.

Dans la salle principale, il y a beaucoup de monde et, quand je m'attarde sur eux, je constate qu'ils portent un cuir avec l'inscription « Hell's Demons ». J'espère sincèrement qu'Ethan était au courant et qu'il a pu prévenir les Black's Soldiers de ces renforts imprévus. Je suis étonnée que Samaël ait réussi à forger des alliances, il est moins con que je ne le pensais. Sans surprise, nous nous dirigeons vers les cellules, je repère immédiatement celle de Pyro puisqu'elle est la seule à être gardée.

Plus j'avance dans ce couloir, plus je pense à Ethan. J'espère qu'il a eu le temps de tout préparer et surtout qu'il est bien arrivé chez les Black's Soldiers. Ethan est plus jeune que moi d'un an. Il a été adopté par mes parents sans que cela se sache. Lorsque mon oncle et ma tante sont décédés, ma tante en mettant mon cousin au monde et mon oncle d'un putain de cancer foudroyant quelques années plus tard, mes parents ont adopté Ethan, alors âgé de quatre ans. Mon père, à la demande de son frère, a gardé cette filiation secrète. Il a été tenu à l'écart des Fallen's Angels jusqu'à ce qu'il soit en âge de décider s'il souhaitait intégrer le club. En tant que fille de Samaël, je n'ai pas eu la même liberté qu'Ethan : celle de choisir sa destinée. Mon oncle n'était pas un membre de notre club, et il ne voulait pas que son fils unique grandisse dans cet univers, malgré tout l'amour qu'il portait à mon père. Il a été assez facile de cacher la présence d'Ethan chez nous. Notre club ne vit pas en communauté, chacun chez soi et de préférence loin les uns des autres. Aucun membre n'ose se pointer chez le chef sans invitation. Personne chez les Fallen's Angels ne connaît notre lien de parenté. Alors, quand je suis partie, Ethan est resté pour assurer mes arrières et veiller à ce que personne ne se lance à ma poursuite.

Nous avons passé notre enfance dans la violence d'un gang. Mon père m'a formée comme tous ses hommes, mais en mieux. Il a été plus dur, plus intransigeant avec moi, disant que si je voulais ma place je devais la mériter deux fois plus. Et j'ai excellé dans bon nombre de domaines. Si Jack croit que j'ai peur de lui, il serait étonné de savoir de quoi je suis capable.

Samaël entre le premier et je le suis. Mon cœur s'arrête de battre lorsque mon regard est alpagué par celui de Jack. Un rapide coup d'œil sur lui et je constate qu'il est assez amoché. Son visage est tuméfié et son œil gauche est quasiment clos, sa respiration est sifflante, mais dans l'ensemble il a l'air d'aller plutôt bien vu les circonstances. Aucune de ses blessures ne semble mortelle et Jack me rassure d'un mouvement de tête. Il survivra et ça suffit à mon bonheur.

J'ai l'impression de ne pas l'avoir vu depuis des semaines, qu'il ne m'a pas prise dans ses bras depuis une éternité. Il ose un léger sourire qui se fige en voyant ma tenue. Il n'y a plus que Jack et moi dans cette cellule, j'avance vers lui quand Samaël beugle dans mon dos. Je l'avais déjà oublié, celui-là.

— C'est quoi, ce bordel !

— Qu'est-ce qui te dérange ? questionné-je en sachant pertinemment ce qui le met dans cet état.

— Ce blouson s'énerve-t-il. Tu es… Depuis quand… Tu n'avais pas le droit…

Je plonge mon regard dans les yeux de loup de Jack parce que mes paroles n'ont de l'importance que pour lui.

— Je suis la régulière de Pyro.

Jack, face à moi, ferme doucement les yeux. Le silence qu'il maintient est le plus beau, nous nous comprenons mieux ainsi et je sais que Jack vient d'accepter que je porte son cuir. Je souris comme une gosse le matin de Noël, quand Samaël me saisit par l'encolure et me projette contre le mur de pierre.

— Ne la touche pas ! hurle Jack en se débattant comme un diable.

— Elle est à moi, c'est le deal, siffle Samaël en caressant ma joue.

— Je t'ai dit de ne pas la toucher, s'énerve mon biker.

Malgré la colère de Jack, je dois le faire sortir de là.

— *Tic, tac… Tic, tac*, rappelé-je avec un petit rire sournois.

— Qu'est-ce qui m'empêche de vous tuer tous les deux maintenant ? Vous êtes à ma merci, sans défense et je serai satisfait de vous savoir morts.

— Parce que je ne te dirai rien tant qu'il est là. Alors qu'est-ce qui est le plus important pour toi ? La vérité ou ta jalousie ?

— Tu sais que je vais te faire payer l'affront de ne pas avoir respecté nos règles, dit-il en m'attrapant par les cheveux.

— Lâche là ! hurle Jack.

Je lui glisse un regard qui signifie que je gère et me tourne vers Samaël.

— Décide-toi, mais si tu ne leur rends pas Pyro dans le temps imparti, tu n'auras pas d'autre chance.

— Tu as raison, je m'occupe de toi après.

Samaël appelle la cavalerie pour escorter Jack vers la sortie, cinq types se précipitent et ils ne sont pas de trop pour arriver à le maîtriser. Dès qu'il n'est plus attaché, il se lance dans la mêlée, mais son objectif, c'est uniquement Samaël. Obnubilé par son but, Jack ne voit pas venir le coup de barre de fer derrière sa tête, il s'écroule au sol, groggy.

— Non ! hurlé-je.

— C'est nécessaire pour qu'il se tienne tranquille. Je reviens.

Jack est ligoté et un sac est jeté sur sa tête. Il est conscient, mais sonné, alors les sbires de Samaël le portent jusqu'à l'extérieur de la cellule comme un vulgaire paquet. La dernière vision que j'ai de lui, c'est son cuir et l'emblème de son club. Seule dans la cellule, j'entends Samaël ordonner à un de ses gardes de rester devant la pièce. Je connais cette cellule, c'est celle dans laquelle mon père m'a appris à m'évader d'une pièce close, j'y ai appris à crocheter les serrures et à développer mes sens en restant enfermée dans le noir. Quelque part, elle est remplie de bons souvenirs, parce que c'est cet entraînement à la dure que m'a donné mon père qui va me permettre aujourd'hui de m'en sortir vivante, moi, toutes les personnes que je cherche à protéger depuis dix ans et Jack.

Quand il revient, Samaël a tout du chat content d'avoir attrapé une souris. Cet imbécile pense que les Black's Soldiers vont s'arrêter là. Snake a dû lui promettre les yeux dans les yeux et sans sourciller qu'il n'y aurait pas de représailles. Il est naïf… Il ne sait pas la valeur du cuir que je porte sur le dos, ce qu'il représente pour ces bikers. Les Fallen's Angels n'ont pas de femmes attitrées, ils ont des épouses qui se doivent d'être dociles et soumises, mais elles ne représentent rien. Elles sont interchangeables. Samaël me voulait à ses côtés pour tout ce que je représente, la fille de son prédécesseur, mais il n'a jamais été question de sentiments. Je l'ai compris bien trop tard.

— À nous deux, dit-il en tapant des mains. Par quoi on commence ?

— Dis-moi pourquoi tu en voulais tellement en Pyro ?

J'ai du mal à comprendre ses raisons.

— Il m'a manqué de respect.

— Pour qu'il te respecte, il aurait fallu que tu le mérites, dis-je, volontairement provocante.

Furieux, sa main vient s'écraser sur ma gorge alors qu'il me pousse violemment contre le mur derrière moi. Le choc me coupe le souffle et la pression qu'il exerce sur ma trachée m'empêche de prendre l'air nécessaire à ma survie. Je suffoque.

— Ne me provoque pas, grogne-t-il en me relâchant.

J'avale la bouche ouverte de grandes quantités d'air. Penchée en avant, les mains sur les genoux, je le détaille pendant qu'il fait les cent pas devant moi. Dix ans que je ne l'avais pas vu, il a changé et en même temps il est toujours le même. Ses yeux noisette ne pétillent plus comme avant et son sourire qui faisait ressortir une fossette sur sa joue droite n'est plus présent. Même physiquement il a changé, il a pris de la masse musculaire, mais rien de comparable avec Jack, qui lui est plus massif et bestial.

— Pourquoi tu me pourchasses ? Au bout de dix ans, tu aurais dû passer à autre chose.

— Tu as décidé de m'abandonner en emportant quelque chose qui m'appartient.

Je n'arrive pas à rester impassible, mes mains tremblent et mon rythme cardiaque devient anarchique. Non, ce n'est pas possible… il ne peut pas savoir.

— Je suis au courant, dit-il, et je vais bientôt récupérer ce que tu n'aurais jamais dû me retirer.

Je comprends qu'il n'a pas encore mis la main sur ce qu'il cherche, et il est impératif que cela reste ainsi. Machinalement, je caresse l'écusson brodé sur le cuir au niveau de mon cœur « propriété de Pyro » et je souris. L'espace d'un instant, je suis sa régulière et ce sentiment me donne des ailes. En me voyant faire, Samaël se tend et prend un air menaçant.

— Tu sais que tu ne sortiras pas vivante d'ici, souffle-t-il.

Ses mains se posent sur mon cou. Ses doigts s'enfoncent dans ma peau et le souffle vient à me manquer. Samaël se rapproche et se colle à moi puis relâche la pression sur ma gorge.

— D'abord, je vais te baiser une dernière fois, et avec ce blouson sur le dos en prime, ricane-t-il. Tu m'appartiens et tu n'aurais jamais dû te donner à un autre. Après je vous tuerai, toi et ton mec, et quand j'en aurai fini avec vous, j'irai chercher ma fille.

Chapitre 37

« Le tout est de tout dire et les mots me manquent. »

Paul Éluard

Weasel

Je viens d'enclencher le compte à rebours sur ma montre.

Cinq minutes.

Devant la grille qui se referme en dérobant Charlie à notre vue, je me dis qu'on est en train de faire une belle connerie. À côté de moi, Snake tapote à la vitesse de la lumière sur l'écran de son téléphone. Il communique avec le club alors que je fixe le portail dans l'attente d'un miracle.

— Cette situation est merdique, craché-je. On n'aurait jamais dû accepter de faire l'échange.

Mon V.P. lève vers moi, un regard exprimant ce que je ne veux pas reconnaître : c'est moi qui ai validé la proposition de Charlie. Je souffle, mécontent, je ne le sens pas. Son portable sonne et Snake s'éloigne pour répondre. Ce n'est pas de moi qu'il se cache, mais des autres. Il veut aussi éviter qu'ils puissent entendre la conversation s'ils sont équipés d'amplificateurs de son. Je démarre ma moto et pousse nerveusement le moteur. Le vacarme des rugissements de ma bécane empêche n'importe qui d'écouter quoi que ce soit. D'ailleurs, Snake est obligé de se couvrir l'oreille pour entendre son interlocuteur, mais à aucun moment il me demande de cesser.

Quatre minutes.

Pendant ce temps j'observe les alentours. Sur des tours de guet sont positionnés des hommes armés. Nous sommes un peu fous de rester comme ça à découvert, autant nous peindre des cibles dans le dos. Mais cette folie est notre force, ils hésitent tous quand ils remarquent que nous ne tremblons pas, que nous n'avons pas peur. Cette arrogance est toujours déstabilisante pour ceux qui s'en prennent aux Black's Soldiers.

Si je suis ici, c'est parce que j'ai refusé de laisser Charlie se jeter dans la gueule du diable sans escorte. Déjà que cette idée pue, alors si elle y était allée seule, je pense que Pyro nous aurait massacrés avec une de ces techniques douloureuses qu'il affectionne tant. Cette fille lui fait du bien et je suis heureux de voir mon frère se laisser envahir par un peu de normalité. Il a toujours été un solitaire, inlassablement présent pour nous, mais il ne nous a jamais vraiment laissés l'approcher. Pyro est un électron libre qui oscille entre la fureur et la folie. Quand ses démons l'envahissent, mon frère perd tout sens commun et même nous, nous en arrivons à le craindre. Il ne s'en prendrait jamais à l'un d'entre nous, mais la confusion qui l'anime dans ces moments-là laisse planer le doute. Le club et la fraternité qui y règne n'ont jamais été suffisants. Nous avons aussi, je le reconnais, attisé son côté destructeur en faisant de lui notre arme ultime. Pourtant depuis sa rencontre avec son ange blond, comme il aime l'appeler, je peux voir que l'humain prend le pas sur la bête. Et je m'en veux de ce que nous avons fait de lui toutes ces années : un tueur. Quand je le vois maintenant, j'avoue que j'ai été un mauvais frère et un piètre ami. Et que la seule fille qui a réussi à voir au-delà de ce qu'il veut bien montrer soit en danger me fout dans une colère terrible.

Deux minutes.

Snake s'approche alors que je continue à faire hurler mon moteur. Il se penche vers moi assez près pour que je l'entende malgré le vacarme.

— Cette gonzesse avait raison, les gars nous rejoignent avec le chapitre de l'Indiana, qui vient en renfort. Son frère leur a apparemment filé de sacrées infos et il est certain que ces connards vont mordre la poussière.

— T'as appris quoi de plus ?

— Nous sommes devant la seule issue. Du moins en extérieur. Les autres sont des souterrains qui débouchent en divers endroits dans la forêt. Le cousin nous a filé les coordonnées et nos frères de l'Indiana vont s'en charger parce qu'ils sont les plus proches. Et, cerise sur le gâteau, les Hell's Demons sont déjà là.

Une minute.

Je regarde ma montre et fixe mon attention sur la grille. Je commence à m'agiter, sentant mon sang battre dans mes temps. J'appréhende le moment s'ils ne respectent pas leur part du marché. Nous aurons perdu Charlie en plus de Pyro et nous ne pourrons pas attaquer tous les deux la fleur au fusil. Dès qu'ils vont se rendre compte qu'on a bluffé, on va se faire tirer comme des lapins. J'enfourche donc ma bécane et Snake fait de même. Nous sommes prêts à déguerpir dès la fin du temps imparti.

Trente secondes.

Mes mains se resserrent sur ma poignée de vitesse, la béquille est relevée et je regarde amèrement la moto que Pyro vient de finir et que nous allons devoir abandonner sur place. Les dents serrées et le regard qui navigue entre les grilles et les tours de guet, j'ai la respiration courte, gênée par le gilet pare-balles qui me compresse la poitrine. Nous le portons à même la peau pour nous rappeler toujours sa présence et ainsi garder en mémoire que nous sommes mortels et que nous devons être constamment sur nos gardes. C'est encore plus vrai aujourd'hui, nous sommes pour l'instant en infériorité numérique et nos adversaires ont un meilleur angle de tir.

Malgré le bruit de nos moteurs, l'alarme de ma montre sonnant la fin du temps accordé, résonne comme le gong avant un combat de boxe. Il est assourdissant. Alors que nous amorçons notre demi-tour pour fuir cette zone à découvert, la lourde grille en métal entame son ouverture. Vigilant, je me saisis discrètement de l'arme dissimulée dans mon dos. Quitte à mourir, ça sera l'arme à la main, et je ne vais pas leur faciliter la tâche, à ces connards.

Presque surpris, nous voyons arriver Samaël et ses sbires. Nous coupons nos moteurs et entendons distinctement Pyro leur hurler dessus, les menaçant d'une mort lente et sadique. Les hommes se battent avec notre frère, qui est pourtant ligoté et aveuglé par un sac. Il arrive malgré tout à asséner quelques bons coups, ce qui me fait sourire. Mon frère est une force de la nature. Je descends de la moto pour aller à la rencontre de Pyro, mais Snake bloque mon avancée d'un bras sur mon torse.

— Laisse-le encore s'amuser, dit-il. Parce ce qu'une fois qu'ils nous l'auront rendu c'est nous qui allons devoir le gérer.

Merde, il n'a pas tort. Quand Pyro va savoir ce qui se trame, il va être intenable. Samaël s'approche tel un nabab et, du coin de l'œil, je distingue les tireurs des tours de guet qui nous visent. Je peux même voir le point lumineux du viseur sur le front de Snake, j'imagine aisément que j'ai le même.

— Voilà, je vous le rends. Il est un peu amoché, mais il s'en remettra, déclare Samaël.

Les sbires poussent Pyro vers nous et je le réceptionne alors qu'il se débat encore.

— C'est Weasel, dis-je.

— Putain, vire-moi ce sac de la tête et détache-moi, aboie-t-il.

Au son de sa voix, j'hésite à faire ce qu'il dit parce qu'il va être ingérable. Il est déjà dans un état de tension extrême. Libéré de ses liens, Pyro se rue sur Samaël, se débat, et je mets toutes mes forces pour le retenir.

— Lâche-moi, je vais le tuer ! hurle-t-il.

Samaël frémit sous le regard mortel de Pyro, complètement enragé ; il ne lui manque plus que la bave aux lèvres. Le chef des Fallen's Angels se tourne vers Snake.

— Tenez-le bien en laisse. Un deal est un deal.

— Vous devriez dégager avant que je ne le lâche sur vous, siffle notre V.P.

— Tu n'as pas fait de deal avec moi, connard ! vocifère Pyro que j'ai de plus en plus de mal à retenir.

La petite troupe nous quitte sans dire un mot, et je remarque que je ne suis plus la cible des snipers. Tous les points lumineux sont centrés sur Pyro. Quand la porte se referme sur Samaël, je jurerais presque l'avoir entendu souffler de soulagement que le portail se trouve maintenant entre lui et la bête.

Je lâche mon frère qui se retourne brusquement et il me fout une droite qui me met au tapis.

— Mais ça ne va pas ! crié-je en me massant la mâchoire.

Les yeux exorbités, la respiration haletante et les poings serrés, il se tourne vers Snake. Il a encore assez de jugeote pour ne pas lever la main sur notre V.P., mais il lui hurle dessus.

— Pourquoi vous l'avez amené, ici ! Il va la tuer, il ne rêve que de ça !

— C'est elle qui a insisté et son plan a marché puisque tu es là, lui répond Snake.

— Mais à quel prix ! beugle-t-il comme un dément.

Snake n'apprécie pas le ton employé par Pyro et le lui fait savoir.

— Et tu vas faire quoi, sombre crétin ? Tu vas te jeter dans la gueule du loup tout seul sans aucune chance de lui sauver la vie ? T'es vraiment aussi con que ça ?

Pyro tique, je sais que son passé de militaire lui permet de réaliser qu'il n'y arrivera pas tout seul. Je me redresse et m'adresse à lui comme à un animal blessé. Je crains sa réaction, qui sera plus viscérale que réfléchie.

— Nous allons la sortir de là et je vais t'expliquer comment.

Pendant que je détaille le plan à Pyro, je vois ce dernier se rembrunir au fur et à mesure. Non pas que le plan lui semble mauvais, mais dès que je fais allusion à Charlie il serre un peu plus les poings et ses muscles se contractent. Ses iris si particuliers me foudroient et j'avoue que ce regard est franchement intimidant. Au travers des hématomes qui commencent à colorer son visage, je peux voir sa mâchoire qui se serre avec violence. Et ça doit faire un mal de chien, mais il ne montre aucun signe de douleur.

À la fin de mon explication, Pyro se plante face à nous, menaçant et agressif.

— Si elle ne s'en sort pas, je ne vous le pardonnerai jamais.

Cela va au-delà de ça, parce que, si elle ne s'en sort pas, l'homme disparaîtra complètement au profit de la bête. Et nous l'aurons perdu pour de bon.

Chapitre 38

« Le mal n'est jamais spectaculaire. Il a toujours forme humaine. Il partage notre lit et mange à notre table. »

W. H. Auden

Charlie

Dix ans plus tôt

La scène qui se déroule sous mes yeux est complètement surréaliste. Charon ne peut pas avoir fait ça ! Il ne peut pas avoir tué mon père et encore moins de cette façon.

Dans la cour de l'Olympe, où tous les membres des Fallen's Angels sont réunis, je ne peux détacher mon regard du corps sans vie de mon paternel. Mon corps n'encaisse pas ce qu'il vient de se produire devant moi. Je ne voulais pas voir, j'ai fermé les yeux faute de pouvoir partir en courant, ou mieux, de venir en aide à mon père. Des hommes m'obligent à rester debout et d'assister au spectacle comme le dit Charon. Leurs corps encadrent le mien et leurs bras m'emprisonnent. Ils m'encadrent, je ne peux bouger.

Ma seule échappatoire à la vision d'horreur qui hantera mes nuits jusqu'à la fin des temps si je la vois est de fermer les yeux. Je ne vois peut-être plus rien, mais j'entends tout et, quand Charon ordonne qu'on me lâche, je tombe à genoux. Je refuse d'ouvrir les yeux, je les cache de mes mains pour être sûre de ne pas affronter l'inenvisageable. Sous mes doigts, mes larmes ne cessent de couler, et si je les maintiens clos je ne serai pas confrontée à ce que j'ai entendu. Aux cris d'encouragements de mes gardiens, aux râles de douleur de mon père. Non, tout restera hypothétique et complètement irréel.

Comment a-t-il pu me faire ça ? Et comment ai-je fait pour ne pas voir ce qui se tramait sous mon nez ? Je peux mettre ça sur le compte de l'aveuglement du premier amour, mais pourtant, avec ma formation, j'aurais dû me méfier. Qu'est-ce que j'ai pu être naïve !

À genoux, les yeux larmoyants, les mains au sol et la tête basse, j'essaye de faire abstraction de ce qui m'entoure. Pourtant, la journée avait bien commencé. Selon nos règles, Charon avait demandé à Samaël, notre chef, qui est aussi mon père, de me faire sienne. J'étais aux anges et n'ai pas manqué de le faire savoir à mon père ! Âgé de quelques années de plus que moi, Charon avait jeté son dévolu sur moi. Au départ je pensais que c'était simplement parce que j'étais la fille de Samaël, mais il s'est montré tendre, fidèle et amoureux. Du moins c'est ce que je croyais ! Mais dès qu'il a reçu l'accord de mon père devant l'ensemble du club – ce qui entérine la décision – Charon l'a immédiatement provoqué en duel pour prendre sa place. Il a attendu que ma reddition soit totale, il avait mon accord, celui de mon père et tout un public pour s'assurer que j'étais consentante.

Ma journée de rêve est devenue mon pire cauchemar. Le matin, j'allais épouser l'homme que j'aimais et, le soir, il tuait mon père.

Pourtant, selon nos règles, je lui suis promise et je me dois de rester à ses côtés. Plutôt mourir !

Des pas s'approchent de moi, je peux distinctement les entendre aux crissements des rangers de leur propriétaire sur les graviers de la cour.

Des mains viennent encadrer mon visage. La première chose que je repère, c'est l'odeur métallique du sang, elle m'agresse les narines. Ensuite c'est la sensation visqueuse de l'hémoglobine sur mes joues. Je hurle en essayant de reculer, il ne peut pas faire ça ! La respiration hachée de mon bourreau caresse mon visage. J'ai un haut-le-cœur.

— Je vais vomir, pleuré-je.

Les mains me lâchent et je sens des gouttes de sang couler dans mon cou. Je me penche sur le côté pour vomir, la bile me brûle la gorge, mais ce n'est rien comparé à la sensation de vide que je ressens dans la poitrine. L'homme que j'aime vient de tuer mon père ! Charon, ou plutôt devrais-je dire le nouveau Samaël, attrape mes cheveux et me frotte le dos pour faire passer ma crise vomitive. Il est prévoyant et délicat, ce qui accentue mon mal-être, car je réalise que j'aime un monstre. Quand les spasmes de mon estomac cessent, j'ouvre les yeux en essayant de m'éloigner le plus possible de l'assassin qui me fait face.

Charon me prend dans ses bras et me berce contre sa poitrine. J'essaye de me défaire de son emprise, mais il est trop fort et moi trop bouleversée pour arriver à réellement mettre des forces dans cette bataille.

— Tu m'appartiens, siffle-t-il d'une voix doucereuse.

— Jamais.

C'est la seule certitude que j'ai en cet instant, je n'appartiendrai jamais à cet homme.

*

Mon corps pèse une tonne, je n'ai plus le contrôle de mes muscles et, quand j'essaye de lever la tête pour voir où je suis, je n'arrive qu'à la soulever de quelques millimètres avant qu'elle ne retombe sur une surface souple. Je suis dans un lit, les draps sont doux et d'un blanc immaculé, l'oreiller qui supporte ma tête est moelleux et, si je ne me sentais pas aussi vaseuse, je dirais que je me sens bien.

Puis les événements me reviennent comme un boomerang et j'ai de nouveau envie de vomir. Donc ce n'est pas un cauchemar, l'homme à qui je suis destinée a vraiment tué mon père avec brutalité et violence. J'ai fermé les yeux tout le long de leur affrontement, mais j'ai tout entendu, jusqu'au dernier souffle de mon père qui résonne encore en moi.

D'un coup d'œil circulaire sur la pièce, je devine être dans la chambre de Charon. D'ailleurs, maintenant que je sais où je suis, son odeur d'eau de Cologne m'agresse les narines. Ce parfum viril qui jusqu'à ce matin me rendait folle et qui maintenant restera à jamais l'odeur d'un assassin. La porte s'ouvre, mais je ne peux voir mon visiteur, bien que j'aie une idée de son identité.

Charon s'approche du lit dans une démarche prédatrice.

— Némésis, tu es réveillée, s'exclame-t-il. Je suis content de voir tes magnifiques yeux ouverts. Désolé pour ton état léthargique, mais tu étais incontrôlable j'ai donc dû t'aider à te calmer.

Comprenez : je t'ai droguée.

— Tu n'as pas fait ça ? demandé-je, consciente de l'absurdité de cette question.

Il s'assoit sur le lit à côté de moi et pose une main sur ma cuisse. Le fait que je la sente autant m'indique que je n'ai pas de pantalon et, quand j'essaye de la *dégager en bougeant ma jambe sans réussir, je sais qu'il m'a injecté une forte dose de drogue.*

— Je devais le faire, explique-t-il calmement. Je suis né pour être chef et tu es née pour être ma reine. Tu l'as d'ailleurs accepté.

— Oui, avant que tu décides d'assassiner mon père.

Les larmes me reviennent et je ne cherche même pas à les retenir.

— Ce sont nos règles. Le nouveau chef doit tuer l'ancien pour prendre sa place.

— Nos règles disent aussi qu'un chef peut céder sa place s'il juge son successeur digne ! aboyé-je.

Moi aussi je connais nos lois et je sais qu'il y avait d'autres solutions que cette mise à mort.

— Ça n'aurait pas eu le même impact sur les hommes, dit-il avec hargne.

— Dis surtout qu'aucun ne t'aurait suivi sans ce déchaînement de violence.

Les Fallen's Angels ne sont pas des tendres, comme des milliers de clubs et d'autres organisations à travers le monde, mais la place de leader doit se gagner. Mon père avait obtenu le respect de ses hommes par ses actions et Charon espère l'obtenir par la crainte.

— Peu importe, je suis le nouveau Samaël et mon règne commence aujourd'hui, avec toi à mes côtés.

— Tu rêves si tu crois que je vais rester sagement avec toi. Tu ne seras jamais tranquille ni serein et quand tu t'y attendras le moins je te tuerai comme tu as tué mon père. Et entends bien ça : je ne serai jamais à toi.

Sa main sur ma cuisse remonte jusqu'à mon entre-jambe. Il se penche sur moi pour m'embrasser, j'essaye de me débattre, sans grand succès. Mon corps est lourd, il ne m'appartient plus, il ne répond pas : je suis à sa merci.

— Tu seras à moi que tu le veuilles ou non.

Je me détourne, mais il a plusieurs cordes à son arc. En plus d'être un assassin, c'est aussi un violeur.

*

Les souvenirs douloureux sont le point de départ de mon histoire depuis mon départ des Fallen's Angels. Ce même jour où mon père est mort, Charon m'a violée, emportant avec lui ma virginité et ma dignité.

Quand j'ai pu trouver la faille pour m'enfuir, j'ai tout laissé derrière moi. Papiers d'identité, argent, vêtements… Mon arrivée à Fremont est un hasard, c'est là que ma voiture est tombée en rade d'essence. Je voulais quitter le pays, je me suis ainsi retrouvée dans l'agence de voyages de Hayley.

Je suis perdue dans mes pensées quand le bruit de la porte de la cellule s'ouvre sur mon ex qui me fixe avec hargne. Je suis assise à même le sol, les jambes remontées contre ma poitrine, mon regard se pose sur cet homme que j'ai cru un jour aimer. Je n'ai pas peur de lui, il m'a déjà pris beaucoup et j'ai mis tant de temps à me reconstruire qu'il n'obtiendra rien de moi. Aujourd'hui, je sais ce qu'il veut, mais je refuse qu'il me prenne ma fille.

— Tu n'aurais pas dû Némésis, tu aurais dû rester avec moi. Nous aurions élevé notre fille ensemble.

— Nous n'aurions jamais été une famille, dis-je en secouant la tête. Sois réaliste, Charon.

Il grince des dents, mais ne me reprend pas sur le nom que j'utilise, le sujet est bien trop sérieux pour qu'il s'énerve pour un rien. Il veut savoir où elle est, mais je refuse qu'il s'en approche.

— Pourquoi ?

— Tu poses vraiment la question ? Tu es aveugle au point de ne pas savoir pourquoi je ne veux plus que tu t'approches de moi et surtout d'elle.

D'une démarche de prédateur, il s'avance vers moi et, d'une main ferme, me tire vivement les cheveux en arrière pour relever ma tête et que je puisse le regarder dans les yeux. Sa voix est hargneuse.

— Tu n'avais pas le droit de me voler ma fille.

Je lui réponds sur le même ton.

— Tu n'avais pas le droit de tuer mon père. Tu n'avais pas le droit d'abuser de moi. Tu n'avais pas à me torturer pendant des jours. Tu n'avais pas à buter des innocents. Tu m'excuseras d'avoir pensé que tu ferais un père de merde.

Sa réaction est immédiate, il me gifle avec tellement de violence que ma tête part sur le côté. Tout en crachant le sang qui a envahi ma bouche, je m'adresse à lui en riant.

— Tu vois, j'avais raison. Tu es incapable de ne pas lever la main sur les gens qui te tiennent tête.

— Parce que tu l'as mérité.

Sa réflexion est typique des hommes violents, « c'est pas ma faute, c'est la tienne ». Il est impossible de discuter avec lui et je n'en ai pas vraiment envie. J'ai pris la décision en mon âme et conscience de protéger ma fille de son sociopathe de géniteur. C'est peut-être égoïste, mais je sais qu'empêcher Charon de s'approcher de mon enfant est la meilleure décision que j'ai prise. Et même si pour cela je me suis moi-même privée d'elle. Si j'ai fait le sacrifice ultime pour la protéger de lui, ce n'est pas pour qu'elle tombe entre ses griffes, et pour cela je suis prête à la défendre de ma vie.

— Bon, qu'est-ce qu'on fait ? Je ne te dirai jamais où elle est.

Son sourire sadique ne me dit rien qui vaille et mes muscles se tétanisent par anticipation.

— Mais je sais déjà où elle se trouve.

Non ! C'est impossible.

Je ne respire plus, maintenant j'ai un nouvel objectif : survivre pour l'empêcher de me la prendre.

— Tu vois, j'avais proposé le contrat pour la retrouver à ton mec, crache-t-il agressivement.

Jack n'a pas pu aider l'individu qui me fait face. Je n'y crois pas ! C'est encore une de ses tentatives pour nous séparer.

— Ne te fatigue pas, je sais que Jack n'a pas pu accepter ta proposition. Il n'est pas un monstre comme toi.

La grimace que me fait Charon montre que j'ai touché un point sensible.

— Tu as raison, mais d'autres ont accepté.

Je tremble, même moi je ne sais pas exactement où se trouve ma fille. Pour sa sécurité, je n'ai pas son adresse, je sais juste qu'elle est à l'étranger. Il y a huit ans, Charon nous a retrouvées et a tué mes voisins et leur fils de quatre ans. Voyant qu'il était prêt à tout, y compris massacrer des enfants, j'ai confié ma fille à ma mère et je suis partie loin d'elles. Je suis retournée à Fremont, cette ville avait l'emplacement idéal pour le surveiller. À la fois proche de l'Olympe et du QG et assez éloignée pour ne pas me faire repérer.

— Et donc je vais aller la chercher, mais avant je voulais qu'on passe un peu de temps ensemble.

Sa main glisse sur ma joue et se pose sur ma poitrine recouverte du cuir de Jack. Ce dernier me donne la force nécessaire pour me battre. Je prends appui sur mes jambes pour me lever d'un bond et me jette à corps perdu dans le combat. Pour protéger ma fille, je suis prête à tout. Il a l'avantage de la force physique et de l'entraînement régulier, mais moi aussi j'ai subi cet entraînement et j'espère que c'est comme le vélo et que ça ne s'oublie pas.

Alors que nous nous regardons en chiens de faïence, dans l'attente que l'autre fasse le premier pas, une forte détonation se fait entendre que je ressens jusque dans mes tripes.

— On nous attaque ! hurle une voix à l'extérieur.

Charon se tourne vers moi, qui souris de toutes mes dents, je lui adresse un sourire sadique qui signifie : « *tu vas crever, connard.* »

— Je savais que ces chiens galeux n'allaient pas respecter le deal.

— Tu t'attendais à quoi ? Tu as kidnappé une de leur régulière.

En colère, il m'assène une droite qui me fait vaciller et sort de la cellule sur un dernier avertissement.

— Je tuerai ton mec comme j'ai tué ton père.

Chapitre 39

« As long as I have breath in me
I know who I supposed to be
I will live or die happily
Just to know you'r free[1] »

Rag'n'Bone Man, Breath in me

Jack

Énervé, je donne un violent coup de pied dans la bécane de Weasel, qui s'écrase au sol dans un bruit de métal qui se froisse. Ma rage est à la limite de l'incontrôlable, je sens que ma raison ne tient qu'à un fil et qu'il en faudrait peu pour que je dégoupille complètement. Mon frère ramasse sa moto en me jetant un regard mauvais, mais il ne souffle mot. Ça va, je lui réparerai sa bécane, il ne va pas me faire chier.

Si j'ai bien compris, c'est Charlie qui a fomenté ce plan foireux pour me sortir de là. Pas si foireux si l'on considère que je ne suis plus à la merci de Samaël, mais merdique parce que c'est elle qui s'y retrouve. Cette nana n'en fait qu'à sa tête ! Et, après ce que

1. Aussi longtemps que j'ai du souffle en moi
Je sais qui je suis censé être
Je vivrai ou mourrai joyeusement
Juste pour savoir que tu es libre. »

m'a dit ce connard pendant notre tête-à-tête, il va la torturer, voire pire. À cette pensée, je frémis. C'est la première fois que je ressens ce sentiment étrange qu'est la peur. Même quand la mort est venue me frôler, je n'ai jamais eu peur, je l'attendais même comme une délivrance. Mais là, il ne s'agit pas de ma mort, il s'agit de l'ange blond qui m'a sauvé la vie et je suis mort de trouille à l'idée de la perdre.

— Éloignons-nous, ordonne Snake, le reste de la cavalerie arrive.

Je grogne en me disant qu'il est hors de question que je monte derrière l'un de ces deux traîtres qui ont laissé Charlie venir jusqu'ici quand je remarque une troisième moto. Et pas n'importe laquelle, c'est la mienne. La peinture blanc nacré du tatouage de Charlie ressort sur le noir mat du reste de la bécane. Je me tourne vivement vers mes frères et c'est Weasel qui explique :

— Charlie s'est pointée avec au club et l'a prise pour venir ici.

Je suis soulagé d'apprendre qu'elle n'a pas fait le voyage derrière un de mes frères et étonné qu'elle sache conduire une moto. En fait non… après aujourd'hui, je crois que plus rien ne m'étonne la concernant.

Même si nous ne sommes éloignés que de quelques kilomètres du lieu où elle est retenue prisonnière, cette distance entre mon ange et moi me semble immensément plus grande, à la limite de l'infranchissable.

— Nos frères arrivent d'ici dix minutes, annonce Snake.

Je descends de ma moto et marche de long en large comme un fou. J'essaye de contenir ma rage, mais je la sens prendre peu à peu le contrôle sur moi. Comme toujours quand l'adrénaline vient me tenir compagnie, les voix dans ma tête désertent. C'est d'ailleurs pour ça que j'ai autant besoin de ce shoot de silence provoqué par l'excitation du meurtre. Pour me canaliser, je pense à ma belle blonde, à son rire qui me chatouille les oreilles. À sa peau que j'imagine en frottant mon pouce et mon index l'un contre l'autre. À ses yeux qui me regardent comme aucune autre femme ne l'avait jamais fait. À ses lèvres qui m'ont apporté tant de plaisir et au manque que je ressens de ne plus l'avoir avec moi.

Je tiens à cette emmerdeuse qui s'est jetée dans la gueule du loup pour me sauver. J'admire sa force de caractère et encore plus maintenant. Mon corps ne reconnaît que le sien et elle est la seule capable de faire taire les voix dans ma tête sans avoir recours à la violence. Avec elle, j'ai la sensation d'être normal et que ma vie peut changer. Charlie fait partie de ces êtres solaires qui donnent sans rien attendre en retour. Depuis que nous nous fréquentons, ma belle blonde ne m'a jamais mis la pression, elle respecte mes silences et prend ce que je veux bien lui donner sans en demander plus. Elle n'a certainement pas conscience de la place qu'elle a prise dans ma vie, elle me sauve de moi-même.

Je parle d'elle au présent parce qu'il est certain que, si elle meurt, il n'y a plus raison ni retenue. Je serai un danger pour les autres, y compris mes frères. À ce moment-là, il faudra m'abattre.

Le bruit rugissant d'une cinquantaine de motos se fait entendre. Ce son est assourdissant, mais en cet instant il est le signal que j'attendais pour aller me farcir du Fallen's Angels. Les moteurs ne sont pas encore coupés que je me précipite sur Hurricane pour recevoir mon équipement. Ce dernier n'est pas surpris et me tend un sac à dos contenant le nécessaire pour aider mes ennemis à rejoindre leur créateur.

J'enfile le gilet pare-balles après avoir retiré mon cuir. Quand mes doigts enserrent la crosse d'un Desert Eagle, j'en ressens toute sa force. Je l'ouvre pour constater qu'il est chargé de balles 50 AE. Ces munitions sont les plus puissantes du marché pour cette arme et peuvent facilement traverser un corps, je souris en imaginant ce qu'il restera de la tête de Samaël une fois que je lui aurais fait sauter le caisson avec. À ma cuisse, je fixe mon couteau Gerber après en avoir vérifié l'affûtage. Au fond du sac, du C4. Étonné, je questionne du regard Hurricane.

— Il paraît qu'il y a une grille qui nous empêche d'entrer, se contente-t-il de répondre.

C'est vrai qu'elle est épaisse et certainement blindée, donc la faire sauter avec des explosifs est encore le moyen le plus rapide d'entrer. Équipé pour aller à la guerre, je me tourne vers Ryder pour qu'il donne les dernières consignes. Elles ne sont pas vraiment pour moi parce que je reste un électron libre, mais elles sont nécessaires pour s'assurer que tout le monde connaît son rôle. Il est exceptionnel que je participe aux raids avec mes frères, moi j'agis en solitaire, j'interviens à la fin pour faire place nette, le grand ménage, mais rarement au cœur de la bataille avec eux.

Weasel part seul en éclaireur, son fusil HK 416 en bandoulière dans son dos. En plus d'être un génie en informatique, ce petit con est aussi un sniper d'exception et je sais qu'il va faire mouche sur les sentinelles des tours de guet. Une minute après – c'est tout ce que je m'autorise comme patience – je prends la même direction que lui pour aller piéger la porte, je sais que mon frère m'aura dégagé le passage.

Toutes les minutes, un biker démarre sa moto, et nous nous retrouvons à plus de trente devant la grille au moment de l'explosion. Les autres restent en retrait pour venir en renfort après.

La détonation est bruyante, le souffle puissant, mais il ne faut pas s'attendre à un spectacle pyrotechnique comme dans les films. Ma charge est parfaitement dosée pour ouvrir une brèche suffisamment grande pour que l'on puisse s'infiltrer, et assez forte, pour être entendue par Samaël peu importe où il se trouve. L'objectif n'est pas de faire exploser le bâtiment avant que j'aie pu récupérer mon ange.

Ma vengeance passerait presque au second plan, mais je reste un biker au sang chaud et aux démons violents. Ma belle blonde peut m'apporter toute la sérénité qu'elle veut, tuer Samaël m'apportera la satisfaction de la savoir en sécurité. Mon besoin de verser son sang est viscéral, j'ai le sentiment que sans ça je ne pourrais jamais trouver la paix. C'est à partir de ce moment-là que les choses sérieuses pourront commencer entre mon ange et moi. Et puis j'ai ma fierté et ce connard m'a salement amoché, je ne peux pas laisser passer cet affront.

Nos motos restent à l'extérieur et je rentre le premier. Dans le nuage de poussière suite à l'explosion, je ne distingue pas grand-chose. Arme à la main, nous progressons en maintenant une distance d'un mètre entre nous. À ma gauche notre sergent d'armes muni de son Glock calibre 22 et à ma droite Snake, qui est plutôt de la vieille école, avec une préférence pour les revolvers. Je repère Weasel, qui a pris place en hauteur pour assurer nos arrières en sa qualité de sniper, et Wolve, jamais loin de son comparse Hurricane. Ryder, notre Préz, est toujours le premier à mettre la main à la pâte, il se tient à la droite de notre

V.P. Je connais les aptitudes de chacun de mes frères, c'est moi qui les forme au maniement des armes. Certains sont plutôt doués et d'autres carrément nuls, mais l'objectif est qu'ils sachent se débrouiller avec une arme à la main. Au premier rang de l'attaque se trouvent les plus aguerris et au second plan les plus inexpérimentés et les prospects.

Nous avançons de front quand les premiers tirs retentissent. Je peux voir Jazz s'écrouler, aussitôt protégé par mes frères proches de lui. Le bruit significatif du HK 416 de Weasel résonne, signe que le combat est ouvert. Mes muscles se tendent, mes doigts se resserrent autour de la crosse de mon arme. Je souris bêtement de me retrouver enfin au cœur de la mêlée, ça m'avait manqué et je peux sentir l'énergie de mes frères qui me gonfle d'un sentiment d'invulnérabilité. Malgré ma vision réduite à cause du passage à tabac de Samaël, je repère un type face à moi, je n'hésite pas et vise la tête. Pas de temps à perdre, j'évite les tirs inutiles.

La riposte face à nous est terrible, les hommes sont lourdement armés et je vois plusieurs de mes frères tomber. C'est un véritable bain de sang ! Nous avons chacun pris des positions de repli qui nous permettent d'attaquer sans essuyer une pluie de balles. Mais j'avoue que cette configuration ne m'enchante pas. Je n'aime pas attendre et jusqu'à maintenant je n'ai toujours pas repéré Samaël. Est-ce que ce lâche se planque ? Est-ce qu'il a pris la fuite ? Pire, est-ce qu'il est toujours avec Charlie ? À cette idée je hurle ma rage en l'invectivant :

— Samaël !

Au milieu de cette bataille qui laissera des cicatrices, je m'avance vers l'objet de ma haine, que je viens de repérer. Samaël est aux prises avec un de mes frères, qu'il poignarde sous mes yeux. Ça y est je dégoupille, je ne vois plus que lui et m'approche d'un pas déterminé, l'œil mauvais et la rage au ventre. Je tire sur le mec le plus proche de lui pour qu'il me repère. Quand Samaël me voit arriver droit sur lui comme un taureau qui charge, son sourire se fait sadique. Je dois lui reconnaître au moins ça, dans le cœur de l'action, ce type n'est pas un planqué. Le sang qu'il porte sur lui en est la preuve. Samaël se tourne vers moi :

— On la joue à l'ancienne ?

En réponse à sa question, je jette mon flingue pour me saisir de mon couteau. C'est un geste stupide, mais à cet instant j'ai besoin de sentir la vie quitter son corps. Je veux avoir son sang sur mes mains et être la dernière chose qu'il verra avant de mourir. Le chef des Fallen's Angels me regarde approcher avec un air sournois qui devrait me mettre la puce à l'oreille, mais je ne me contrôle plus, je ne réfléchis plus vraiment. Tout ce que je veux, c'est qu'il meure.

Le chuintement d'une flèche qui passe à quelques centimètres de ma tête me fait stopper net. Le bruit sourd d'un corps qui s'effondre au sol dans mon dos me fait me retourner aussitôt. Allongé raide mort, une flèche en plein dans la gorge, Musher. Dans sa main un poignard qu'il comptait bien me planter dans le dos. Tellement obnubilé par l'ennemi face à moi, je n'ai pas assuré mes arrières. En même temps, je n'aurais jamais cru que l'attaque pouvait venir de nos propres rangs. Je donne un coup de pied dans le corps sans vie du prospect et souris parce que je ne le sentais pas ce mec.

Vivement, je me retourne vers l'origine du tir mortel. Je ne connais qu'une seule personne capable de viser aussi bien. Sur le toit du bâtiment, je repère une crinière blonde. La luminosité m'empêche de la distinguer clairement, mais je sais que c'est elle. Je respire instantanément un peu mieux parce qu'elle est en vie et assez en forme pour buter un type à plus de trente mètres. Je lui dois encore la vie. Cette petite nana passe son temps à me surprendre.

Débarrassé du traître, je reporte mon attention sur Samaël, qui fixe mon ange blond avec hargne. La distance qui nous sépare lui donne une légère avance qu'il compte bien mettre à profit.

Il part en courant vers l'entrée du bâtiment avec une idée en tête, dont il me fait part :

— Je vais la crever une bonne fois pour toutes.

— Non, hurlé-je en me précipitant à sa suite.

Moi vivant, il ne touchera pas à un cheveu de Charlie.

Chapitre 40

« On n'a rien à craindre de ceux qui crient. Ce sont les silencieux qui faut surveiller. »

Henning Mankell, L'Œil du léopard

Charlie

Après le départ précipité de Samaël, je me retrouve seule dans la cellule. Pas de temps à perdre, l'explosion que nous avons entendue est le signe que les Black's Soldiers attaquent. Mon cousin a dû les prévenir, j'espère seulement qu'ils sont préparés à affronter tout ce beau monde. Les membres des Hell's Demons que j'ai repérés dans la salle étaient lourdement armés.

J'attends quelques instants pour être sûre que la voie est libre. Je me saisis frénétiquement du petit poignard que j'ai à la cheville. J'étais certain que, dans la précipitation, Charon n'allait pas me fouiller. Si j'avais porté un flingue, il l'aurait fait, mais là je me suis présentée à lui sans rien d'apparent. Ce qui semble lui avoir suffi. C'est sa première erreur.

À l'aide de mon couteau je crochète la serrure, il me faut un peu de temps pour y arriver. J'ai perdu l'habitude et je tremble d'agacement et de peur. Je ne veux pas que Samaël s'en prenne à Jack. Je tiens trop à ce biker borné pour qu'il lui arrive quelque chose. Au bout de plusieurs minutes, le cliquetis significatif de l'ouverture se fait entendre. J'ouvre partiellement la porte pour vérifier qu'il n'y a pas de gardes, la voie est libre.

Mon instinct prend le dessus, je connais ces lieux comme ma poche. Sur ma droite le couloir menant à la salle commune, les tirs sont nombreux, la bataille fait rage. Je prends à gauche vers la sortie du bâtiment. Face à la porte donnant sur l'extérieur, je prie pour que mon cousin ait bien fait ce que je lui ai demandé.

L'air est vicié par l'odeur de poudre et de sang, même si je suis loin du lieu de l'affrontement, j'entends distinctement les cris des hommes qui se battent, les tirs des armes qu'on utilise. L'odeur de mort flotte autour de moi comme un avertissement de ce qui se passe par ma faute.

Dans ce brouhaha infernal la voix de Jack me parvient, il interpelle Samaël. Mon corps est parcouru de tremblements, je suis heureuse de le savoir en vie et inquiète de ce que va faire mon ex. Je me précipite vers l'orée de la forêt, marche environ dix mètres et trouve mon arc sous un tas de feuilles. Ethan a réussi à le planquer avant de fuir. Je souris en le prenant en main, c'est le mien. Celui avec lequel j'ai appris à tirer, je sais qu'il est déjà calibré pour moi, je n'ai donc pas de préparation à faire dessus. Du bout des doigts je caresse les initiales de mon père, qu'il a fait graver quand j'ai réussi mon premier contrat.

Je me saisis du carquois contenant les flèches et reviens sur mes pas en courant. À l'arrière du bâtiment se trouve l'échelle menant au toit. D'ici j'aurai une vue d'ensemble sur l'affrontement et je pourrai apporter mon soutien à Jack et ses hommes. Je grimpe les barreaux rapidement et m'approche du bord pour choisir l'angle de tir idéal.

En appui sur le rebord, je bloque un instant sur la scène qui se joue devant moi. C'est un champ de bataille à ciel ouvert. Les hommes s'affrontent avec violence, tous persuadés d'être dans le bon camp. Mais il y a-t-il vraiment des gentils et des méchants ? Les Black's Soldiers, les Fallen's Angels et les Hell's Demons, même combat. Je ne suis pas mieux qu'eux, j'ai été élevée dans cet univers, on m'a formatée pour en faire partie et j'ai choisi d'aimer l'un d'entre eux.

Au cours des semaines passées ensemble, Jack m'a parlé de son club. Du travail qu'ils font pour sortir de l'illégalité, de la place qu'ils accordent aux régulières et aux enfants. Du respect qu'ils ont les uns pour les autres et du fait que chacun fait partie de sa famille. Il n'a pas parlé de sa place à lui, mais j'ai bien vu qu'elle devait être la plus difficile à tenir. Dans ce genre de procédé de transformation, il faut toujours un type pour montrer que le club ne se ramollit pas, que s'il le faut il sait toujours se servir d'une arme et briser quelques membres. La faiblesse n'est pas une option. Sans qu'il me l'ait dit, je sais que Jack a ce rôle. Et bizarrement, ça ne me fait que l'aimer encore plus, parce que Jack est seul pour affronter cela et il ne s'est jamais caché derrière quelque chose qu'il n'était pas. Malgré son côté bourru, Jack est quelqu'un d'entier, il ne renie pas sa place au sein des Black's Soldiers bien au contraire, elle semble lui apporter quelque chose. Une sorte de tranquillité d'esprit.

En contrebas, je ne distingue que des hommes qui se livrent une guerre sans merci, ça tire dans tous les sens. Les Black's Soldiers sont malmenés, mais ils tiennent bon. J'admire leur réactivité quand l'un des leurs est touché. Ils se précipitent sur lui pour l'extirper et le mettre en sécurité. Alors que du côté adverse ils ne prêtent pas attention aux hommes qui tombent. Dans cette vision d'horreur, cette solidarité est magnifique.

Je repère Jack, il marche d'un pas franc et déterminé sur Samaël, qui lui fait face. Sa démarche est fluide et même à cette distance je peux sentir la tension qui l'habite. Quand je le vois jeter son flingue, je déglutis. Mais qu'est-ce qu'il fait ? Obnubilé par son adversaire, Jack n'est plus sur ses gardes. Dans son dos, un membre des Black's Soldiers se détache et s'approche de lui une lame à la main. Je suis trop loin pour voir qui c'est, mais je suis assez près pour savoir qu'il va tuer Jack lâchement. Mon cœur se serre devant ce tableau.

Heureusement, les réflexes prennent le pas sur la peur. Je me saisis d'une flèche, l'insère dans l'encoche, calme ma respiration erratique, vise la cible, bande l'arc et dans un souffle relâche mon coude pour que parte la missive. Je n'ai aucun doute sur le fait qu'elle ait atteint sa cible. Je suis la meilleure des Fallen's Angels au tir à l'arc et j'ai continué à m'entraîner pendant toutes ces années. L'arc demande une concentration intense même en plein cœur de l'action, Charon n'a jamais réussi à se maîtriser assez pour respecter cette condition nécessaire à la réussite d'un tir.

Jack est surpris par mon intervention, je le vois se figer un court instant avant de vérifier si son agresseur est bien mort. Il reporte son attention sur moi, je sais qu'il m'a reconnue et je peux l'imaginer en train de sourire. Puis en un éclair je le vois se précipiter à la poursuite de Samaël.

Ce toit est une vraie passoire. En plus de l'échelle que j'ai empruntée pour venir, une porte et un escalier extérieur mènent jusqu'ici. Chacun se trouve à un endroit différent et je ne peux surveiller les trois issues. L'inconvénient de l'arc, c'est qu'il ne permet pas une réactivité suffisante, le manier demande un temps de préparation, que je n'aurai pas si je surveille le mauvais coin.

C'est la porte sur ma droite qui s'ouvre avec violence. Merde, je surveillais l'escalier qui est à l'opposé. Sans que j'aie eu le temps de le voir venir, Samaël se jette sur moi. L'impact me coupe le souffle, le poids de son corps sur le mien est encore plus lourd que dans mes souvenirs. Sous le choc, ma tête heurte le sol en béton et je reste sonnée quelques secondes.

— Tu vas mourir, siffle-t-il entre ses dents serrées.

Dans sa main, je reconnais cette lame, elle hante mes cauchemars depuis dix ans. Je me débats comme une diablesse, je ne lui ferai pas l'honneur d'être faible. Il pose le couteau sur ma carotide, je retiens ma respiration, je ne ferme pas les yeux. Si tant est que ce type ait une âme, je veux que mon regard soit celui qui l'empêche de fermer les yeux.

La seconde qui suit, Samaël est projeté loin de moi. Entre nous se dresse Jack, son souffle est haletant et sa rage rayonne autour de lui. J'admire son dos musculeux qui tend à la perfection son cuir. Par-dessus son épaule, il ose un regard vers moi, il scanne mon corps à la recherche d'éventuelles blessures. Je le rassure d'un regard et il se retourne vers notre ennemi commun.

— Tu ne lèveras plus jamais la main sur elle.

Son ton est sans appel, ce n'est ni une menace ni un avertissement, c'est un constat, une vérité absolue. En cet instant, je sais ce qui va se passer. Non, l'affrontement ne va pas durer. Jack n'est pas du genre à faire traîner les choses. Il n'a qu'une envie, c'est de le tuer. Samaël est assez fou pour riposter.

— Je l'ai déjà fait.

Cette simple phrase sonne la fin de la retenue de Jack. Il se jette sur lui sans l'once d'une hésitation, son corps vient percuter celui de Samaël, qui sous l'impact lâche son arme. S'ensuit un déferlement de violence, Jack ne se retient plus. Il hurle en même temps qu'il le passe à tabac. Encore sonnée par le choc à la tête, je me lève en chancelant. Plus je m'approche d'eux, plus je sens la rage de Jack m'envahir. Le son des os qui se brisent résonne autour de nous.

Je tombe à genoux à côté de mon sauveur en posant une main sur son bras. Il ne frémit pas, ne réagit pas. Son regard est fou et ses coups violents. Je peux sentir ses muscles tendus sous mes doigts. Je ne tente pas de l'arrêter physiquement, j'en serais bien incapable.

— Jack, reviens-moi, s'il te plaît, dis-je d'une voix douce malgré l'horreur de la situation.

Il stoppe ses coups, le poing en l'air, et je sais que j'ai réussi à l'atteindre, peu importe où il était parti. Sa respiration est violente, à chaque inspiration il cherche à se canaliser. Pour l'aider à me revenir, je m'emploie à lui parler, mais surtout pas de l'homme qu'il vient de tuer.

— Je savais que tu viendrais me chercher.

Il a baissé son bras, son regard s'éclaircit petit à petit alors je continue.

— Tu es mon héros.

Jack se tourne enfin vers moi. Doucement, il se relève et m'entraîne avec lui.

— Et toi, ma régulière, souffle-t-il, ému, en m'attirant vers lui.

Son étreinte est encore brutale, mais parce qu'il prend conscience de ma présence. Je me blottis contre lui. Il porte l'odeur du sang, je frémis devant ce constat, mais me pelotonne encore plus contre son torse. Jack se penche pour m'embrasser le front, ses lèvres viennent caresser mes cheveux alors que sous mes doigts je sens son rythme cardiaque revenir à la normale. Je pose ma main à plat sur son cœur, heureuse de le sentir en vie.

L'adrénaline retombe, la pression me quitte et je me sens lasse, les yeux fermés, bercée par la respiration de Jack. Nous sommes dans un moment hors du temps où il n'existe que lui et moi. Un bruit sourd nous fait sursauter, Jack s'éloigne de moi et se place en protection. Nous faisons face à Samaël, une balle en pleine tête. Ce dernier n'était, semble-t-il, pas mort sous les coups de mon biker. Comment est-ce possible ? Le couteau qui gît près du corps nous donne une indication sur ce qui allait se passer si quelqu'un n'était pas intervenu.

— Qui ? demandé-je, anxieuse.

Jack se tourne vers l'horizon et baisse la tête en guise de remerciements au fantôme qui a tiré.

— Weasel.

Chapitre 41

« When I am down and, oh my soul, so weary ;
When troubles come and my heart burdened be ;
Then, I am still and wait here in the silence,
Until you come and sit awhile with me.[1] »

Westlife, You Raise Me Up

Jack

Mon regard fixe l'endroit où se trouve Weasel, je sais qu'il peut me voir à travers la lunette de son fusil. Les sentiments se bousculent en moi et pas que des positifs, mais je dois encore aller voir comment vont mes frères en bas. Après les explosions, les tirs et les cris, le silence qui nous entoure est presque palpable tant il est lourd. Il signifie aussi que la bataille est finie et que nous allons devoir compter nos morts.

1. Quand je vais mal, oh mon âme, si lasse
Quand les problèmes viennent et que mon cœur s'accable,
Alors, je suis immobile et j'attends ici en silence,
Jusqu'à ce que tu viennes et que tu t'assoies un moment avec moi.

Je serre les dents à cette pensée funeste et pourtant, si aucun membre du club n'a perdu la vie dans ce bain de sang, ça relèverait du miracle. Je fais signe à Weasel de surveiller Charlie pendant que je descends. Il me donne sa confirmation à l'aide de son pointeur laser.

Dans mon dos, Charlie est étonnamment silencieuse. Elle est debout au-dessus du cadavre de Samaël. Elle le fixe comme pour assimiler le fait qu'il est bien mort. Je ne connais pas son histoire ou du moins je ne connais pas sa version, mais je sais qu'elle a besoin de ce temps pour prendre conscience du fait qu'elle est libérée des chaînes qui l'entravent depuis dix ans.

— Charlie, je descends, mais s'il te plaît reste là. Je viendrai te chercher.

Ma voix est suave quand je m'adresse à elle. Mon ange semble en état de choc, mais elle me répond d'un hochement de tête. Je m'approche d'elle, dépose un baiser sur son front et, avant de quitter ce toit, je me retourne pour imprimer sur ma rétine Charlie portant mon cuir. Cette vision a quelque chose d'apaisant et de naturel.

En bas c'est un carnage, une véritable boucherie. Le sol de la cour est couvert de sang et de corps. Si le silence régnait en hauteur, ici les gémissements de douleur et les cris plaintifs sont assourdissants. Même moi qui ai fait la guerre, qui ai cherché ce sang et cette souffrance pendant des années, je me sens mal. Pour la première fois, la vision de la mort me dégoûte et me tord les tripes. Je ne veux plus de ça, je n'ai plus besoin de ça depuis qu'un ange blond qui adore le sucre est entré dans ma vie.

Le premier de mes frères que je remarque, c'est Wolve, il se tient le bras, mais il est debout sur ses deux jambes. S'il est vivant, son acolyte ne doit pas être bien loin. Un peu plus loin, je le repère : Hurricane fait le tour du côté de nos adversaires, l'arme au poing pour s'assurer qu'ils ont tous trépassé. Seule la mort pourrait séparer ces deux-là et je suis soulagé de les voir en vie.

Je m'approche de mon Préz, il a pris vingt ans, ses épaules sont baissées et son regard est vide. En m'approchant, je sais d'avance que nous allons pleurer nos morts. La question est : qui ?

— Préz.

Je l'interpelle parce qu'il n'a pas l'air de se rendre compte de ma présence à ses côtés. Il lève vers moi un regard fatigué et brisé. Cet homme qui m'a sauvé la vie, cette force de la nature qui tient d'une main de fer ce club depuis plus de trente ans, s'effrite devant moi et je me sens mal d'en être l'origine. Cette guerre avec les Fallen's Angels, c'est moi qui l'ai déclenchée. J'avale difficilement ma salive avant de poser la question fatidique.

— Qui ?

Ryder souffle, les yeux rougis par la colère et la tristesse.

— Nous avons pas mal de blessés plus ou moins graves, commence-t-il.

Mais l'intonation de sa phrase et le son de sa voix m'indiquent que ce n'est pas ce qui le met dans cet état.

— Qui est mort ? insisté-je.

— Jazz.

Je ferme les yeux, je ne le connaissais pas beaucoup, mais c'était un type bien.

— Un prospect. Fox.

Merde.

— Snake.

Au nom de mon V.P., mes jambes flageolent, mais ce n'est rien comparé à l'abattement qui envahit mon Préz. Il reste fier et droit devant moi, pourtant il vient de perdre son meilleur ami, celui avec lequel il a accédé à la place de Préz. Le club est devenu ce qu'il est grâce à eux. Snake n'était pas aussi imposant physiquement que Ryder, mais il a hérité de son nom de route de sa façon de s'adresser aux gens. Quand il ne t'aimait pas, il crachait son venin comme un serpent. La langue acérée et le verbe haut, Snake était le négociateur du club.

Le constat de la perte de trois de mes frères me fait péter un câble. Pourtant je n'ai personne d'autre à blâmer que moi. Je suis responsable de leur mort. Mes poings se serrent à m'en faire blanchir les jointures, le sang dans mes veines chauffe et je sens que je vais faire une connerie. Mon Préz pose une main sur mon épaule pour s'adresser à moi.

— Tu sais que tu n'es pas responsable. Chacun d'entre nous était partant pour être ici. Nous connaissons tous les risques et les avons acceptés, et Snake le premier. Pyro, jusqu'à aujourd'hui tu as toujours été celui qui s'est battu pour nous. Tu as accepté des missions dangereuses pour que nos frères puissent être en sécurité. Alors, t'accompagner ici, ce n'était pas un sacrifice.

J'entends ses mots, mais je suis parti trop loin pour en comprendre le sens. Les voix dans ma tête me traitent d'assassin et je les laisse me le hurler à m'en faire perdre la raison. J'ai un besoin urgent de me reconnecter à la réalité que représente Charlie. D'ailleurs, elle lit en moi, car je la sens se glisser contre mon flanc, ses petits bras enserrant ma taille. Je l'accueille dans un soupir. Elle n'a pas obéi, elle est venue me rejoindre, mais en cet instant je lui en suis reconnaissant. Ma respiration est erratique et je sais que mes démons ne sont pas loin. La présence de mon ange les tient éloignés, mais ils attendent tapis dans l'ombre le moment de faiblesse qui leur permettra de me donner le coup fatal. Charlie pose une main sur mon cœur et je la love un peu plus contre moi. En cet instant, elle est mon roc, la seule chose qui m'empêche de sombrer dans la folie. J'ai besoin de baigner dans sa chaleur, pour la première fois, je compte sur quelqu'un d'autre que moi-même : j'ai besoin d'elle pour ne pas me perdre.

Silencieux, j'entends Charlie s'adresser à Ryder. Sa voix qui tremble trahit une émotion retenue.

— Je suis tellement désolée, je vous présente mes condoléances. Je…

Elle renifle, mais ne pleure pas.

— Merci d'être venus, mais si j'avais su que ça allait…

— Tout comme je l'ai dit à Pyro, vous n'êtes responsables de rien, assène le Préz en s'adressant à moi. Tous les hommes ici sont venus parce qu'ils te respectent et que tu mérites qu'on se batte pour toi. Tu es un homme bien, Pyro, et nous devions être là pour ta régulière. Ce sont nos règles et c'est grâce à elles que nous sommes frères.

Ryder a posé les mains sur mes épaules et me force à le regarder.

— Quand je t'ai rencontré, tu étais un homme brisé et grâce au club tu l'étais un peu moins. Mais c'est cette jeune femme qui te fait le plus de bien, qui te rapproche un peu plus de l'homme que tout le monde voit. Alors si c'était à refaire, c'est sans hésiter que je me jetterai à nouveau dans la bataille. Maintenant nous devons honorer nos morts.

Notre Préz n'est pas un grand bavard, il n'est pas aussi loquace que l'était Snake, mais ces mots me touchent et, pour la première fois depuis que j'ai quitté ma mère, je pleure.

Weasel est descendu de son perchoir pour nous rejoindre. Le Préz reprend sa place et d'une voix autoritaire, il organise le rapatriement de nos blessés et de nos morts. Tous nous nous activons en silence. Et par ce silence nous leur rendons un hommage, pas encore le dernier, mais nous honorons leur sacrifice. La vue du sang de mes frères me met mal à l'aise, je n'assume pas mon implication dans la perte de chacun d'entre eux. Je n'arrive pas à me rendre utile.

La petite mort, elle est présente à chacune de mes respirations. Ce moment après la guerre où le silence nous rappelle qu'on est vivant et que nos amis sont morts. Nos poumons exercent d'eux-mêmes leur fonction première, ils se remplissent d'oxygène alors que l'on rêve de ne pas pouvoir le faire. L'espace d'un instant où l'on voudrait nous aussi faire taire nos souffrances et ne plus rien ressentir.

Adossé contre un mur, je contemple la scène comme un spectateur incapable de savoir quoi faire ou comment le faire. Je regarde Wolve apporter les premiers soins – ça aide d'avoir une infirmière pour régulière –, j'observe Weasel soutenir les blessés jusqu'au van conduit par Dick. Je suis les mouvements de Hurricane alors qu'il entasse les corps du côté adverse. J'étudie mon Préz qui s'occupe personnellement de Snake. Et enfin j'épie Charlie qui aide comme elle le peut. Elle est plus forte que moi, je suis bien incapable de faire quoi que ce soit. Pour la première fois de ma vie, j'ai posé le genou à terre.

Soudain elle arrête ce qu'elle est en train de faire et s'effondre en larmes. La découvrir aussi fragile me fait aussitôt réagir, je me redresse et m'apprête à aller la rejoindre quand je la vois courir pour se jeter dans les bras d'un type que je n'avais jamais vu. Ils tombent dans les bras l'un de l'autre et je comprends instantanément qui est cet inconnu : son cousin. Celui qui nous a informés et aidés à monter cette attaque. Je dois reconnaître que sans ses informations nos pertes humaines auraient été beaucoup plus lourdes. Elles le sont déjà assez.

Je m'avance pour les rejoindre, Charlie se retourne dès qu'elle sent ma présence dans son dos. Elle me gratifie d'un timide sourire qui me réchauffe un peu le cœur.

— Je te présente Jack, souffle-t-elle en passant son bras autour de ma taille.

Comme d'habitude, je frissonne à son contact.

— Ravi de rencontrer l'homme qui a dérobé le cœur de ma sœur.

Je souris bêtement en lançant un regard en coin à ma belle, puis tends la main vers lui. Un hochement de tête pour répondre à son salut. Le Préz me hèle et je me détache à regret de Charlie.

Nous nous réunissons en cercle autour de lui. Nous sommes tous là, solidaires et fraternels. Dans un silence solennel, nous baissons la tête pour nous recueillir un moment. Ensembles soudés dans la douleur.

— Yes Soldiers ! crie le Préz pour rompre le silence.

— Yes Soldiers !

Nos voix se mêlent pour répondre. Elles sont tremblantes et émues, mais fortes et résolument décidées.

— Rentrons.

J'ai besoin de partir, de m'éloigner de cet endroit qui sent la mort. Je suis profondément affecté par la perte de mes frères. Je m'approche de mon ange qui discute avec son cousin, je presse son bras pour lui faire signe que nous partons. Cette fille me comprend sans que j'aie besoin d'ouvrir la bouche et en cet instant j'en ai plus que besoin, car je suis bien incapable d'aligner des mots. Charlie enlace son presque frère et me suit alors que j'ai déjà amorcé mon départ.

Devant ma moto, je m'installe et j'attends que mon ange en fasse de même, mais elle m'observe, debout face à moi. Elle a l'air hésitante et je ne comprends pas pourquoi. Elle porte déjà mon blouson de régulière, elle a donc toute sa place dans mon dos sur ma bécane. Mécontent de voir qu'elle ne franchit pas le pas, je tends la main vers elle en soufflant. Elle me décroche un de ces sourires qui fendillent ma carapace et réchauffent mon cœur. Puis, elle s'installe derrière moi, ses bras autour de ma taille. Elle pose sa tête entre mes omoplates en resserrant son étreinte. Je soupire silencieusement, heureux de la savoir enfin à sa place.

En chemin, je pose ma main sur la sienne qui caresse mon ventre. Malgré la colère qui fait rage sous ma peau et le sang qui bouillonne dans mes veines, Charlie me fait du bien. Je sais que la reconstruction sera dure et longue, mais je sais aussi qu'avec mon ange à mes côtés elle sera possible.

Chapitre 42

> « Don't you ever leave me alone
> My war is over
> Be my shelter from the storm
> My war is over
> I am a sad boy.[1] »
>
> *Syml, The War*

Charlie

J'accueille la chaleur émanant du corps de mon biker comme une étreinte silencieuse. Je ressens son mal-être et sa douleur qui irradient de tout son être. Dans son dos, je laisse couler mes larmes. Je pleure pour tellement de choses. La perte de ses hommes formidables, la souffrance de Jack, la fin de mon calvaire. Certaines sont des larmes de joie parce que je vais enfin pouvoir récupérer ma fille avec moi, nous n'allons plus jamais être séparées et ça gonfle mon cœur d'un immense bonheur. Mais à quel prix ?

Quand nous arrivons devant son garage, Jack se gare, mais reste assis à fixer le néant. Sa peine est

1. Ne me laisse jamais seul
Ma guerre est finie
Sois mon refuge contre la tempête
Ma guerre est finie
Je suis un garçon triste

perceptible, il la partage avec moi. J'embrasse son dos avant de me lever. Debout face à lui, je l'oblige à reculer sur la selle de sa moto, j'enjambe le monstre d'acier et me positionne face à lui posant mes jambes sur ses cuisses. Mes bras encerclent son cou et je me love contre son torse pour absorber une partie de sa douleur. Dans la pénombre de la nuit, la lumière du réverbère donne à ses yeux une intensité fragile. Il reste inerte, même devant mes attentions.

Au bout d'un temps infini, Jack m'accueille dans un soupir en répondant à mon étreinte, il me colle à lui pour que nos corps ne fassent plus qu'un. J'aime ce sentiment qu'il se raccroche à moi pour rester humain. C'est vraiment ce que je ressens, mon biker a besoin de moi pour garder vivante sa flamme d'humanité. Elle est vacillante, parfois faible, parfois ardente, mais elle est là. Et quand Jack me serre contre lui avec autant de force, elle est brûlante. Cet homme vit ses émotions intensément, il les découvre en chaque baiser, chaque caresse, chaque étreinte.

— Je suis désolée, soufflé-je au creux de son oreille.

Il hoche la tête, Jack n'est pas encore prêt à parler, mais moi je peux le faire pour nous deux. J'ai des choses à lui dire.

— Elle s'appelle Billy, elle a neuf ans et c'est l'amour de ma vie. Elle vit avec ma mère depuis l'âge de deux ans. Aujourd'hui, elles habitent quelque part en Europe. Afin de la protéger de son père, je limite mes contacts au maximum. J'ignore précisément où elles habitent pour leur sécurité. Ma fille me manque au quotidien, mais j'ai préféré l'éloigner de moi pour être sûre qu'il ne lui arrive rien. Grâce à toi, elles vont pouvoir revenir aux États-Unis et vivre avec moi, avec nous. J'ai tellement hâte de te la présenter.

Jack souffle dans mon cou et le parsème de baisers qui me font frissonner.

— Je suis désolé, marmonne-t-il.

— De quoi ?

— De ce qu'il t'a fait subir.

Je me redresse pour pouvoir le regarder dans les yeux.

— Tu n'es responsable de rien.

— Je sais, mais je suis désolé quand même que tu aies vécu toutes ses choses horribles. Parle-moi encore de ta fille, supplie-t-il en nous repositionnant, ma tête sur son torse.

Alors je lui parle de Billy, de l'enfant que je vois grandir à distance, par de rares photos ou des appels. Jusqu'à ses deux ans, elle a vécu avec moi, puis un jour son père a retrouvé ma trace et a fait couler le sang, j'ai donc pris la décision la plus terrible de ma vie. Laisser partir Billy avec ma mère, loin de moi, elle serait sécurité. Samaël ne connaissait pas son existence, il m'aurait traquée jusqu'au bout du monde alors j'ai donné sa liberté à ma fille pour qu'elle puisse vivre. Le tuer… j'y ai pensé un nombre incalculable de fois, mais je n'aurais jamais pu vivre en me sachant responsable de la mort du père de ma fille. Tuer est une limite que je refusais de franchir à nouveau depuis que Billy est venue au monde. J'ai brisé cette promesse faite à ma fille pour sauver Jack et si c'était à refaire je le referais avec plaisir. Pour lui, j'irai brûler en enfer parce que son âme mérite d'être sauvée.

Parler de ma fille et surtout le fait qu'elle va pouvoir revenir me rappelle tout ce que nous avons perdu pour en arriver là. Les larmes qui strient mes joues sont acides, elles sont autant de tristesse, de souffrance et de colère mélangées.

— Je suis désolée pour tes frères.

Mon biker se raidit, puis se redresse.

— Viens, rentrons, j'ai besoin de prendre une douche.

Maintenant qu'il le dit, l'odeur de sang sature l'air entre nous et me donne la nausée.

— Tu as raison.

Jack m'aide à descendre de sa moto puis m'enlace tendrement. Main dans la main nous montons dans son appartement, lui comme moi avons besoin du contact de l'autre pour ne pas se perdre dans les souvenirs de cette affreuse journée.

Jack nous entraîne dans la salle de bains. Il se met à genoux devant moi pour m'ôter mes chaussures. D'une main lascive, il déboutonne mon jean et le fait glisser le long de mes jambes en embrassant chaque parcelle de peau qui se présente à ses lèvres chaudes. Ma culotte rejoint mon pantalon et je me retrouve à demi nue devant cet homme qui fait preuve d'une étonnante délicatesse, en totale contradiction avec l'image qu'il renvoie en cet instant. Son visage est tuméfié, ses mains couvertes de sang et d'écorchures, témoins de la violence de l'affrontement qu'il y a eu. Jack me caresse avec attention, ses gestes sont d'une intensité terrible, je frissonne, la chair de poule qui couvre ma peau le fait sourire. Jack me câline exquisément, j'aime être l'objet adulé de ce biker sexy, c'est une sensation enivrante que d'être la femme qui rend cet homme amoureux.

Mon biker lève son regard ardent vers moi, et je baisse les yeux pour l'admirer. La vision de cet homme fort à genoux devant moi et me couvrant de ses attentions fait battre mon cœur à une vitesse folle. Du bout des doigts, je caresse sa joue brûlée. J'aime ses imperfections qui le rendent tellement spécial. Il love sa joue contre ma main, embrasse mes doigts puis se relève. Ses lèvres viennent capturer les miennes doucement, presque religieusement. Son baiser est aérien, imperceptible, je soupire d'aise. Dans ses bras, ma peine est plus supportable.

Jack se recule pour m'observer, son regard est impénétrable, mais brille d'une intensité nouvelle. Quelque chose entre la peur et la possession, la crainte et l'adoration. Il sourit timidement.

— Tu sais que tu portes bien le cuir.

— Et j'aime le porter.

Son sourire s'élargit.

— Et je suis certaine que tu me préféreras sans, dis-je, séductrice.

Jack grogne son assentiment et s'emploie à me l'enlever avec révérence. Il le fait glisser sur mes épaules et la sensation du cuir effleurant ma peau m'électrise. Le reste de mes vêtements vole à une vitesse folle et, sans que je m'en rende vraiment compte, il se retrouve lui aussi nu devant mes yeux. C'est la première fois que Jack me laisse vraiment l'observer – enfin de son plein gré, parce que quand il était inconscient j'ai pu admirer sa plastique magnifique.

Du bout des doigts, je dessine ses abdos, caresse ses pectoraux, effleure ses flancs et cajole ses cicatrices. Jack épie chacun de mes mouvements, contractant ses muscles par anticipation, son souffle sur ma nuque est chaud et régulier.

L'air dans la pièce est électrique et la température bouillante. Mes yeux dévorent sa peau et suivent le tracé de mes doigts. Ma main vient titiller son gland, ce qui le fait se tendre instantanément. Alors que je m'apprête à le prendre en main, Jack m'empêche de poursuivre en serrant mon poignet entre ses doigts.

— D'abord la douche. Accroche-toi.

Jack me soulève brusquement et je pousse un cri, ce qui le fait rire. Mes jambes viennent enserrer sa taille et mes bras, sa nuque. Je glisse ma tête dans son cou et le parsème de baisers.

L'eau ruisselle sur nos peaux, alors que Jack a refusé de me laisser descendre. Il a bloqué mon corps entre le sien et la crédence froide dans mon dos. Ainsi calée, il n'y a aucun risque que je glisse. Mes mains s'accrochent à ses larges épaules pendant que les siennes me lavent consciencieusement. Ses lèvres picorent mon visage et nous prenons le temps de nous découvrir l'un l'autre. J'embrasse la peau surmontant son cœur, lui signifiant mon attachement pour lui.

Dans la douche, Jack me cajole, me câline et m'aime à sa façon, tendrement et intensément. Cet homme est la preuve vivante qu'un peu d'amour et de compassion peuvent rendre différent. Montrer à quelqu'un que l'on tient à lui change l'image qu'il a de lui-même.

Dans un silence apaisant et réconfortant qui est à notre image, chaud et expressif, Jack nous sort de la douche, me sèche lascivement. Ses gestes sont assez tendres pour me réconforter, mais assez appuyés pour me chauffer.

J'aime son côté bestial quand il est en colère, j'apprécie sa personnalité taciturne qui rend chaque mot plus précieux, j'adore ses gestes tendres qui me font complètement fondre, je désire son corps forgé dans la souffrance et la douleur, je rêve de ses lèvres qui me font frémir et ses mains qui me font trembler.

Face au miroir, je nous observe dans la glace. Dans mon dos, Jack contemple également notre reflet. Le regard perdu, il bloque sur nos différences, ses yeux s'attardent sur son visage abîmé et atypique. Il est hors de question que je le laisse sombrer dans une quelconque pensée négative. À travers le miroir, j'ancre mes yeux aux siens, je n'ai pas besoin de mots pour lui faire comprendre que je le désire et que je l'aime. Je presse mes fesses contre son entrejambe, ce qui a pour conséquence de le faire grogner. Ses mains viennent se positionner sur mes flancs et il m'attire vers lui, m'obligeant à me cambrer.

— Tu sais que tu es démoniaque, susurre-t-il à mon oreille en faisant glisser sa main vers mon sexe.

Jack suit le cheminement de sa main dans le miroir. Quand il s'approche de mon intimité, j'arque le dos pour sentir son érection poussée contre mes fesses. Ses doigts s'immiscent en moi avec aisance et je soupire déjà d'extase.

— Jack, haleté-je.

Cet homme a la capacité de me faire frissonner de désir en quelques secondes. Son sourire est éclatant, presque carnassier.

— J'aime être à l'origine de cet état fébrile dans lequel tu es, susurre-t-il à mon oreille.

Jack m'amène au bord de l'orgasme en quelques secondes, pourtant il retire précipitamment sa main pour la remplacer par sa queue. Je pousse un soupir d'aise auquel il répond par un râle profond. Ses mains sur mes hanches donnent le rythme à notre ébat, c'est lent et intense, Jack mène une danse langoureuse tout en m'embrassant la nuque, et je suffoque autant que je halète de plaisir.

Dans le miroir, je ne peux qu'admirer cet homme sexy en train de me prendre. Le va-et-vient de son bassin est de plus en plus profond, je cherche quelque chose à quoi me retenir. En désespoir de cause, je pose ma main sur la glace, aussitôt rejointe par celle de Jack qui enlace nos doigts. J'ondule des hanches pour l'exciter autant que pour participer à cet ébat torride. Notre corps-à-corps n'a plus rien de délicat, les à-coups sont violents, mais terriblement efficaces. Nous avons besoin de nous sentir en vie et Jack encore plus. Il vient s'accrocher à mon sein et, quand il en pince le téton, je succombe.

— Jack…

Mon biker accélère le rythme, il m'oblige à me redresser, collant mon dos à son torse. D'une main sur ma gorge, il grogne son plaisir directement dans le creux de mon oreille.

— Je t'appartiens, souffle-t-il.

Il se dévoile et pourtant en cet instant c'est moi qui lui appartiens. Je glisse ma main derrière sa nuque et l'oblige à m'embrasser. Nos lèvres se dévorent et Jack jouit sous l'intensité de notre baiser. J'aspire sa jouissance qui résonne en moi, faisant vibrer chaque fibre de mon corps.

Nous restons blottis l'un contre l'autre en profitant pour reprendre notre souffle. Jack brise le silence en se détachant de moi. Il me fait me retourner, prend mon visage entre ses mains et murmure :

— J'ai quelque chose à te demander.

— Ça m'a l'air sérieux.

Jack dépose un tendre baiser sur le bout de mon nez après m'avoir vêtue d'un de ses tee-shirts. Il m'attire dans la chambre, s'allonge sur le matelas en s'appuyant sur la tête de lit. Cette position fait ressortir ses abdos. Il tapote la place à ses côtés, et je ne fais pas prier pour le rejoindre, posant ma tête sur son cœur qui bat à un rythme calme. Cette mélodie me berce, je suis prête à l'écouter.

— Vas-y, je t'écoute.

Ses bras m'enserrent, il dépose un baiser sur le sommet de mon crâne puis se lance d'une voix tremblante, mais assurée.

— Charlie, je veux que tu restes ma régulière. Weasel m'a expliqué pourquoi tu as demandé à porter mon cuir, mais il est à toi depuis le jour où je t'ai rencontrée. Je n'aurai jamais cru qu'un jour j'aurais une régulière, je ne l'avais jamais envisagé même dans mes rêves les plus fous. *Honey*, tu sais ce que ce cuir représente pour nous et je sais que je ne suis pas le type le plus causant, que je ne te ferai jamais de grande déclaration d'amour, mais je veux te protéger pour le reste de ma vie. Je sais déjà que mon cœur ne bat que pour toi et j'espère que le tien ressent quelque chose pour moi.

Sa respiration se fait ample, mais il poursuit.

— Je sais que ma vie est dissolue, qu'elle n'est pas l'idéal pour un enfant, mais je suis prêt à faire tous les efforts du monde pour pouvoir être avec toi et avec Billy si tu m'y autorises. J'ai besoin de rester un Black's Soldiers, mais je veux bien renoncer à mon statut dans le club. Pour être honnête, après cette journée, je ne sais plus si je veux encore être leur exécuteur. Je sais que je dois changer pour être avec toi, pour être l'homme que tu mérites, je consens à faire mon maximum.

Mes yeux se remplissent de larmes en l'écoutant clamer son amour pour moi. Écouter Jack se livrer, c'est absolument magnifique.

— Je ne connais rien à l'amour, mais personne ne tiendra autant à toi que moi et je sais d'avance que j'aimerai ta fille comme je t'aime. Parce que, oui, je t'aime, Charlie. Quand je respire, je le fais pour toi, car grâce à toi ma vie est belle. Tu m'as sauvé tellement de fois que ma vie t'appartient aussi longtemps que tu voudras de moi. Donc je veux que tu sois ma régulière, les choses ne se sont pas faites dans l'ordre, mais maintenant que tu as ce cuir, je ne veux plus jamais que tu l'enlèves. Qu'en penses-tu ?

Sa voix s'éteint sur la fin de sa phrase. Je maintiens un silence qu'il interprète comme de l'hésitation. Pourtant le simple fait qu'il ait inclus Billy dans ses projets me fait l'aimer encore plus. Sous mes doigts, les muscles de Jack se tendent.

— Charlie, hésite-t-il.

Je me redresse en prenant appui sur sa poitrine. Je m'accroupis à ses côtés pour pouvoir plonger mon regard dans le sien. Je veux qu'il voie à quel point sa demande me touche, qu'il comprenne que je ne me dérobe pas. Sous mes yeux, Jack est tendu et stressé, je me penche pour déposer un tendre baiser sur ses lèvres.

— Je ne veux pas que tu changes. Depuis que nous nous connaissons, tu n'as jamais caché ni ta nature ni ton rôle chez les Black's Soldiers. Je ne te demanderai jamais de renoncer à ta famille. Si tu ne veux plus être leur exécuteur, je ne peux que l'approuver, mais cette décision t'appartient et en aucun cas je ne veux en être à l'origine.

Jack s'apprête à répliquer, mais je l'en empêche en posant ma main sur sa bouche.

— Ta proposition me touche plus que tu ne peux l'imaginer. Ta mère a voulu te faire croire que tu n'étais pas digne d'être aimé. Elle a tort, j'aime tout de toi. Tu es un homme formidable, j'aime tes cicatrices, dis-je en les caressant, elles font de toi quelqu'un d'exceptionnel. J'aime tes silences et ton regard qui sont encore plus parlant que mille mots. J'étais déjà à toi avant l'intervention chez les Fallen's Angels, mais aujourd'hui et surtout en t'entendant inclure Billy dans notre vie j'ai encore plus envie de rester ta régulière.

Il plisse les yeux doucement avant de fondre sur mes lèvres. Jack me renverse sur le lit et se positionne entre mes cuisses. Mes bras se nouent autour de sa nuque et sa bouche butine mon cou. Sa langue remonte jusqu'à mon oreille et sa voix suave me fait frémir.

— Je t'aime, *Honey*.

Épilogue

> « Quand les blessures sont guéries par l'amour, les cicatrices sont magnifiques. »
>
> *David Bowles*

Jack

La voix de Hurricane est la première à résonner autour de nous.

— Tu… Quoi ?

La stupeur est la même pour tous, nous ne l'avons pas vu venir. Ryder se dresse face à nous, il se tient debout à sa place de président de club. Le siège à sa droite est vide depuis la mort de Snake.

Nous avons enterré nos frères la semaine dernière dans la plus pure tradition bikers. Une cérémonie à l'église Sainte-Catherine où nous avons pu nous recueillir sur la Madone, suivie de l'enterrement au son des moteurs hurlants de nos Harley. Pour finir, nous avons également enterré leurs motos. Elles sont le bien le plus précieux d'un biker et il nous est inconcevable qu'elles puissent être vendues ou utilisées par d'autres, alors nous les enterrons. Comme le cimetière de la ville refuse qu'elles soient ensevelies avec leur propriétaire, le club possède un vaste terrain qui abrite notre cimetière personnel. C'est la première fois que j'y accompagne des frères morts au combat. Jusqu'à maintenant, nous avons perdu des membres dans des accidents, de vieillesse ou de maladie, mais aucun n'avait jusqu'à aujourd'hui succombé de cette façon.

Ces cérémonies ont été douloureuses et bouleversantes. Ryder enterrait son meilleur ami et le club perdait un de ses membres les plus importants. La soirée a fini en orgie, nos frères fêtant la vie en abusant des corps des brebis plus que consentantes, se remémorant les anecdotes sur nos disparus. L'abus pour se rappeler l'importance de la vie. C'était dans ma nature de fuir ce genre de soirée, mais pas respect pour mes frères j'étais là pour leur rendre un dernier hommage. L'alcool m'a aidé à oublier la foule, mais c'est surtout la présence de ma régulière. Ma régulière, je ne me lasse pas de me le répéter. Bref, c'est surtout la présence de mon ange blond à mes côtés qui m'a permis de tenir le coup.

Charlie a été intronisée publiquement comme ma régulière. Quand j'ai annoncé qu'elle acceptait de le rester, le Préz a rigolé, car elle avait déjà accepté et que la marche arrière n'était pas autorisée. Au regard complice qu'ils ont échangé, je n'ai pas cherché à en savoir plus.

Au cours de cette soirée, les présentations officielles avec les autres régulières du club ont été faites et Charlie a été accaparée par Astride et Mackenzie, qui étaient curieuses de pouvoir enfin la rencontrer. Même si je gère de mieux en mieux mes angoisses, j'ai encore besoin de mon ange pour arriver à me maîtriser. Dès que je me sentais perdre pied, Charlie se matérialisait à mes côtés pour me soutenir. D'une pression de la main, d'un baiser sur ma joue, elle me ramenait à l'instant présent. Elle arrive à le faire avec un tel naturel que j'en reste toujours le premier étonné. J'ai pu ainsi pour la première fois passer une soirée avec mes frères sans fuir. Et j'ai kiffé ça.

Depuis plus de dix jours, Charlie est partie en Italie chercher sa fille et doit revenir demain, pour les présentations. J'angoisse à l'idée que cette petite fille puisse ne pas m'aimer, avoir peur de moi… et que par conséquent ma relation avec sa mère tourne à la catastrophe.

Ryder a ordonné une messe exceptionnelle et, avec tous mes frères présents, nous avons pensé qu'il voulait parler du poste de V.P. et nommer son remplaçant, mais ce qu'il vient de nous annoncer nous laisse tous sur le cul.

Hurricane a été le seul à s'exprimer, mais sans réelle conviction, trop surpris par l'annonce. Wolve à ses côtés est sidéré, Weasel halluciné et moi complètement abasourdi. Comment en est-on arrivés là ?

— Je ne vous demande pas votre avis, je vous informe des changements qui auront lieu prochainement.

— Mais tu ne peux pas déc…

Wolve ne peut finir sa phrase car il est interrompu par un Ryder énervé qui frappe la table de son poing serré. La veine de son cou gonfle et sa voix sonne comme un glas.

— Aux dernières nouvelles, je suis encore le président de ce club, aboie-t-il. Et en tout état de cause nos règles m'autorisent à le faire, donc je ne fais que les appliquer.

D'habitude, dans ces moments-là, Snake apaisait les tensions avec une phrase bien sentie. Il était le parfait complément de Ryder. Mais aujourd'hui plus de Snake pour seconder notre Préz. Il est seul face à nous. Dans la salle sans fenêtres, nous sommes tous assis et abasourdis. Tous les membres habituels sont présents et même certains qui n'assistent généralement pas aux messes. Le Préz a tenu à la présence des membres les plus anciens pour qu'ils entendent cette annonce hallucinante.

— Si quelqu'un a une objection, qu'il se fasse connaître maintenant.

— Qu'est-ce que ça changerait ? questionne Weasel, lucide sur la situation.

— Rien, reconnaît le Préz, mais ça permet à chacun de s'exprimer.

Le silence qui s'ensuit est interrompu par la voix de Hurricane.

— Et si l'on refuse ?

Le Préz s'éloigne de sa place, il jette un coup d'œil au siège vacant de V.P. puis s'adresse à nous avec un calme olympien.

— Vous êtes en droit de refuser, mais vous seriez cons de le faire. Le club a pris un nouveau chemin grâce à vous, vous avez réussi là où j'ai échoué.

Il interrompt d'un geste de la main notre envie de rébellion.

— Sans vous, nous n'en serions pas là aujourd'hui. Ne croyez pas que je prends cette décision à la légère. Vous saviez que ça allait arriver, donc arrêtez de vous voiler la face. Vous avez une heure pour vous décider.

Sur cet ultime ordre, Ryder a quitté la salle pour nous laisser entre nous. Il ne nous a pas fallu une heure. Au bout de vingt minutes, une nouvelle page de l'histoire des Black's Soldiers de l'Ohio venait d'être entamée.

*

Fébrile, les genoux tremblants et les mains moites, j'attends sur le porche de la cabane de Charlie. Le lieu où tout a commencé entre nous ne pouvait qu'être celui de ma rencontre avec Billy. C'est ici que je suis devenu vivant, c'est dans ce lit que j'ai laissé Charlie toucher mes cicatrices, en ces lieux qu'elle a pénétrés mon âme. C'est l'endroit où je suis tombé amoureux de mon ange.

Charlie m'a envoyé un message pour me dire qu'elles arrivaient. J'appréhende tellement ce moment qui conditionnera le reste de ma vie que j'ai du mal à respirer. Le bruit de la voiture de mon ange se fait entendre, il me rapproche du moment de la confrontation. J'ai toujours eu un bon feeling avec les gosses, ils sont innocents et mes cicatrices ne les ont jamais rebutés. Ils ont cette curiosité naïve qui les rend attachants. Mais mon avenir n'était pas en jeu, Billy peut enfin vivre avec sa mère et je refuse d'être un obstacle si cette enfant ne veut pas de moi dans sa vie.

La voiture orange criard de ma belle apparaît et l'instant d'après elle se gare dans la cour devant moi. Charlie en sort, radieuse et magnifique. Elle est partie depuis quinze jours et elle m'a terriblement manqué. Je n'avais jamais connu le manque de l'être aimé et cette absence est la pire douleur que j'ai eu à endurer. Je savais qu'elle allait revenir et pourtant mes angoisses arrivent encore à m'envahir. Je ne compte plus le nombre d'appels passés au milieu de la nuit pour entendre la voix rassurante de Charlie. Ma régulière m'adresse un sourire époustouflant qui me donne la force d'affronter la suite. J'aime cette femme et je ferai tout mon possible pour qu'elle reste à mes côtés.

Je détache mon regard de ma belle quand j'entends le bruit d'une portière que l'on claque fortement. Une petite tête blonde apparaît dans mon champ de vision.

— Billy, qu'est-ce que je t'ai déjà dit : on ne claque pas les portières, la sermonne Charlie en souriant.

— Désolée, maman.

Je peux sentir le cœur de Charlie se gonfler d'amour en entendant sa fille l'appeler maman. Ça lui avait tellement manqué. Billy arrive à ma hauteur, elle est une version miniature de sa mère. Blonde avec un regard gris clair qui fera fureur plus tard. Son sourire est aussi lumineux que celui de mon ange.

Je baisse un regard vers cette enfant et, lorsque je peux me noyer dans ses yeux clairs, si semblables à ceux de Charlie, j'en tombe immédiatement amoureux. Billy est à l'image de sa mère, fragile et forte. Elle m'observe avec détermination et sans l'ombre d'une hésitation ou de doute. Ma régulière est restée en retrait appuyée contre sa voiture, elle m'encourage d'un signe de tête.

Je m'agenouille à hauteur de Billy.

— Enchanté, Billy, je m'appelle Jack, dis-je en lui tendant la main.

Son regard est espiègle, elle s'adresse à moi d'une voix fluette.

— C'est toi l'amoureux de ma maman ?

Pris au dépourvu par une gamine de neuf ans, je souris. Cette entrée en matière a au moins le mérite d'être directe.

— Oui.

Elle s'approche de moi et pose sa main sur ma joue brûlée. Ses petits doigts me caressent, elle les observe, soucieuse.

— Ça te fait mal ?

— Non.

Dans le dos de la fillette, je peux voir Charlie s'agiter devant mes réponses monosyllabiques. Elle n'a pas tort, je dois faire mieux que ça si je veux me faire accepter par Billy. Alors que je cherche quoi lui dire, la petite fille me coupe l'herbe sous le pied.

— C'est toi mon papa ?

Ses yeux brillent d'espoir, sa main toujours posée sur ma joue.

— Non, mais je veux bien être ton deuxième papa si tu es d'accord.

Billy me répond avec l'impertinence des enfants de son âge où il n'y a pas de problèmes, que des solutions.

— Il n'y a pas de premier papa donc je veux bien que tu prennes cette place. Maman m'a dit que tu étais gentil et qu'elle était amoureuse de toi. Donc si tu veux bien de moi comme fille, je veux bien de toi comme papa.

J'attrape Billy pour la serrer dans mes bras.

— Ça serait un honneur pour moi d'être ton papa.

Billy s'accroche à mon cou et je me relève en l'emportant avec moi. En voyant mon ange blond s'approcher de nous en pleurant, je lui souffle tout ce que je ressens pour elle.

— Je t'aime, et merci.

Merci de me donner une raison de vivre, de m'aimer comme une folle, de m'avoir sauvé de moi-même, d'avoir fait taire les voix, de me donner une famille, de m'accepter comme je suis. Charlie arrive à notre hauteur et je l'attrape pour la serrer dans mes bras. Je capture ses lèvres pour un baiser de retrouvailles à la hauteur des sentiments qui m'habitent. Sur mes lèvres, je sens le goût salé de ses larmes, elle me souffle son amour tout contre ma bouche.

Finalement moi, l'homme aux cicatrices, le tueur sans états d'âme, j'ai le droit à ma fin heureuse.

Dans cet endroit qui a été le lieu de ma renaissance, je tiens dans mes bras le plus beau cadeau que la vie m'a donné. Ému, je laisse une larme couler le long de ma joue, que ma régulière cueille de ses lèvres.

— Je vous aime toutes les deux.

FIN